喚醒你的英文語感！

Get a Feel for English !

喚醒你的英文語感！

Get a Feel for English !

TOEIC® TOEIC is registered trademark of Educational Testing Service (ETS).
This publication is not endorsed or approved by ETS.

聽讀"完勝"多益字彙

NEW TOEIC VOCABULARY

頂尖補教名師　李正凡◎著

作 者 序

市面上有關於多益 (TOEIC) 字彙書籍琳瑯滿目，但大多數都是以分類詞彙為它們的編排方式。這種編排的方式雖然可以讓讀者一目了然地了解各類詞彙，但是卻冗長，考驗讀者或考生的耐心。據筆者觀察，大部分的購書者在背完前幾頁就耐心耗盡，以至於心有餘而力不足。再者，人的記憶力有限，讀後面會忘前面，所以到頭來會徒勞無功。

螺旋式重複看熟字彙表，打造單字聽讀能力

有鑑於此，筆者從事英文教學工作超過 25 年，發現最好讀英文單字的方式便是利用字彙表格。在表格中，只列英文單字，不列中文，讀者可以將不會的單字按照日期做打 X 的記號，每天一張表格。隔天進行第二張表格時，將前一天的表格打 X 的記號再讀一遍，依此類推，便能熟能生巧，而不會讀到後面的單字，忘了前面的字彙。

日期	6/1	6/2
01. absurd	×	✓
02. accelerate	✓	✓
03. acceptance	✓	✓
04. access	✓	✓
05. accommodation	✓	✓
06. backlog	×	✓
07. backorder	✓	✓
08. back-to-back	✓	✓
09. balance of trade	×	×
10. balance sheet	✓	✓
11. cabin	✓	✓
12. cabinet	✓	✓
13. cable	×	×
14. calculator	✓	✓
15. cutting-edge	×	✓

試想你一定有些字彙深記在腦子裡，為何呢？因為你三不五時就會看到這些字，所以它自然而然地就會在你的腦子裡沉澱，成為記憶的一部分。我們為何不按照這樣的模式，刻意地將多益常考字彙不斷地重複在我們眼前，藉由重複地出現，這些單字就會成為我們的好朋友。如同好朋友得經常聯絡，才能維繫友情與保持熟悉度。目前的多益考試大多以聽力與閱讀為主，會話能力與寫作是加考的部分，所以不是每個應試

者皆被要求應試說、寫能力，因此多益字彙用背的或者是用書寫的方式來背誦是錯誤的策略。因為不考寫作，所以不需要具備單字的寫作能力，只需具備單字聽、讀能力即可。所以本書所採行的策略是**只聽、只讀，而不背，更不需會寫**。如此一來，就單純的多了。

☞ 一天 30 個常考字，不同字母開頭、不同詞性，最易吸收！

本書考慮到人類耐心的極限，以一個月 30 天為主，設計每張表格 30 個字，讓讀者們可以**重複聽、重複讀，就是不背**，在 30 天內，只看不會的單字，打越多 X 的單字，嚴加看管即可。

至於本書的表格不以分類詞彙為編排方式，而是將分類詞彙各個打破後，然後統整起來。根據筆者、同事、與學生們親自應考多益考試，歸納出常考字彙 (單字 + 片語)，按照字母順序 5 個一組，A 開頭字彙 5 個，B 開頭字彙 5 個，依此類推，每一張表格 30 個字彙。這樣的編排方式可以在一張表格上讀到不同類的詞彙，而不是名詞全部讀完，再讀動詞。如此一來，不會造成偏頗狀態，也不易彈性疲乏。

☞ 事半功倍、輕鬆得分的應考策略

大多數考生只需應考多益的聽、讀能力即可，因此所採行的策略相當重要。我提出了 **5/3/2 原則與 7/2/1 原則**：如果你想考 500-700 之間，50% 靠實力、30% 靠猜（利用字首、字根，與「格林法則」來猜測，而不是像其他人說的，猜 C 就對了）、20% 靠運氣；如果你想考 700 分以上的話，就得 70% 靠實力、20% 靠猜測、10% 靠運氣。想要把坊間一般多益書籍的分類詞彙背完、背熟，對於大部分的應試者皆是不可能的任務，所以必須務實一點，讀熟常考單字才是上上之策。至於所引申出來的其他詞彙，未必是關鍵字，可以用字首、字根法，「格林法則」與「前後文法則」來猜測。這樣子便可以事半功倍，不會未達目的，先耗盡自己的耐心，先累死自己。

☞ 多益考試即將改制，答題難度提高

ETS (Educational Testing Service) 將在 2016 年 5 月在日、韓改制現行自 2006 年底 (日、韓實施，台灣於 2008 年 3 月實施) 的多益考試。大約來說，現行聽力的照片題從 10 改成 6 題，問答題將從 30 題改成 25 題，對話題將從 30 題提升至 39 題而且對話長度拉長，短文獨白題維持現行的 30 題但是難度增加。至於閱讀方面，第一大題的單字、片語、文法題將從 40 題改成 30 題，克漏字題從 12 題增加至 16 題，而閱讀測驗從 48 題增至 54 題，其中單篇閱測 29 題，多篇閱測（可能將現行的雙篇閱測改制成多篇閱測）25 題。換言之，把現行比較簡單的題目減少，增加困難的題目，所以難度增加。雖然台灣並沒有正式宣布何時跟進，但依照上次改制的時間來看，台灣最遲在 2017 年底也得跟進，所以**筆者在此呼籲各位多益應試者，趁著難度尚未增加，趕快去考，並且取得至少 700 分以上的成績，否則等改成新制後再考，勢必得付出更多的金錢、時間、心力才能考到原有的分數**。本書正是你的得力好幫手可以助你考到理想的分數。

李正凡

獨創「3 詞 KO 法」，解題必勝！

每一課尾聲都提供多益字彙模擬試題，以便讀者進行練習，同時並使用作者廣受好評的「3 詞 KO（聚焦）法」，來解答字彙填空題。

英文有八大詞類，只有名詞（最重要）、動詞、形容詞本身有意義，其他皆是文法問題，閱讀時可以不加理會。抓住關鍵「3 詞」，可以縮小範圍，凸顯焦距。利用向心力抓住 3 詞：離空格越近的名詞、動詞、形容詞形成向心力，越能影響空格的字義。反之則是離心力，越不能影響字意。

例 1

The governor seemed greatly contented as the prices of assets seized from ______ taxpayers were bid upward over time.（19 字）
(A) delinquent (B) delinquency (C) subsequent (D) subsequence

解答 (A)

中譯 隨著從欠稅者那裏沒收的資產競標價格不斷上揚，州長顯得似乎很滿意。

(A) 拖欠的 (B) 少年犯罪 名 (C) 隨後的 形 (D) 後果；順序 名

利用「3 詞 KO 法」解題

______ taxpayers（從 19 個字聚焦到 2 個字）
離空格最近的名詞，越能影響其字義，從上述 4 個選項來看，只有 (A) delinquent（拖欠的）與 taxpayers（納稅者）可以互相搭配。所以題目中的 19 個字中，只有 taxpayer 才能決定字義，其他字皆是障眼法。利用 3 詞 KO 法，可以縮小範圍，凸顯焦距，以便於快、狠、準的解決空格字彙題。

例2

An immediate inspection of the test results may also reveal ______ that then can be corrected.（15 字）

(A) functions (B) regulations (C) malfunctions (D) stipulations

解答 (C)

中譯 對試驗結果進行即時檢查可以發現故障，然後可予以校正。

(A) 功能 動/名 (B) 規定 (C) 故障 (D) 規定

利用「3 詞 KO 法」解題

reveal ______ → can be corrected（從 15 個字聚焦到 4 個字）

reveal 與 corrected 離空格最近的動詞，越能影響其字義，從上述 4 個選項來看，只有 (C) 故障與 reveal（揭露）、corrected（校正）可以互相搭配，形成「揭露出故障，將它修理好」之意。

例3

What are the ______ of these debts for the economic growth of the developed nations?（14 字）

(A) emblem (B) implications (C) immunity (D) legality

解答 (B)

中譯 這些債務對已開發國家的經濟成長有何影響？

(A) 象徵 (B) 可能的影響（後果）(C) 免疫力 (D) 合法性

利用「3 詞 KO 法」解題

______ → these debts → developed nations

（從 14 個字聚焦到 4 個字）

these debts 與 developed nations 離空格最近的名詞，越能影響其字義，從上述 4 個選項來看，只有 (B) 可能的影響（後果）與 these debts（這些債務）與 developed nations（已開發國家）可以互相搭配，形成「債務對已開發國家的可能影響」之意。

CONTENTS

本書特色

❑ 將常考的多益字彙（單字＋片語）依照字母順序5個一組，A開頭字彙5個，B開頭字彙5個，依此類推，每一表格30個字彙。

❑ 以字彙表取代分類詞彙，不會只熟悉某些分類詞彙，也不會彈性疲乏。

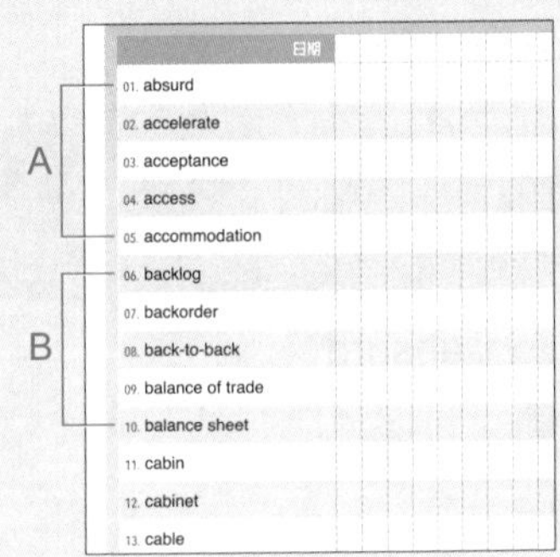

❶ ★為500分字彙；★★為600分字彙；★★★為700分以上的字彙。

❷ 每一個字彙皆有音標、詞性、例句、中譯、衍生相關字等說明。

❸ 關＝相關字；同＝同義字

❹ 每一個字彙與例句皆由專業外師錄音，收錄於MP3。

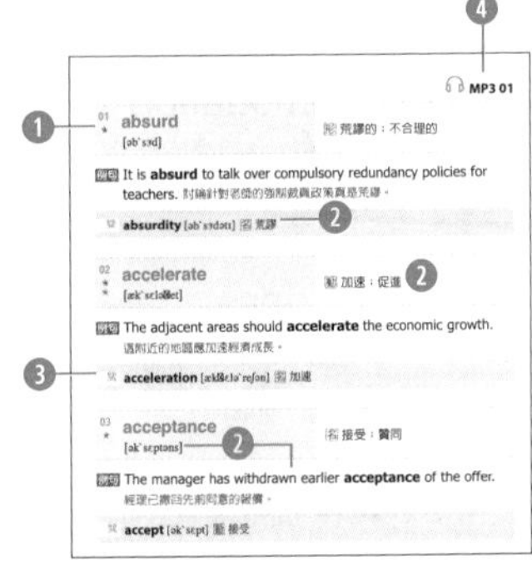

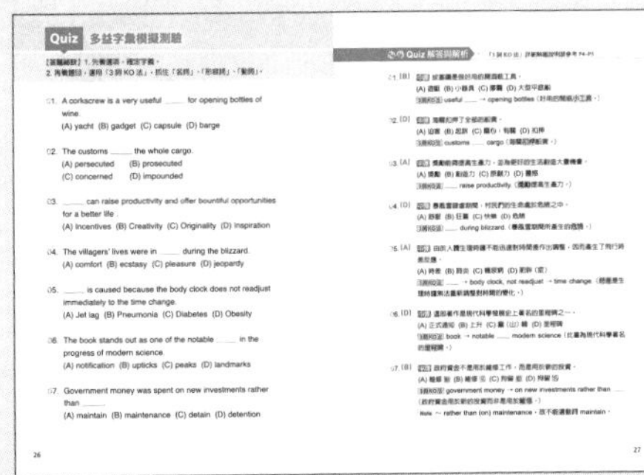

❑ 每一單元皆有多益全真模擬字彙試題與前面單元的複習試題。

❑ 每則題目都有詳細的中譯與解析，跨頁設計，方便左右對照。

DAY 01

日期	/	/	/	/	/	/	/	/	/	/
01. absurd										
02. accelerate										
03. acceptance										
04. access										
05. accommodation										
06. backlog										
07. backorder										
08. back-to-back										
09. balance of trade										
10. balance sheet										
11. cabin										
12. cabinet										
13. cable										
14. calculator										
15. cutting-edge										

字彙表

訓練自己一邊看英文單字一邊說出中文字義（口中默念即可）。遇到還沒記住的字就在該字空格畫✕，已熟記的單字打✔，請每天複習、做紀錄。

日期	/	/	/	/	/	/	/	/	/	/
16. demographics										
17. dealer spot										
18. debt servicing										
19. defect										
20. delinquent										
21. earnings										
22. editorial										
23. elaborate										
24. electronic										
25. electricity										
26. facilitate										
27. fee for the service										
28. fill out										
29. filling station										
30. financial statement										

01 ★ **absurd** [əb`sɝd]

形 荒謬的；不合理的

例句 It is **absurd** to talk over compulsory redundancy policies for teachers. 討論針對老師的強制裁員政策真是荒謬。

關 **absurdity** [əb`sɝdətɪ] 名 荒謬

02 ★★ **accelerate** [æk`sɛlə͵ret]

動 加速；促進

例句 The adjacent areas should **accelerate** the economic growth.
這附近的地區應加速經濟成長。

關 **acceleration** [æk͵sɛlə`reʃən] 名 加速

03 ★ **acceptance** [ək`sɛptəns]

名 接受；贊同

例句 The manager has withdrawn earlier **acceptance** of the offer.
經理已撤回先前同意的報價。

關 **accept** [ək`sɛpt] 動 接受

04 ★★ **access** [`æksɛs]

名 接近；進入
動 使用

例句 The transnational shopping mall has recently been able to gain **access** to the commercial hub.
這跨國大賣場直到最近才得以進入該商業中心。

關 **accessible** [æk`sɛsəbḷ] 形 可以得到的

05 ★★ **accommodation** [ə͵kɑmə`deʃən]

名 適應；膳宿

例句 The price includes flights, hotel **accommodation**, and various excursions. 這價格包括機票、旅店住宿和各種出遊費用。

關 **accommodate** [ə`kɑmə,det] 動 適應

06 ★★ **backlog** [`bæk,lɔg] 名 未處理的訂單、文件等

例句 The company is faced with a **backlog** of orders it can't handle.
公司面對一大堆未處理的訂單。

07 ★★ **backorder** [`bæk,ɔrdɚ] 名 延交訂單

例句 As a result of **backorder**, we will incur additional freight charges.
因為延交訂單，我們將承擔額外運費。

08 ★ **back-to-back** [`bæktə`bæk] 形 連續的

例句 We are so honest and sincere to our business partners that we can procure **back-to-back** orders.
我們對生意夥伴誠實與誠懇，所以我們可以接到連續的訂單。

09 ★★ **balance of trade** 貿易差額

例句 The country's automobile sector made great strides this year to even up its **balance of trade**.
該國的汽車產業今年取得了重大進步，平衡了貿易差額。

10 ★★ **balance sheet** 資產負債表

例句 The debts must be equal to the credits on the **balance sheet**.
資產負債表上借貸數必須相等。

MP3 02

11 ★ **cabin**
[ˋkæbɪn]

名 客（機）艙

例句 The superstar sat quietly in the First Class **cabin**.
這位超級巨星靜靜地坐在飛機頭等艙裡。

12 ★ **cabinet**
[ˋkæbənɪt]

名 櫥櫃；內閣

例句 The lady held many important offices in the British **cabinet**.
這位女士在英國內閣中擔任過許多重要職務。

13 ★ **cable**
[ˋkebḷ]

名 有線電視

例句 Programs from **cable** television companies are seeing a tremendous upsurge in worldwide popularity.
第四臺有線電視的節目在全球越來越普及了。

14 ★ **calculator**
[ˋkælkjəˏletɚ]

名 計算機

例句 Students are not allowed to use a **calculator** on the exam.
學生不可以在考試中使用電子計算機。

15 ★★★ **cutting-edge**

形 尖端的

例句 This smartphone is so **cutting-edge** that it's considerably cooler than traditional mobile phones.
智慧型手機是非常尖端的科技，遠比傳統手機酷多了。

同 **state-of-the-art** 形 尖端的

16 ★★★ **demographics** [ˏdɪməˋgræfɪks] 名 人口統計數字

例句 The **demographics** have changed in Taiwan in recent years.
臺灣近幾年來的人口統計數字已有變化。

關 **demographic** [ˏdiməˋgræfɪk] 形 人口統計的

17 ★★ **dealer spot** 插播廣告

例句 Myriads of viewers abominate **dealer spots** in any programs.
很多的觀衆痛恨在任何節目中插播廣告。

18 ★★ **debt servicing** 債務還本付息

例句 The households of the US are getting buried under **debt servicing** burdens.
美國的家庭正在被還本付息的負擔所淹沒。

19 ★ **defect** [dɪˋfɛkt] 名 缺點

例句 All the smartphones are tested for **defects** before they leave the manufactory. 所有的智慧型手機在出廠之前都要檢查有無缺陷。

關 **defective** [dɪˋfɛktɪv] 形 有缺點的

20 ★★★ **delinquent** [dɪˋlɪŋkwənt] 形 拖欠的；少年犯罪的 名 少年罪犯

例句 The young man is **delinquent** in paying his rent.
那名年輕人拖欠房租。

關 **delinquency** [dɪˋlɪŋkwənsɪ] 名 少年犯罪
juvenile delinquency 青少年犯罪

21 ★ **earnings** [ˋɜnɪŋz]

名 薪水；工資；報酬

例句 The furniture company's **earnings** have dropped by 5 % in the second quarter. 家具公司第二季的利潤下滑了 5%。

22 ★★ **editorial** [ˏɛdəˋtorɪəl]

名 社論

例句 Which do you like better, the news or the **editorial**?
新聞和評論你比較喜歡看哪個？

關 **edit** [ˋɛdɪt] 動 編輯 **editor** [ˋɛdɪtɚ] 名 主編

23 ★★★ **elaborate** [ɪˋlæbəˏret]

形 詳盡的
動 詳述

例句 The manager's task aims to **elaborate** policies which would make a market economy compatible with environment conservation.
經理的任務是制定詳細政策，使得市場經濟和環境保護能夠共存。

24 ★★ **electronic** [ɪlɛkˋtrɑnɪk]

形 電子的

例句 The police keep track of the drug traffickers by using **electronic** surveillance equipment. 警方利用電子監視設備跟蹤毒販。

關 **electronics** [ɪlɛkˋtrɑnɪks] 名 電子學；電子設備
electronically [ɪˏlɛkˋtrɑnɪk!ɪ] 副 電子地

25 ★★ **electricity** [ˏilɛkˋtrɪsətɪ]

名 電

例句 The **electricity**-saving equipment can help our company save a large sum of money. 這節電設備可以幫助我們公司節省一大筆錢。

關 **electric** [ɪˋlɛktrɪk] 形 電的　**electrical** [ɪˋlɛktrɪkḷ] 形 與電相關的
electrical appliance [ɪˋlɛktrɪkḷ əˋplæəns] 名 電器用品

26 ★★★ **facilitate** [fəˋsɪlə͵tet]　動 使容易；促進

例句 The bilateral trade agreement would **facilitate** trade and investment between the two countries.
雙邊貿易協定將促進兩國的貿易與投資。

27 ★ **fee for the service**　服務費

例句 Realtors will charge their clients the **fee for the service**.
房屋仲介會向客戶收取仲介服務費。

28 ★ **fill out**　動 填寫

例句 **Fill out** the application, and keep the copy of it.
填寫申請表，並且保存副本。

29 ★ **filling station**　加油站

例句 John has a part-time job as a **filling station** attendant.
約翰在加油站打工。

同 **gas station** 加油站

30 ★★ **financial statement**　財務報表

例句 The account department has prepared a **financial statement** for the board of directors.
會計部門為董事會準備了一份財務報表。

Quiz 多益字彙模擬測驗

【答題祕訣】1. 先看選項，確定字義。
2. 再看題目，運用「3 詞 KO 法」，抓住「名詞」、「形容詞」、「動詞」。

01. It is ______ to go hiking in such adverse weather.
(A) feasible (B) palpable (C) absurd (D) beneficial

02. The buyer must inspect the goods supplied for ______.
(A) defective (B) defects (C) sufficient (D) sufficiency

03. The transnational is conducting an ______ management training scheme for graduates.
(A) luxurious (B) economical (C) intangible (D) elaborate

04. The price of the 5-day trip is exclusive of ______.
(A) accommodation (B) facilities
(C) equipment (D) establishment

05. The governor seemed greatly contented as the prices of assets seized from ______ taxpayers were bid upward over time.
(A) delinquent (B) delinquency
(C) subsequent (D) subsequence

01. 【C】 中譯 在這麼惡劣的天氣裡健行太荒謬了。
(A) 可行的 (B) 明顯的；可觸知的 (C) 荒謬的 (D) 有益的
3詞KO法 ____ → go hiking, adverse weather（惡劣天氣健行是荒謬的。）

02. 【B】 中譯 買方必須檢查所供應的商品有無瑕疵。
(A) 缺陷的 (B) 缺陷 (C) 充足 (D) 充足的
3詞KO法 inspect goods for ____（檢查商品有無瑕疵。）
Note 介系詞後 + 名詞

03. 【D】 中譯 這家跨國大企業正在執行精心設計的畢業生管理培訓計劃。
(A) 豪華的 (B) 節約的 (C) 無形的 (D) 精心設計的；詳盡的
3詞KO法 ____ management training scheme（精心設計的管理培訓計劃）

04. 【A】 中譯 五天度假費用未包括住宿費。
(A) 住宿 (B) 設備（可數）
(C) 設備（不可數）(D) 機構（尤指企業、商店等）
3詞KO法 price → exclusive（排除）of ____（未包括住宿費）

05. 【A】 中譯 隨著從欠稅者那裏沒收的資產競標價格不斷上揚，州長顯得似乎很滿意。
(A) 拖欠的；少年犯罪的 形；少年犯 名 (B) 少年犯罪 名
(C) 隨後的 形 (D) 後果；順序 名
3詞KO法 ____ taxpayers（拖欠未繳稅者。）
Note 形 delinquent + 名 taxpayers

DAY 02

日期	/	/	/	/	/	/	/	/	/	/
01. gadget										
02. garage										
03. garbage disposal										
04. general hospital										
05. generator										
06. idle facilities										
07. image processing										
08. import charges										
09. impound										
10. incentive										
11. jaywalk										
12. jealous										
13. jeopardy										
14. jet lag										
15. jot down										

訓練自己一邊看英文單字一邊說出中文字義（口中默念即可）。遇到還沒記住的字就在該字空格畫✖，已熟記的單字打✔，請每天複習、做紀錄。

日期	/	/	/	/	/	/	/	/	/	/
16. labor problems										
17. lagged expectations										
18. land development										
19. lay off										
20. landmark										
21. maintenance										
22. malfunction										
23. mandatory										
24. manipulate										
25. manual										
26. net income										
27. neutral										
28. net worth										
29. niche										
30. notification										

MP3 04

01
★★
gadget
[`gædʒɪt]

名 小機件

例句 The kids were squabbling over the smart **gadget**.
孩子們正在為搶奪智慧型電子器具而爭吵。

02
★
garage
[gə`rɑʒ]

名 車（飛機）庫；修車廠

例句 Up to now, the mechanic has sent a couple of requests for spare parts and other urgent messages from one **garage** to another.
迄今為止，這位技術人員已經向一間間修車廠發送了好幾封索取零件的信件和其他急件。

關 **garageman** [gə`rɑʒmæn] 名 修車廠工人
garage sale 舊物出售（擺在自家的車庫裡出售）

03
★★
garbage disposal

垃圾處理

例句 **Garbage disposal** is a major problem in most cities the world over. 垃圾處理在世界各地的大多數城市是個大問題。

04
★★
general hospital

綜合醫院

例句 The injured men are in a critical but stable condition at Los Angels **general hospital**.
這些傷者目前在洛杉磯綜合醫院急救，情況穩定。

05
★★
generator
[`dʒɛnə͵retɚ]

名 發電機

例句 This steam is used to turn the turbine blades of **generators**.
這蒸汽被用來推動發電機的渦輪葉片。

06 ★★ **idle facilities (assets)** 閒置設備（資產）

例句 The board of directors proposed a plan to auction **idle facilities**.
董事會提出拍賣閒置設備。

07 ★★ **image processing** 影像處理

例句 Digital **image processing** is extensively applied in the present time. 目前，數位影像處理技術廣泛地被應用。

08 ★ **import charges** 進口費用

例句 All **import charges** must be for the purchaser's account in full.
所有進口費用須全部由買方承擔。

09 ★★★ **impound** [ɪm`paʊnd] 動 依法沒收、扣押

例句 When road accidents and serious injuries take place, the vehicles involved **are** always **impounded**.
當發生交通事故並有重大傷亡時，所有事故車輛都要被扣留。

關 **impoundment** [ɪm`paʊndmənt] 名 依法沒收、扣押

10 ★★ **incentive** [ɪn`sɛntɪv] 名 獎勵金、鼓勵政策

例句 Banks should proffer a diversity of **incentives** and free banking services. 銀行應該提供免費服務及各種鼓勵措施。

MP3 05

11 ★ **jaywalk**
[ˋdʒe͵wɔk]
動 橫越馬路；闖紅燈

例句 Road users are reminded that **jaywalking** is against traffic rules.
警方提醒用路者，擅自穿越馬路是違反交通規則。

12 ★ **jealous**
[ˋdʒɛləs]
形 妒忌的；吃醋的

例句 His wife gets **jealous** even when he takes a glance at another woman. 他即使只看別的女人一眼，他太太也會吃醋。

13 ★★★ **jeopardy**
[ˋdʒɛpɚdɪ]
名 危險

例句 A string of inappropriate investments have placed the company in **jeopardy**. 一連串的不當投資使得公司處在危險之中。

關 **jeopardize** [ˋdʒɛpɚd͵aɪz] 動 危害
jeopardous [ˋdʒɛpədəs] 形 危險的

14 ★ **jet lag**
時差

例句 A sound sleep is the optimal way to surmount **jet lag**.
好好睡上一覺是克服時差最好的方法。

15 ★★ **jot down**
動 匆匆記下

例句 The audience was very attentive and **jotted down** the key points.
聽衆非常專心聽講並且把重點記錄下來。

16 ★ **labor problems (shortage)** 勞動力問題（不足）

例句 In the rush season, **labor problems** (shortage) always appear in the international hotels.
國際大飯店在旺季中總是會出現勞動力不足的問題。

17 ★★ **lagged expectations** 期待落空

例句 The shade of **lagged expectations** in the wake of political instability haunts the investors of the stock market.
隨著政治不景氣而來期待落空的陰影困擾著股票市場的投資大衆。

18 ★ **land (property) development** 土地開發

例句 **Land development** at this region is being conducted for public housing. 這個地方正在為國民住宅進行土地開發。

19 ★ **lay off** 動（暫時）解雇

例句 They did not sell a house for a month and had no alternative but to **lay off** staffers.
一個月以來一棟房子都賣不出去，他們只好裁員。

關 **layoff** [ˋleˏɔf] 名（暫時）解雇的人員

20 ★ **landmark** [ˋlændˏmɑrk] 名 地標、路標；（歷史上的）重大事件、里程碑

例句 The Taipei 101 building is a renowned **landmark** in Taipei.
臺北 101 大樓是臺北著名的地標。

21 ★ **maintenance** [ˋmentənəns]	名 維修（持）、保養

例句 A recently-established highway system will typically widen the area of carriageway, and thus increase the cost of **maintenance**.
一個新建立的公路系統，通常因為加寬車道而增加了道路的面積，也因此增加了維修費用。

關 **maintain** [menˋten] 動 維修（持）、保養

22 ★ **malfunction** [mælˋfʌŋʃən]	名 動 發生故障

例句 Results have been deferred on account of a **malfunction** in the computer. 由於電腦發生故障，計算結果延遲了。

23 ★★★ **mandatory** [ˋmændəˏtorɪ]	形 義務的；強制的 名 受託者；代理者

例句 Drug trafficking carried a **mandatory** capital punishment.
販賣毒品必然會被判死刑。

24 ★★★ **manipulate** [məˋnɪpjəˏlet]	動（熟練地）操作、運用，（用權勢等）操縱

例句 The core policy is contingent on **manipulating** the level of total demand via fiscal or monetary policy.
主要政策手段是透過財政政策或貨幣政策來控制總需求水平。

關 **manipulation** [məˋnɪpjuˏleʃən] 名 操作、運用
manipulative [məˋnɪpjəˏletɪv] 形 操作的、運用的

25 ★★ **manual** [ˋmænjuəl]	形 手工的 名 手冊

例句 Housewives oftentimes absorb half the information in the **manual**. 家庭主婦對於說明書上所說的經常是一知半解。

26 ★ **net income** 純收益

例句 The **net income** per head has ascended by approximately 10% in the past three years.
在過去的三年中每人的純收益增長了大約 10%。

27 ★★ **neutral** [ˋnjutrəl] 形 名 中立（的）；【機械】空檔（的）

例句 She always attempts to remain **neutral** when her kids started quarreling. 她的小孩開始爭吵時，她總是企圖保持中立。

28 ★ **net worth** 淨資產；淨值

例句 The new scheme aims to introduce high **net worth** products to our customers. 新的計畫將針對我們的客戶介紹高淨值的產品。

29 ★★★ **niche** [nɪtʃ] 名 利基、商機

例句 We make an attempt to find a **niche** in the bicycle market.
我們企圖在腳踏車市場找到一個商機。

30 ★★ **notification** [ˌnotəfəˋkeʃən] 名（正式）通知

例句 Compensations should be sent with the written **notification**.
賠償金應該隨書面通知寄出。

關 **notify** [ˋnotəˌfaɪ] 動 通知、公布

Quiz 多益字彙模擬測驗

【答題祕訣】1. 先看選項，確定字義。

2. 再看題目，運用「3 詞 KO 法」，抓住「名詞」、「形容詞」、「動詞」。

01. A corkscrew is a very useful ______ for opening bottles of wine.

(A) yacht (B) gadget (C) capsule (D) barge

02. The customs ______ the whole cargo.

(A) persecuted (B) prosecuted

(C) concerned (D) impounded

03. ______ can raise productivity and offer bountiful opportunities for a better life .

(A) Incentives (B) Creativity (C) Originality (D) Inspiration

04. The villagers' lives were in ______ during the blizzard.

(A) comfort (B) ecstasy (C) pleasure (D) jeopardy

05. ______ is caused because the body clock does not readjust immediately to the time change.

(A) Jet lag (B) Pneumonia (C) Diabetes (D) Obesity

06. The book stands out as one of the notable ______ in the progress of modern science.

(A) notification (B) upticks (C) peaks (D) landmarks

07. Government money was spent on new investments rather than ______.

(A) maintain (B) maintenance (C) detain (D) detention

01.【B】 中譯 拔塞鑽是很好用的開酒瓶工具。
(A) 遊艇 (B) 小器具 (C) 膠囊 (D) 大型平底船
3詞KO法 useful ____ → opening bottles（好用的開瓶小工具。）

02.【D】 中譯 海關扣押了全部的船貨。
(A) 迫害 (B) 起訴 (C) 關心；有關 (D) 扣押
3詞KO法 customs ____ cargo（海關扣押船貨。）

03.【A】 中譯 獎勵能夠提高生產力，並為更好的生活創造大量機會。
(A) 獎勵 (B) 創造力 (C) 原創力 (D) 靈感
3詞KO法 ____ raise productivity.（獎勵提高生產力。）

04.【D】 中譯 暴風雪肆虐期間，村民們的生命處於危險之中。
(A) 舒服 (B) 狂喜 (C) 快樂 (D) 危險
3詞KO法 ____ during blizzard.（暴風雪期間所產生的危險。）

05.【A】 中譯 由於人體生理時鐘不能迅速對時間差作出調整，因而產生了飛行時差反應。
(A) 時差 (B) 肺炎 (C) 糖尿病 (D) 肥胖（症）
3詞KO法 ____ → not readjust → time change.（時差是無法重新調整對時間的變化。）

06.【D】 中譯 這部著作是現代科學發展史上著名的里程碑之一。
(A) 正式通知 (B) 上升 (C) 巔（山）峰 (D) 里程碑
3詞KO法 notable ____ modern science（現代科學著名的里程碑。）

07.【B】 中譯 政府資金不是用於維修工作，而是用於新的投資。
(A) 維修 動 (B) 維修 名 (C) 拘留 動 (D) 拘留 名
3詞KO法 government money → new investments rather than ____（政府資金用於新的投資而非是用於維修。）
Note ～ rather than (on) maintenance，故不能選動詞 maintain。

08. An immediate inspection of the test results may also reveal ______ that then can be corrected.
(A) functions (B) regulations
(C) malfunctions (D) stipulations

09. It is ______ for blood banks to test all donated blood for viruses.
(A) dispensable (B) mandatory (C) tangible (D) disposable

10. The treasurer was apprehended for trying to ______ the company's financial records.
(A) manipulation (B) manipulate (C) harness (D) control

螺旋記憶測試

下列單字曾在前一課中學習過，請寫出中譯。

01. absurd ______
02. accelerate ______
03. access ______
04. accommodation ______
05. back-to-back ______
06. balance sheet ______
07. cutting-edge ______
08. debt servicing ______
09. defective ______
10. juvenile delinquency ______
11. elaborate ______
12. electronic ______
13. fill out ______
14. filling station ______
15. financial statement ______

08. 【C】 **中譯** 對試驗結果進行即時檢查可以發現故障，然後可予以校正。

(A) 功能 (動/名) (B) 規定 (C) 故障 (D) 規定

3詞KO法 reveal ____ → corrected（揭露出故障，將它修理好。）

09. 【B】 **中譯** 血庫有義務檢查所有的捐血是否含有病毒。

(A) 非必要的 (B) 義務的 (C) 有形的 (D) 用完即丟棄的

3詞KO法 ____ → blood banks → test viruses（血庫有義務檢查出病毒。）

10. 【B】 **中譯** 財務主管由於試圖操縱（竄改）公司財務帳目而被逮捕。

(A) 操作 名 (B) 操作 動 (C) 管理 動 (D) 控制 動

3詞KO法 treasurer, apprehended → ____ company's financial records（財務長操縱（竄改）公司財務帳目而被逮。）

解答

01. 荒謬的 02. 加速；促進 03. 接近；進入；使用 04. 適應；膳宿 05. 連續的 06. 資產負債表 07. 尖端的 08. 還本付息 09. 缺點 10. 青少年犯罪 11. 詳盡的；詳述 12. 電子的 13. 填寫 14. 加油站 15. 財務報表

DAY 03

日期	/	/	/	/	/	/	/	/	/	/
01. objective										
02. oblivious										
03. obstacle										
04. occupation										
05. offensive										
06. packing										
07. premise										
08. parts market										
09. passive smoking										
10. pay off										
11. quantity										
12. quarrel										
13. quota										
14. quote										
15. recharge										

訓練自己一邊看英文單字一邊說出中文字義（口中默念即可）。遇到還沒記住的字就在該字空格畫 ✖，已熟記的單字打 ✔，請每天複習、做紀錄。

日期	/	/	/	/	/	/	/	/	/	/
16. radiation										
17. revise										
18. recall										
19. regular price										
20. salary										
21. seniority										
22. sample										
23. satellite										
24. scandal										
25. table of contents										
26. tag										
27. tailspin										
28. take a rain check										
29. target population										
30. taxi fare										

01 ★ **objective** [əb`dʒəktɪv]

形 客觀的
名 目標

例句 The jury needs an **objective** opinion from someone who does not get entangled in the case.
陪審團需要一個與此案件沒有牽連的人的客觀看法。

關 **object** 名 物體　**object** 動 + to +N. / V-ing 反對

02 ★★★ **oblivious** [ə`blɪvɪəs]

形 忘記的；未察覺到的（不用於名詞前）

例句 The sales clerk was **oblivious** of this niche on the market survey.
銷售員在這次的市調中忽略這個商機。

關 **oblivion** [ə`blɪvɪən] 名 遺忘

03 ★ **obstacle** [`ɑbstəkḷ]

名 障礙（物）；妨礙

例句 To get over these **obstacles** has always been a major challenge to the textile industry. 怎樣克服這些障礙長久以來是紡織業的重要挑戰。

關 **obstruct** [əb`strʌkt] 動 阻礙　**obstruction** [əb`strʌkʃən] 名 阻礙

04 ★ **occupation** [ˏɑkjə`peʃən]

名 職業

例句 Social status has a close affinity with the **occupation** of the supporter. 社會地位與支撐家庭生計者的職業有密切的關係。

關 **occupational** [ˏɑkjə`peʃənḷ] 形 職業的

05 ★ **offensive** [ə`fɛnsɪv]

形 冒犯的

例句 The celebrity insisted that the reporter (should) withdraw his **offensive** remarks immediately.

這位名人要求這位記者立刻收回那些冒犯的言語。

關 **offense** [əˋfɛns] 名 冒犯　**offend** [əˋfɛnd] 動 冒犯

06 ★ **packing** [ˋpækɪŋ]　名 包裝（物）；打包

例句 We'll do our **packing** the night before we leave.
我們會在動身前一晚收拾行李。

07 ★★ **premise** [ˋprɛmɪs]　名 營業場所

例句 We are going to move to the new **premise**.
我們即將搬遷至新的營業場所。

08 ★ **parts market**　零件市場

例句 My knowledge of the auto **parts market** tells me that your quote is considerably unattractive.
根據我對汽車零件市場的認知，你們的報價相當沒有吸引力。

09 ★★ **passive smoking**　二手煙

例句 Unfortunately, kids are the major victims of **passive smoking**.
不幸的事實是，兒童是吸二手煙的最大受害者。

同 **second-hand smoke** 二手煙

10 ★ **pay off**　動 還清債務

例句 The storekeeper was forced to **pay off** his debts.
這位店主被逼迫還清債務。

關 **payoff** [ˋpeˌɔf] 名 收益；遣散費

11 ★ **quantity** [ˋkwantətɪ] 名 量

例句 A large **quantity** of water is stored in the reservoir during the rainy season. 水庫在雨季間存了大量的水。

關 **quantitative** [ˋkwantə͵tetɪv] 形 數量的

12 ★ **quarrel** [ˋkwɔrəl] 名 動 爭吵

例句 **Quarrels** are typically triggered by misunderstanding.
爭吵常常是誤會釀成的。

13 ★ **quota** [ˋkwotə] 名 配（限）額

例句 The upshot was a **quota** on the US imports, while the foreign suppliers pocketed windfalls from the price uptick.
其結果就是對美國的進口商品實行一種配額，但外國供應商卻因提高價格獲取了暴利。

14 ★ **quote** [kwot] 名 動 報價

例句 Our insurance broker will **quote** the rates for all types of cargo and risks. 我們公司保險經紀人會對於所有貨物和各種風險的費用進行報價。

同 **offer** [ˋɔfɚ] 名 動 報價

15 ★ **recharge** [riˋtʃardʒ] 動（給電池）充電

例句 She plugged her smartphone in to **recharge** it.
她把智慧型手機插在插座上充電。

關 **charger** [ˋtʃardʒɚ] 名 充電器
portable charger 名 行動電源 **extension cord** 名 延長線

16 ★★ **radiation** [ˌredɪˋeʃən] 名 輻射

例句 The locals suffer from health problems and fear the long-term effects of **radiation**.
當地人遭受健康問題的困擾並且害怕輻射的長期影響。

17 ★★ **revise** [rɪˋvaɪz] 動 修改（訂）

例句 The site reserves the right to **revise** these terms of use without any notice. 這個網站在無任何通知下保留修改這些使用條款的權利。

關 **revision** [rɪˋvɪʒən] 名 修改（訂）

18 ★★ **recall** [rɪˋkɔl] 動 回收（瑕疵的產品）

例句 Over 2,000 cars **were recalled** last week as a result of a brake problem. 兩千多輛汽車因為剎車問題上禮拜被召回。

19 ★ **regular price** 原價

例句 Everything at that store is 20 percent off the **regular price**.
那家商店每件物品都比原價便宜 20%。

關 **list price** 名 定價（價目表上的售價） **retail price** 名 零售價
sale price 名 特價 **unit price** 名 單價
wholesale price 名 批發價

20 ★ **salary** [ˋsælərɪ] 名 薪資

例句 His **salary** cannot afford to buy a new car.
他的薪資負擔不起買一輛新車。

21 ★ **seniority** [sin`jɔrətɪ]	名 年（資）歷

例句 The **seniority** system is another contributing factor to union militancy.
排資論輩制度也是促成工會鬥爭的另一因素。

22 ★ **sample** [`sæmpḷ]	名 樣品

例句 The **sample** was composed of 300 female consumers.
這次調查的抽樣包括 300 位女性的消費者。

23 ★ **satellite** [`sætḷ,aɪt]	名 人造衛星

例句 This baseball game comes live by **satellite** from San Francisco.
這場棒球比賽是透過人造衛星從舊金山現場直播的。

24 ★★ **scandal** [`skændḷ]	名 醜聞；弊案

例句 The **scandal** took away greatly from the senator's public image.
那醜聞極大地損害了參議員的形象。

25 ★ **table of contents**	（書本的）目錄

例句 The website proffers free **table of contents** and abstracts of the dissertation.
網站提供了這本博士論文的免費目錄和摘要。

26 ★ **tag** [tæg] — 名 動（貼上）標籤

例句 All the staffers in the company have to wear name **tags**.
這家公司的所有職員都得佩戴姓名牌。

27 ★★★ **tailspin** [ˋtel,spɪn] — 名（生意）急速滑落；混亂

例句 The growing conviction in the markets that the Fed might be preparing for a pause for raising interest rates sent the dollar into a **tailspin** last week.
越來越多的市場人士認為，聯邦儲備局可能準備暫停加息，這一看法促使美元上周盤跌。

28 ★★★ **take a rain check** — 改天；延期

例句 I have an important appointment with our customer tonight. Can I **take a rain check**?
我今晚跟我們的客戶有個重要的約會。我可以改期嗎？

29 ★ **target population** — （商品銷售的）客層

例句 The **target population** our new product aims at is middle-aged people.
我們新產品所針對的客層是中年族群。

30 ★ **taxi (cab) fare** — 計程車資

例句 Let's split the **taxi fare**.
我們平均分攤計程車車費。

Quiz 多益字彙模擬測驗

【答題祕訣】1. 先看選項，確定字義。
2. 再看題目，運用「3 詞 KO 法」，抓住「名詞」、「形容詞」、「動詞」。

01. Wrapped in his problems, he was ______ to his surroundings.
(A) oblivious (B) cautious (C) meticulous (D) concerned

02. The struggle for economic growth encountered more than the well advertised ______ of ignorance, disease, corruption and inertia.
(A) stepping stones (B) cornerstone (C) core (D) obstacles

03. I insist that you withdraw your ______ remarks immediately.
(A)offensive (B) offense (C) offend (D) offending

04. The ______ of six tickets per head has been reduced to four.
(A) quantity (B) quota (C) quality (D) qualification

05. The travel agency ______ the lady $300 for a flight from America to Japan.
(A) provided (B) replenished (C) quoted (D) complemented

06. After a brief ______, our shares returned to $50.
(A) rally (B) downtick (C) slump (D) downturn

07. We are ______ our latest product in virtue of some defects.
(A) reminiscing (B) remembering (C) recollecting (D) recalling

01.【A】 中譯 由於受到問題所困擾，他並未注意到周圍的一切。
(A) 未察覺到的 (B) 小心翼翼的 (C) 小心翼翼的 (D) 關心的
3詞KO法 wrapped, problems → ____ surroundings（受到問題所困擾，未察覺到四周。）

02.【D】 中譯 爭取經濟成長所遭遇到的困難，遠遠超過大家所熟知的愚昧，疾病，腐敗和惰性。
(A) 墊腳石 (B) 基石 (C) 核心 (D) 障礙
3詞KO法 ____ of ignorance, disease, corruption and inertia（愚昧、疾病、腐敗和惰性的障礙。）

03.【A】 中譯 我要求你必須立刻收回那些冒犯的言語。
(A) 冒犯的 形 (B) 冒犯 名 (C) 冒犯 動 (D) 冒犯（現在分詞）
3詞KO法 withdraw your ____ remarks.（撤回你的冒犯的言語。）
Note offensive 形 修飾 remarks 名

04.【B】 中譯 每人可購買的票的限額已經由六張降至四張。
(A) 量 (B) 配（限）額 (C) 品質 (D) 資格
3詞KO法 ____ of six tickets → reduced to four（限額由六張減為四張。）

05.【C】 中譯 旅行社向這位女士開出從美國至日本機票的報價是 300 塊美金。
(A) 提供 (B) 補充 (C) 報價 (D) 補充
3詞KO法 travel agency ____ $300（旅行社報價 300 美金。）

06.【A】 中譯 經過短暫的反彈後，我們公司的股價跌回到 50 美金。
(A) 股價反彈 (B) 下滑 (C) 暴跌 (D) 下滑
3詞KO法 brief ____ → shares returned to $50.（短暫的反彈後，股價跌回到 50 美金。）

07.【D】 中譯 由於我們的新產品有些瑕疵，我們正在將它們回收。
(A) 回憶 (B) 回憶 (C) 回憶 (D) 回收、召回
3詞KO法 ____ product → defects（因為缺陷，回收產品）

08. There was a public outcry when the _____ broke out.
(A) scan (B) steam (C) scandal (D) stool

螺旋記憶測試

下列單字曾在前一課中學習過，請寫出中譯。

01. gadget ____________
02. garage ____________
03. generator ____________
04. impound ____________
05. jaywalk ____________
06. incentive ____________
07. jeopardy ____________
08. jet lag ____________
09. landmark ____________
10. maintenance ____________
11. malfunction ____________
12. mandatory ____________
13. manipulate ____________
14. net income ____________
15. neutral ____________

08.〔C〕 **中譯** 醜聞傳開後引起了公憤。

(A) 掃描 (B) 蒸氣 (C) 醜聞 (D) 小板凳

3詞KO法 public outcry → ____ broke out（醜聞爆發，引起公憤。）

解答

01. 小器具 02. 車（飛機）庫 03. 發電機 04. 扣押 05. 橫越馬路 06. 獎勵金、鼓勵政策 07. 危險 08. 時差 09. 地標；里程碑 10. 維修（持），保養 11. 故障 12. 義務的；強制的 13. 操作；操縱 14. 純收益 15. 中立的

DAY 04

日期	/	/	/	/	/	/	/	/	/	/
01. uniform										
02. undertake										
03. undervalue										
04. unprecedented										
05. upgrade										
06. vacation package										
07. value-added tax										
08. vehicle										
09. vehicle exhaust										
10. venture capital										
11. waive										
12. warehouse										
13. warranty										
14. wholesale										
15. withdrawal										

字彙表

訓練自己一邊看英文單字一邊說出中文字義（口中默念即可）。遇到還沒記住的字就在該字空格畫✘，已熟記的單字打✔，請每天複習、做紀錄。

日期	/	/	/	/	/	/	/	/	/	/
16. workforce										
17. walkout										
18. allowance										
19. absenteeism										
20. assistance										
21. account records										
22. acting										
23. bacteria										
24. baggage										
25. balance										
26. buckle up										
27. business indicators										
28. confidential										
29. cabstand										
30. canceled check										

01 ★★ **uniform** [`junə,fɔrm]
形 一致的
名 制服

例句 The rise of oil prices will be **uniform** across the country.
油價漲幅將會全國一致。

02 ★ **undertake** [,ʌndɚ`tek]
動 承擔；著手進行；保證

例句 We **undertake** to replace any products not up to specifications.
產品不合規格，保證退換。

03 ★ **undervalue** [,ʌndɚ`vælju]
動 低估；輕視

例句 He felt that the coach **undervalued** his ability.
他覺得教練低估了他的能力。

同 **underestimate** [,ʌndɚ`ɛstɚ,met] 動 低估；輕視
關 **undervaluation** [`ʌndɚ,vælju`eʃən]
= **underestimation** [ʌndɚɛstɪ`meʃən] 名 低估；輕視

04 ★★★ **unprecedented** [ʌn`prɛsə,dɛntɪd]
形 前所未有的

例句 Hong Kong is facing an **unprecedented** fiscal deficit.
香港正面臨前所未有的財政赤字。

05 ★ **upgrade** [`ʌp`gred]
動 名 升級

例句 The purser will **upgrade** me along with my family to first class.
座艙長將會幫我和我的家人升等到頭等艙。

06 ★ **vacation package** 套裝行程

例句 The travel agency introduced a Northern European **vacation package** to us.
旅行社向我們推銷了北歐的套裝行程。

07 ★★ **value-added tax (VAT)** 增值稅

例句 **Value-added tax** is a recent type of tax having won recognition in the European common market.
近來，歐洲共同市場採用一種新稅制，即增值稅。

08 ★ **vehicle** [ˋvihɪkl̩] 名 車輛；工具；手段

例句 The journey would consume half of the useful life of the **vehicle**.
此次長途旅程將損耗車輛一半的壽命。

09 ★★ **vehicle exhaust** 汽車排放的廢氣

例句 Researching and developing advanced **vehicle exhaust** test systems has emerged as a core for most auto companies.
研發先進的汽車排放測試系統已成為大部分汽車公司的核心目的。

同 **exhaust fume** 名 汽車排放的廢氣

10 ★★ **venture capital** 創投；風險資本

例句 **Venture capital** serves as the momentum of the cutting-edge technology sector.
創投是尖端科技產業發展的動能。

11 ★★★ **waive** [wev]	動 放棄（權力）

例句 The admission fee will be **waived** for groups of 60 or more students.

凡參觀學生人數達 60 人或以上，將可豁免入場費用。

12 ★ **warehouse** [ˋwɛr͵haus]	名 倉庫；【英】批發店；大型零售店

例句 His job is to oversee employees in the **warehouse**.

他的工作是監督倉庫裡的員工。

13 ★★ **warranty** [ˋwɔrəntɪ]	名 保證書；保單

例句 We have an extended **warranty** available at extra cost.

額外再加錢，我們可以延長保固期限。

14 ★ **wholesale** [ˋhol͵sel]	名 動 形 批發

例句 We sell products to consumers at **wholesale** prices.

我們公司以批發價的價格賣產品給消費者。

15 ★ **withdrawal** [wɪðˋdrɔəl]	名 收（撤）回；提款

例句 We insisted upon a **withdrawal** of the statement and a public apology.

我們堅持對方要收回那些話並公開道歉。

關 **withdraw** [wɪðˋdrɔ] 動 收（撤）回；提款

16 ★ **workforce** [ˋwɚk͵fɔrs]

名 勞動力；受雇用的人

例句 Approximately 5 % of the **workforce** has been laid off.
公司已經裁員約 5 %。

17 ★★ **walkout** [ˋwɔk͵aut]

名 罷工

例句 Employees staged a **walkout** to protest against inappropriate working conditions. 員工為了爭取合理的工作環境而發動了罷工。

同 **strike** [straɪk] 名 罷工
關 **hungry strike** 絕食抗議

18 ★ **allowance** [əˋlauəns]

名 津貼、補助；零用錢

例句 The destitute live on an **allowance** of ￡30 a week.
窮人們靠每周 30 英鎊的津貼補助過生活。

19 ★★ **absenteeism** [͵æbsn̩ˋtiɪzm̩]

名 曠工、缺勤

例句 **Absenteeism** and frequent work stoppages have wielded repercussions on the efficiency of the plant.
曠工和頻繁的停工已經大大影響到工廠的工作效率。

20 ★★ **assistance** [əˋsɪstəns]

名 協助

例句 To ensure a normal operation of the project, we would like to ask you to proffer **assistance** in training the operating personnel.
為了確保此計畫的正常運作，我們想請你們幫助訓練操作人員。

關 **assist** [əˋsɪst] 動 協助 **assistant** [əˋsɪstənt] 名 助理

21 ★ **account records** 帳戶提存記錄

例句 Please help me check my **account records**.
請幫助我查詢一下我的帳戶提存記錄。

22 ★ **acting** [`æktɪŋ] 形 代理的（保留的）

例句 I'm just temporarily **acting** for him in the post of manager.
我只是暫時代理他經理的職務。

23 ★★ **bacteria** [bæk`tɪrɪə] 名（複數）細菌

例句 **Bacteria** are reproduced by dividing and making copies of themselves. 細菌通過分裂和自我複製來繁殖。

關 **bacterium** [bæk`tɪrɪəm]（單數）細菌

24 ★ **baggage** [`bægɪdʒ] 名 行李【美】

例句 There isn't adequate room in the **baggage** compartment.
行李艙沒有足夠的空間。

關 **luggage** [`lʌgɪdʒ] 行李【英】

25 ★ **balance** [`bæləns] 名 動 平衡

例句 Supply and demand on the currency market will be out of **balance**. 貨幣市場上的供求將失衡。

關 **balanced** [`bælənst] 形 平衡的

26
★ **buckle up** 繫好安全帶

例句 You had better sit down and **buckle up**.
你最好坐下並且繫上安全帶。

同 **fasten one's seatbelt** 繫好安全帶

27
★ **business indicators** 景氣指標

例句 Understanding the key economic and **business indicators** in months ahead is crucial to make the right decisions for our business. 為了做出正確的商務決策，提早數月了解關鍵的經濟和景氣指標變化是不可或缺的。

28
★★★ **confidential** [ˌkɑnfəˋdɛnʃəl] 形 機密的

例句 Diplomats are more skeptical about this scheme and ask that the report (should) be kept **confidential**.
外交官對這一計畫保持懷疑並希望報告保密。

29
★ **cabstand** [ˋkæbˌstænd] 名 計程車招呼站

例句 The secretary called the **cabstand** to arrange for a cab.
秘書打電話給計程車招呼站請他們安排計程車。

30
★ **canceled check** 已註銷支票

例句 Yesterday is a **cancelled check**; tomorrow is a promissory note; today is the only cash you have, so spend it wisely.
昨天是一張廢票，明天是張期票，今天才是你可以好好運用的現金。

關 **cancel** [ˋkænsl] 動 取消 **cancellation** [ˌkænslˋeʃən] 名 取消

Quiz 多益字彙模擬測驗

【答題祕訣】1. 先看選項，確定字義。
2. 再看題目，運用「3 詞 KO 法」，抓住「名詞」、「形容詞」、「動詞」。

01. The lawyer may refuse to ______ a case which appears unsound to him.
(A) undertaking (B) underestimate
(C) undertake (D) undermine

02. In particular, emerging-market currencies are consistently ______.
(A) undervalued (B) despised (C) disdained (D) despite

03. The influence of computer technology on contemporary society is enormous and ______.
(A) unprecedented (B) overvalued
(C) imperfect (D) blemished

04. Medical facilities are being reorganized and ______.
(A) deduced (B) induced (C) seduced (D) upgraded

05. None has the authority to ______ or vary any of these terms.
(A) wave (B) weave (C) waive (D) wait

06. The product comes with the instruction manual and ______.
(A) authorization (B) warranty (C) ownership (D) certificate

07. The opposition party has ______ from the negotiation with the ruling party.
(A) perpetuated (B) inhabited (C) hindered (D) withdrawn

01. (C) 中譯 律師可能拒絕承辦他認為無根據的案件。
(A) 企業 (B) 低估 (C) 承擔 (D) 逐漸破壞
3詞KO法 lawyer, refuse ____ case（律師拒絕承擔的案件。）

02. (A) 中譯 特別是新興國家市場的貨幣一直以來都被低估。
(A) 低估 (B) 輕視 (C) 輕視 (D) 恨意 名
3詞KO法 emerging-market currencies → ____（新興國家市場的貨幣被低估）

03. (A) 中譯 電腦科技對當代社會的影響是巨大的和前所未有的。
(A) 前所未有的 (B) 高估的 (C) 不完美的 (D) 有瑕疵的
3詞KO法 influence → enormous and ____（影響是巨大的與前所未有的）

04. (D) 中譯 正在對醫療設施進行重組和升級。
(A) 演繹、推論 (B) 引誘 (C) 誘惑 (D) 升級
3詞KO法 medical facilities → ____（醫療設施進行升級）

05. (C) 中譯 任何一方均無權放棄或變更這些條款。
(A) 揮手 (B) 編織 (C) 放棄 (D) 等候
3詞KO法 ____ or vary terms.（放棄或變更條款。）

06. (B) 中譯 這商品內附產品說明書與保證書。
(A) 授權書 (B) 保證書 (C) 產權 (D) 證書
3詞KO法 product → instruction manual and ____（產品的說明書與保證書。）

07. (D) 中譯 反對黨已退出與執政黨的協商。
(A) 使永久存在 (B) 居住 (C) 阻止 (D) 退出
3詞KO法 opposition party → ____ negotiation（反對黨退出協商。）
Note hinder 不加 from

08. The corporation used the actor's scandal as a ______ for promoting its products.
(A) skyrocket (B) vehicle (C) aircraft (D) navigation

09. The fertilizer releases nutrients gradually as ______ decompose it.
(A) organ (B) perspiration (C) bacteria (D) immunity

10. The geometrical representation makes the ______ concept pictorial.
(A) concrete (B) abstract (C) absurd (D) ridiculous

螺旋記憶測試

下列單字曾在前一課中學習過，請寫出中譯。

01. oblivious ____________
02. obstacle ____________
03. occupation ____________
04. offend ____________
05. passive smoking ____________
06. quantity ____________
07. quarrel ____________
08. quota ____________
09. quote ____________
10. recall ____________
11. tailspin ____________
12. target population ____________
13. premise ____________
14. manual ____________
15. notification ____________

08. 【B】 **中譯** 公司利用這位演員的醜聞當作促銷產品的手段。

(A) 沖天炮 (B) 手段 (C) 航空器 (D) 衛星導航

3詞KO法 actor's scandal → ____ promoting products（利用演員的醜聞當作促銷產品的手段。）

09. 【C】 **中譯** 隨著細菌的分解，肥料逐漸釋放出各種營養成分。

(A) 器官 (B) 汗水 (C) 細菌 (D) 免疫力

3詞KO法 ____ decompose（細菌分解）

10. 【B】 **中譯** 幾何圖象使得抽象概念意象化。

(A) 具體的 (B) 抽象的 (C) 荒謬的 (D) 可笑的

3詞KO法 geometrical makes ____ pictorial（幾何使得抽象意象化。）

解答

01. 忘記的；未察覺到的 02. 障礙（物） 03. 職業 04. 冒犯 05. 二手煙 06. 量 07. 爭吵 08. 配（限）額 09. 報價 10. 回收 11. 急速滑落；混亂 12.（商品銷售的）客層 13. 營業場所 14. 手工的；手冊 15. 正式通知

DAY 05

日期	/	/	/	/	/	/	/	/	/	/
01. call waiting										
02. campaign										
03. candidate										
04. capability										
05. capacity										
06. delivery date										
07. demo										
08. denomination										
09. departure time										
10. defer										
11. eligible										
12. eloquent										
13. embezzle										
14. embrace										
15. emergency room										

訓練自己一邊看英文單字一邊說出中文字義（口中默念即可）。遇到還沒記住的字就在該字空格畫✖，已熟記的單字打✔，請每天複習、做紀錄。

日期	/	/	/	/	/	/	/	/	/	/
16. financial terms										
17. financier										
18. fire drill										
19. fitness center										
20. fitting room										
21. get-together										
22. gloomy										
23. gossip										
24. greeting										
25. gross										
26. ground crew										
27. gym										
28. haggle										
29. hard copy										
30. housewares										

01 ★ **call waiting**	電話插播

例句 Shall we continue this later? I've got a **call waiting**.
我們可不可以晚一點再繼續談？我有插播。

02 ★★ **campaign** [kæm`pen]	名 競選（宣傳）活動

例句 The auto company has committed funds to an advertising **campaign**. 汽車公司已決定撥款作廣告宣傳。

03 ★ **candidate** [`kændədet]	名 候選人

例句 The university is interviewing four **candidates** for the post of dean of the medical school.
這間大學正在面談四個可能當醫學院院長的候選人。

04 ★ **capability** [ˌkepə`bɪlətɪ]	名 能力

例句 A volition and a **capability** to change are indispensable to fit the market's requirements.
有意願並有能力作出調整，對於滿足市場需求是不可或缺的。

關 **capable** [`kepəbḷ] 形 有能力的

05 ★ **capacity** [kə`pæsətɪ]	名 能力；容（產）量

例句 Our factories have been working at full **capacity** all year.
我們的工廠全年都滿負荷生產。

關 **capacity crowd** 座無虛席
filled to capacity (=completely full) 擠滿；滿座

06
★ **delivery date** 交貨日

例句 Because the goods are needed urgently, we'd like an earlier **delivery date.** 因急需，我們希望能提前供貨。

07
★ **demo** [ˋdɛmo] 名 實物宣傳，示範促銷；試唱帶

例句 The girl sent her **demo** tapes to all the record companies.
女孩把她的試唱帶寄去所有唱片公司。

同 **demonstration** [ˏdɛmənˋstreʃən] 名 實物宣傳，示範促銷；試唱帶

08
★★★ **denomination** [dɪˏnɑməˋneʃən] 名 貨幣的面額

例句 He would like to break $ 100 notes into small-**denomination** ones. 他想把 100 塊面額的美金換成小面額的鈔票。

09
★ **departure time** 出發時刻

例句 We must be at the airport half an hour before **departure time.**
我們一定得在飛機起飛前半小時到機場。

10
★ **defer** [dɪˋfɝ] 動 耽擱、延遲

例句 We would like to inquire whether we could **defer** payment until the end of the month.
我們想要詢問是否能夠延遲到月底付款。

11 ★★ **eligible** [ˋɛlɪdʒəbḷ] 形 合格（適）的

例句 Those who were infected by the contagious disease are **eligible** for sick pay.
凡是感染傳染病的人都有資格可以領取病假工資。

同 **qualified** [ˋkwɑlə͵faɪd] = **entitled** [ɪnˋtaɪtḷd]

12 ★★ **eloquent** [ˋɛləkwənt] 形 口才好的、有說服力的

例句 Stating as explicitly as possible will make you sound **eloquent**.
陳述時盡量清楚會讓你顯得有說服力。

關 **eloquence** [ˋɛləkwəns] 名 口才

13 ★★★ **embezzle** [ɪmˋbɛzḷ] 動 挪用公款

例句 One former official **embezzled** $ 3 million dollars in public funds.
一名前政府官員挪用了 300 萬美元的公款。

關 **embezzlement** [ɪmˋbɛzḷmənt] 名 挪用公款

14 ★★ **embrace** [ɪmˋbres] 動 擁抱；包括；採納

例句 The manager did not readily **embrace** my suggestion of maintaining the status quo.
經理不怎麼樂意接受我提出的維持現況的建議。

15 ★★ **emergency room** 急診室

例句 The doctors were treating patients in the **emergency room**.
醫生正在急診室中醫治病人。

16
★★ **financial terms** 財務條件

例句 The world's largest software maker, which did not disclose **financial terms** of the deal, said the acquisition is part of a broader push into the consumer health-care market.
世界最大的軟體公司未披露該交易的財務細節，該公司表示，這宗收購是公司擴大進軍消費保健市場的其中一步。

17
★★ **financier** [ˌfɪnən`sɪɚ] 名 金融家，出資者

例句 Soros is an legendary international **financier**.
索羅斯是位富有傳奇色彩的國際金融家。

18
★★ **fire drill** 消防演習

例句 The authorities concerned should regularly conduct **fire drills** and review office emergency preparedness following the drills.
有關當局應該定期進行消防演習，並在演習後檢討緊急應變能力。

19
★ **fitness center** 健身中心

例句 The company is equipped with a **fitness center** with the latest body-building apparatuses.
公司設有健身中心，裡面有最新的健身器材。

20
★ **fitting room** 試衣間

例句 The **fitting room** is right over there.
試衣間就在那裡。

21 ★ **get-together** [ˋgɛttə͵gɛðɚ]

名（非正式的社交）聚會

例句 I am throwing a little **get-together** to celebrate my girlfriend's birthday.
我正在為我女朋友的生日舉辦一次小型的慶祝聚會。

22 ★★ **gloomy** [ˋglumɪ]

形 憂鬱的、沮喪的

例句 The economic institution released a **gloomy** economic forecast.
此經濟機構發表令人沮喪的經濟預測。

關 **gloom** [glum] 名 憂鬱；昏暗
economic gloom 經濟不景氣

23 ★★ **gossip** [ˋgɑsəp]

名 動 八卦、閒言閒語

例句 Basically, this comment was purely newspaper **gossip** and speculation.
基本上，這樣的評論純粹是報紙上的閒談和推測。

24 ★ **greeting** [ˋgritɪŋ]

名 打招呼，問候語

例句 The manager exchanged a few words of **greeting** with the guests. 經理同客人寒暄了幾句。

25 ★ **gross** [ˋgros]

形 總共的、全部的

例句 We have a **gross** profit of $ 3 million dollars in the first quarter.
我們第一季獲得 300 萬美元的毛利。

26
★ **ground crew** 地勤人員

例句 The **ground crew** is to make ready for the plane to take off.
地勤人員將為飛機的起飛作準備。

27
★ **gym** [dʒɪm] 名 健身房

例句 The athlete spends at least two hours in the **gym** every day.
這位運動員每天至少花兩小時在健身房。

28
★★ **haggle** [ˋhægḷ] 名 動 討價還價

例句 The tourist **haggled** with the taxi driver over the fare.
觀光客和計程車司機就車費討價還價。

29
★ **hard copy** 複印文本

例句 Readers may download the forms in PDF format below and then submit them in **hard copy**.
讀者亦可下載下列 PDF 格式的表格，填妥後把表格的印本交回。

30
★ **housewares** [ˋhaʊsˏwɛrz] 名 家庭用品

例句 We usually purchase **housewares** in the shopping mall on weekends.
我們通常在周末去大賣場採買家庭用品。

Quiz 多益字彙模擬測驗

【答題祕訣】1. 先看選項，確定字義。
2. 再看題目，運用「3 詞 KO 法」，抓住「名詞」、「形容詞」、「動詞」。

01. The doctors were busy in the promotion of a health _____.
(A) meeting (B) campaign (C) abortion (D) miscarriage

02. All interviewers spoke to them and the middle-aged man emerged as the best _____.
(A) locomotive (B) candidate (C) apparatus (D) instrument

03. The symphony played to a _____ crowd in the city hall.
(A) component (B) content (C) capability (D) capacity

04. Please click on _____ button to see the details.
(A) demo (B) protest (C) outcry (D) alarm

05. My mother was not _____ for the examination because she was over age.
(A) arguable (B)capable (C)competent (D) eligible

06. The defense lawyer made an _____ plea for his client's acquittal.
(A) emergent (B) superficial (C) eloquent (D) supercilious

07. It is forbidden to _____ the land compensation fees and other related expenses.
(A) embezzle (B) defer (C) haggle (D) absolve

 「3 詞 KO 法」詳細解題說明請參考 P4~P5

01. 【B】 中譯 醫生們忙於提倡健康運動。
(A) 會議 (B) 運動 (C) 墮胎、流產 (D) 流產
3詞KO法 doctors → promotion, health ____（提倡健康運動。）

02. 【B】 中譯 所有面試官和他們進行了面談，結果中年男子在求職者中脫穎而出。
(A) 火車頭 (B) 候選人 (C) 器材 (D) 精密工具
3詞KO法 interviewers spoke → ____（面試官面試候選人。）

03. 【D】 中譯 交響樂團在市政大廳的演奏座無虛席。
(A) 組成要素 (B) 內容 (C) 能力 (D) 容量
3詞KO法 ____ crowd（座無虛席。）

04. 【A】 中譯 請按一下示範按鈕閱讀詳細內容。
(A) 示範 (B) 抗議 (C) 抗議 (D) 警報
3詞KO法 click ____ button → see details（按示範按鈕閱讀詳細內容。）

05. 【D】 中譯 媽媽沒有考試資格，因為她已超齡。
(A) 可爭論的 (B) 能夠 (C) 有能力的 (D) 有資格的
3詞KO法 not ____ for examination → over age（超齡沒有資格應考。）

06. 【C】 中譯 被告的律師為委託人的無罪開釋作了有說服力的辯護。
(A) 緊急的 (B) 膚淺的 (C) 有說服力的 (D) 傲慢的
3詞KO法 lawyer made ____ plea（律師作了有說服力的辯護。）

07. 【A】 中譯 禁止挪用徵用土地的補償費和其他相關費用。
(A) 挪用 (B) 耽擱；延遲 (C) 討價還價 (D) 免除
3詞KO法 forbidden to ____ land compensation fees（禁止挪用徵用土地的補償費。）

08. This course ______ several different aspects of sociology.
(A) encloses (B) accepts (C) receives (D) embraces

09. Because of the economic malaise, the short-term outlook for employment remains ______.
(A) gloomy (B) brilliant (C) depressed (D) promising

10. We hear so much about the scandal, but all of it is unreliable ______.
(A) prologue (B) epilogue (C) fiction (D) gossip

螺旋記憶測試

下列單字曾在前一課中學習過，請寫出中譯。

01. undervalue ______________
02. unprecedented ______________
03. upgrade ______________
04. value-added tax ______________
05. vehicle ______________
06. venture capital ______________
07. waive ______________
08. warranty ______________
09. absenteeism ______________
10. account records ______________
11. buckle up ______________
12. allowance ______________
13. baggage ______________
14. wholesale ______________
15. confidential ______________

08. 【D】 **中譯** 這門課程包含社會學的幾個不同層面。

(A) 隨函附上 (B) 接受 (C) 收到 (D) 包含

3詞KO法 course ____ different aspects（課程包含幾個不同層面。）

09. 【A】 **中譯** 因為經濟不景氣，近期的就業前景依然黯淡。

(A) 憂鬱的；前景黯淡的 (B) 燦爛的 (C) 感到沮喪的 (D) 有前途的

3詞KO法 economic malaise → employment remains ____（經濟不景氣，就業仍然黯淡。）

Note depress 為情緒動詞，以人為主詞與過去分詞連用，以物為主詞與現在分詞連用，此題主詞為 the short-term outlook 所以不與 depressed 連用。

10. 【D】 **中譯** 我們聽到有關於這件醜聞的事很多，但都是沒根據的八卦。

(A) 開場白 (B) 收場白 (C)（科幻）小說 (D) 八卦

3詞KO法 unreliable ____（不可靠的八卦。）

解答

01. 低估 02. 前所未有的 03. 升級 04. 增值稅 05. 車輛；工具；手段 06. 創投；風險資本 07. 放棄；擱置 08. 保證書；保單 09. 無故缺席 10. 帳戶提存記錄 11. 繫好安全帶 12. 津貼；補助；零用錢 13. 行李 14. 批發 15. 機密的

DAY 06

日期	/	/	/	/	/	/	/	/	/	/
01. identity										
02. immune										
03. impact										
04. impartial										
05. implication										
06. locker room										
07. law office										
08. legal assistant										
09. life insurance										
10. letter of credit										
11. mail-order house										
12. market survey										
13. media										
14. memo										
15. merge										

字彙表

訓練自己一邊看英文單字一邊說出中文字義（口中默念即可）。遇到還沒記住的字就在該字空格畫✘，已熟記的單字打✔，請每天複習、做紀錄。

日期	/	/	/	/	/	/	/	/	/	/
16. office efficiency										
17. offshore procurement										
18. output										
19. on-line shopping										
20. operating costs										
21. package										
22. palatable										
23. panic										
24. paradigm										
25. participate										
26. quarantine										
27. quorum										
28. quality										
29. qualification										
30. quarter										

01 ★ **identity** [aɪ`dɛntətɪ] 名 身分

例句 The police soon found out the suspect's true **identity** and he was quickly apprehended.
警方不久就查出了這位嫌疑犯的真實身份，並很快逮捕了他。

關 **identical** [aɪ`dɛntɪkḷ] 形 一致的 **identify** [aɪ`dɛntə͵faɪ] 動 辨別

02 ★★★ **immune** [ɪ`mjun] 形 免疫的

例句 Antibodies are produced by the **immune** system when viruses invade the body. 抗體是免疫系統在病毒侵犯身體時所產生的。

關 **immunity** [ɪ`mjunətɪ] 名 免疫力

03 ★ **impact** [`ɪmpækt] 名 動 衝擊；影響

例句 Warnings about the dangers of speeding appear to have little **impact** on young drivers.
開快車會有危險的的警告對年輕的駕駛人似乎沒有多大作用。

04 ★ **impartial** [ɪm`pɑrʃəl] 形 無私的

例句 You can expect us to act in an **impartial**, professional and fair manner. 你可期望我們以公正專業和公平的態度處事。

05 ★★ **implication** [͵ɪmplɪ`keʃən] 名 可能的影響

例句 The low level of present investments has strong **implications** for future economic growth.
當前低迷的投資水平強烈影響到未來的經濟成長。

關 **implicate** [`ɪmplɪ͵ket] 動 暗示；牽連

06
★ **locker room** 更衣室

例句 A woman staffer complained the manager had sexually harassed her in the **locker room**.
一名女職員投訴說，經理在更衣室裡對她進行性騷擾。

07
★ **law office** 法律事務所

例句 The mortgagor and the mortgagee could entrust two lawyers from one **law office** to act as their agents separately to go through the registration procedures. 抵押人及抵押權人可以委託同一律師事務所的兩位律師分別代理雙方辦理抵押登記手續。

同 **law firm** 名 法律事務所

08
★ **legal assistant** 律師助理

例句 Preferred is work experience as a **legal assistant** in a foreign law firm or a foreign company.
有外資律師事務所或企業擔任律師助理經驗者優先。

09
★ **life insurance** 人壽保險

例句 His wife has taken out a **life insurance** policy on him just in case.
他太太給他買了一份人壽保險以防萬一。

關 **fire insurance** 火險
group insurance 團體險
accident insurance 意外險
automobile insurance 車險
endowment insurance 年金險
health insurance 健保

10
★★ **letter of credit** 信用狀

例句 A **letter of credit** would increase the cost of our import.
信用狀會增加我們進口貨物的成本。

11 ★★ **mail-order house** 郵購公司

例句 My wife frequently purchases some products from the **mail-order houses.** 我太太經常在郵購公司買東西。

12 ★★ **market survey** 市場調查

例句 We acquired the answer to this question after a **market survey**.
經過市場調查後我們發現了問題的關鍵。

13 ★ **media** [ˋmidɪə] 名 媒體（複數）

例句 Favors in the **media** all came at a price.
受到媒體的青睞得付出代價。

關 **medium** [ˋmidɪəm] 名 媒體（單數）

14 ★ **memo** [ˋmɛmo] 名 便條；備忘錄

例句 There was a pile of mail, **memos** and telephone messages on the secretary's desk.
這位秘書的辦公桌上堆滿了信件、便條和電話留言。

15 ★★ **merge** [mɜdʒ] 動 合併

例句 The supermarkets are set to **merge** next year.
這幾家超市準備明年合併。

關 **merger** [ˋmɜdʒɚ] 名 合併

16
★ **office efficiency** 辦公室效率

例句 Prompt and careful filing contributes considerably to **office efficiency**.
及時並細心的歸檔對辦公室的效率起著很大的作用。

關 **office supply** 辦公室用品

17
★★★ **offshore procurement** 境外採購

例句 The board of directors approved of the **offshore procurement**.
董事會批准了這次的境外採購。

18
★ **output**
[ˋaut,put]
名 產量；（電腦）輸出量

例句 The manufactory's **output** was at an all-time high.
這家製造廠的產量創歷史新高。

19
★ **on-line shopping** 線上購物

例句 **On-line shopping** has emerged as a dominant channel for consumers.
線上購物在消費者行為上已成主流。

20
★ **operating costs** 營運費用

例句 Efficient management helps you increase productivity and reduce your **operating costs**.
有效率的管理幫助貴公司提升生產量與減少營運費用。

21 ★ **package** [ˋpækɪdʒ]

名 包裹；套裝（行程、程式）

例句 The transnational bank is proffering a special financial **package** for youngsters.

這家跨國銀行正為年輕人提供一整套特殊的金融服務。

22 ★★★ **palatable** [ˋpælətəbḷ]

形 美味可口的；可接受的

例句 Most articles in the magazine are **palatable** to the general public.

這雜誌上的大部分文章符合一般大衆的口味。

23 ★★ **panic** [ˋpænɪk]

名 動 形 恐慌

例句 The intervention of the transnational conglomerate failed to curb the tide of **panic** sales.

這跨國大財團的干預也無法遏止恐慌性拋售。

24 ★★★ **paradigm** [ˋpærəˏdaɪm]

名 範例；模範

例句 The Free Software provides a new **paradigm** for software.

免費的軟體提供了軟件新的典範。

25 ★★ **participate** [pɑrˋtɪsəˏpet]

動 參與

例句 Not a few professionals **participated** in the contest.

相當多的職業選手參加這一比賽。

關 **participation** [pɑrˏtɪsəˋpeʃən] 名 參與
participator [pɑrˋtɪsəˏpetɚ] / **participant** [pɑrˋtɪsəpənt] 名 參與者

26 ★★★ **quarantine** [ˋkwɔrən͵tin]　名 檢疫隔離

例句 Strict entry **quarantine** requirements to catch and destroy infected birds serve as a sure-fire preventive measure.
嚴格的進口檢疫隔離、捉捕和銷毀病禽可以提供一個確實有效的防範措施。

27 ★★★ **quorum** [ˋkwɔrəm]　名 法定人數

例句 If a **quorum** is not present at a meeting of the board of directors, any resolution passed at the meeting will be invalid.
如出席董事會會議人數不滿法定人數，其通過的任何決議無效。

28 ★ **quality** [ˋkwɑlətɪ]　名 品質

例句 It is the **quality** that we're pursuing, and, therefore, we never rush the job.
我們追求的是品質，所以從不匆忙趕工。

關 **quantity** [ˋkwɑntətɪ] 名 量

29 ★★ **qualification** [͵kwɑləfəˋkeʃən]　名 資格

例句 What **qualification** do you have for hospital work?
你有什麼在醫院工作的資歷嗎？

關 **qualify** [ˋkwɑlə͵faɪ] 動 符合資格

30 ★ **quarter** [ˋkwɔrtɚ]　名 季度

例句 The computer giant said the revenues of the second **quarter** are due at the end of June.
這家電腦大廠表示第二季度的營收將在七月底公布。

Quiz 多益字彙模擬測驗

【答題祕訣】1. 先看選項，確定字義。
2. 再看題目，運用「3 詞 KO 法」，抓住「名詞」、「形容詞」、「動詞」。

01. In the traditional subsistence farm, output and consumption are ______.
(A) identity (B) identical (C) furious (D) redundant

02. Yoga is being used to enhance the body ______ system.
(A) affected (B) infectious (C) infected (D) immune

03. That outcome, in turn, would ______ upon inflation and competition.
(A) influence (B) affect (C) effect (D) impact

04. This case will be held by an ______ arbitrator.
(A) impartial (B)selfish (C) partial (D) impostor

05. What are the ______ of these debts for the economic growth of the developed nations?
(A) emblem (B) implications (C) immunity (D) legality

06. The ______ puts the corporation in a position to double its earnings.
(A) investigation (B) jeopardy (C) merger (D) criterion

07. Mother provides ______ three meals for our family every day.
(A) palatable (B) diligent (C) hilarious (D) deleterious

01. 【B】 中譯 在傳統的維持生存的農場中，生產和消費是一致的。
(A) 身分 名 (B) 一致的 形 (C) 憤怒的 (D) 累贅的、多餘的
3詞KO法 output and consumption are ____（生產和消費是一致的。）

02. 【D】 中譯 瑜伽能增強人體免疫系統。
(A) 被感染的 (B) 傳染的 (C) 被傳染的 (D) 免疫的
3詞KO法 enhance body ____ system（加強身體免疫系統。）

03. 【D】 中譯 那樣的結果會對通貨膨脹和競爭產生影響。
(A) 影響 名 動 (B) 影響 動 (C) 影響 名 (D) 影響 名 動
3詞KO法 ____ upon inflation and competition.（對通貨膨脹和競爭產生影響。）
Note impact 當動詞時與 on (upon) 連用；influence / affect 當動詞不與 on (upon) 連用。effect 動 執行。

04. 【A】 中譯 本案將由公正仲裁員審核。
(A) 公正無私的 (B) 自私的 (C) 有私心的 (D) 騙子
3詞KO法 case → ____ arbitrator（案子由公正的仲裁員審判。）

05. 【B】 中譯 這些債務對已開發國家的經濟成長有何影響？
(A) 象徵 (B) 可能的影響（後果）(C) 免疫力 (D) 合法性
3詞KO法 ____ → these debts → developed nations（債務對已開發國家的可能影響。）

06. 【C】 中譯 此次的合併使得這兩家公司利潤成長兩倍。
(A) 調查 (B) 危險 (C) 合併 (D) 標準
3詞KO法 ____ → double earnings（合併增長兩倍收入。）

07. 【A】 中譯 母親每天為家人烹製美味的三餐。
(A) 美味可口的 (B) 勤勉的 (C) 爆笑的 (D) 有害的
3詞KO法 ____ meals（美味可口的餐點。）

08. When four banks were bankrupt in one month, there was a _____ in the financial circles.

(A) paranoia (B) quantity (C) euphoria (D) panic

09. The doctors take turns at _____ in the mobile medical team.

(A) participator (B) participatory

(C) participation (D) participating

10. No mammals other than people may enter the country without lengthy _____.

(A) isolation (B) quarantine (C) separation (D) segregation

螺旋記憶測試

下列單字曾在前一課中學習過，請寫出中譯。

01. call waiting _____
02. campaign _____
03. candidate _____
04. capacity _____
05. demo _____
06. denomination _____
07. eligible _____
08. eloquent _____
09. embezzle _____
10. emergency room _____
11. fire drill _____
12. fitness center _____
13. gloomy _____
14. gossip _____
15. ground crew _____

08. 【D】 **中譯** 一月之內有四家銀行倒閉，金融界一片恐慌。

(A) 偏執狂 (B) 量 (C) 歡樂 (D) 恐慌

3詞KO法 four banks, bankrupt → ____（四家銀行倒閉造成恐慌。）

09. 【D】 **中譯** 醫生們輪流參加巡迴醫療隊。

(A) 參與者 名 (B) 參與的 形 (C) 參與 名 (D) 參與 動

3詞KO法 take turns at ____ medical team（輪流參加醫療團隊。）

Note at 介系詞之後 + N / Ving，「參加」強調動作，故選 participating，而不選 participation。

10. 【B】 **中譯** 除人之外，所有的哺乳動物進入這個國家都必須經過長期檢疫隔離。

(A) 孤立 (B) 檢疫隔離 (C) 分離 (D)（種族）隔離

3詞KO法 mammals → ____（哺乳動物需檢疫隔離。）

解答

01. 電話插播 02. 競選（宣傳）活動 03. 候選人 04. 能力；客滿 05. 實物宣傳，示範促銷
06. 貨幣的面額 07. 合格（適）的 08. 口才好；有說服力的 09. 挪用公款 10. 急診室 11. 消防演習
12. 健身中心 13. 憂鬱的 14. 八卦、閒言閒語 15. 地勤人員

DAY 07

日期	/	/	/	/	/	/	/	/	/	/
01. random										
02. rapid										
03. rate										
04. research and development										
05. raw material										
06. safeguard										
07. sale volume										
08. seminar										
09. session										
10. salvage										
11. tactics										
12. tardy										
13. tariff										
14. tarnish										
15. temporary										

字彙表

訓練自己一邊看英文單字一邊說出中文字義（口中默念即可）。遇到還沒記住的字就在該字空格畫✖，已熟記的單字打✔，請每天複習、做紀錄。

日期	/	/	/	/	/	/	/	/	/	/
16. unanimous										
17. underlying										
18. undermine										
19. unit price										
20. unlicensed										
21. vacant										
22. vague										
23. valid										
24. vegetarian										
25. vendor										
26. wake-up call										
27. walk-up										
28. website										
29. wireless network										
30. workshop										

01 ★	**random** [ˋrændəm]	形 任意的、隨機的

例句 Researchers could approach this problem in a **random** fashion.
研究者可以用隨意的方式研究這個問題。

關 **at random** 副 任意地、隨機地

02 ★	**rapid** [ˋræpɪd]	形 快速的

例句 The 30-year period posterior to World War II was a period of **rapid** population growth in the world.
二次世界大戰後的 30 年是人口快速增長期。

03 ★	**rate** [ret]	動 分級（等） 名 比例（率）

例句 The **rates** of rural and urban unemployment are on the rise.
城鄉的失業率在上升當中。

04 ★★	**research and development**	研發

例句 Some medical teams are joining together on **research and development**.
結合醫療團隊從事研發的工作。

05 ★	**raw material**	原物料

例句 The country must import most of its **raw materials**.
這個國家原物料大部分靠進口。

06 ★ **safeguard** [ˋsef͵gɑrd] 名 動 保護（者）（措施）

例句 There is a price to be paid for maintaining these **safeguards**.
維持這些防範措施是要付出代價的。

07 ★ **sales volume** 銷售量

例句 We boosted **sales volume** and profit margins appreciably this year.
今年我們提升了銷售量而且獲利可觀。

關 **sales tax** 消費稅

08 ★★★ **seminar** [ˋsɛmə͵nɑr] 名 專題討論會

例句 The fire department conducts regular fire drills and **seminars**.
消防局定期舉辦防火專題講座和消防演習。

09 ★★ **session** [ˋsɛʃən] 名 訓練會

例句 The athlete is out of today's **session** with a twisted ankle.
該名運動員扭傷了腳踝，無法參加今天的訓練。

10 ★★ **salvage** [ˋsælvɪdʒ] 動 名 搶（挽）救

例句 The CEO managed to **salvage** the company on the brink of insolvency.
總裁設法搶救瀕臨破產邊緣的公司。

11 ★★★ **tactics** [ˋtæktɪks]	名 戰（招）數

例句 The business houses charged the tax inspectors with bully-boy **tactics**.
這些商家指控稅務稽查員使用了流氓手段。

關 **tact** [tækt] 名 圓滑
tactful [ˋtæktfəl] 形 圓滑的

12 ★★ **tardy** [ˋtɑrdɪ]	形 遲緩（到）的

例句 We apologize for our **tardy** response to your demands.
對於您的要求遲遲未作答覆，謹表歉意。

13 ★★ **tariff** [ˋtærɪf]	名 關稅

例句 High **tariffs** typically give rise to a diversion of trade from one country to another.
高額關稅常使貿易由一國轉向另一國。

14 ★★★ **tarnish** [ˋtɑrnɪʃ]	動 玷汙 名 汙點；瑕疵

例句 The minister's image **was tarnished** by the loan scandal.
部長的形象因為那件信貸醜聞而受損。

15 ★★ **temporary** [ˋtɛmpəˏrɛrɪ]	形 短暫的；暫時的

例句 Due to the slack economy, lots of jobs are **temporary** or part-time.
由於經濟不景氣，很多工作都是臨時的或兼職的。

同 **transient** [ˋtrænʃənt] 形 短暫的；暫時的

16 ★★★ **unanimous** [ju`nænəməs]

形 一致的

例句 The jury failed to reach a **unanimous** decision.

陪審團未能達成意見一致的裁決。

關 **unanimity** [ˌjunə`nɪmət] 名 一致

17 ★★ **underlying** [ˌʌndɚ`laɪɪŋ]

形 潛在的、根本的

例句 To work out the problem, we have to grasp its **underlying** causes.

要能夠解決此問題，必須弄清它的根本的原因。

18 ★★★ **undermine** [ˌʌndɚ`maɪn]

動（逐漸、間接地）損害、破壞

例句 This sales strategy will lower the margins to all existing sellers and perhaps **undermine** the price structure altogether.

這個行銷策略會降低所有現在銷售者的投資收益，並且會損害價格的結構。

19 ★ **unit price**

單價

例句 You are required to state the description, the quantity, and the **unit price** of the goods.

你們應該說明商品的性能、數量和單價。

20 ★★ **unlicensed** [ʌn`laɪsənst]

形 無執照的

例句 It is estimated that up to 80 percent of these vendors in the night market are **unlicensed**.

據估計，高達八成的這個夜市的攤販是無照經營。

21 ★★ **vacant** [ˋvekənt]	形 空（缺）的

例句 The position of the marketing manager has been **vacant** for some time.

行銷部經理已經空缺一段時間了。

22 ★★ **vague** [veg]	形 模糊不清的

例句 The president under the strain from the board of directors attempted to respond with **vague** promises of action.

董事長在董事會壓力下企圖用一些含糊其詞的行動承諾來予以回應。

23 ★★ **valid** [ˋvælɪd]	形 有效的

例句 How long will the registered trade-mark remain **valid**?

註冊商標的有效期多長？

關 **invalid** [ˋɪnvəlɪd] 形 無效的

24 ★★★ **vegetarian** [ˏvɛdʒəˋtɛrɪən]	名 形 素食者（的）

例句 A **vegetarian** diet provides people with ample strength and vitality.

吃素帶給人們充沛的體力和活力。

25 ★★ **vendor** [ˋvɛndɚ]	名 小販；房地產的賣方

例句 The lady stopped to buy a newspaper from a news **vendor**.

那位女士停下來向報販買了一份報紙。

26
★ **wake-up call** 電話叫醒服務

例句 A **wake-up call** is a regular service of hotels.
飯店提供的電話叫醒服務是種常態性的服務。

同 **morning call** 電話叫醒服務

27
★★ **walk-up** [ˋwɔk,ʌp] 名 無電梯的公寓

例句 When I was an undergraduate, I lived in a **walk-up** near my school.
我大學時住在學校附近的無電梯公寓。

28
★ **website** [ˋwɛb,saɪt] 名 網站

例句 For more information , please visit our **website**.
想得到更多訊息，請到我們網站。

29
★ **wireless network** 無線網路

例句 Our school has been equipped with a **wireless network** recently.
我們學校最近已裝上了無線網路。

30
★★ **workshop** [ˋwɝk,ʃɑp] 名 專題研討會（班）；工作坊

例句 The business admininstration **workshop** is now accepting applications.
企業管理工作坊現在接受報名。

Quiz 多益字彙模擬測驗

【答題祕訣】1. 先看選項，確定字義。

2. 再看題目，運用「3 詞 KO 法」，抓住「名詞」、「形容詞」、「動詞」。

01. The survey used a ______ sample of four hundred students in the university.
(A) meticulous (B) random (C) exquisite (D) explicit

02. Quite a few people take a part-time job as a ______ against unemployment after work.
(A) fort (B) enhancement (C) fortress (D) safeguard

03. The coach brought on Jack in a last-minute attempt to ______ the game.
(A) salvage (B) interpret (C) eliminate (D) subside

04. The insurance broker used all types of ______ to persuade the lady.
(A) traps (B) tactics (C) policies (D) tracks

05. If you are ______ in paying your electric bill, there may be a fine added to your bill.
(A) punctual (B) forget (C) tardy (D) neglect

06. ______ provide protection, and thus prompt domestic production.
(A) Tariffs (B) Customs (C) Conventions (D) Letter of credit

07. The reform may be seen as ______ rather than permanent.
(A) temporarily (B) lasting (C) perpetual (D) temporary

01. (B) 中譯 該調查在這所大學隨機抽樣了 400 個學生。
(A) 小心翼翼的 (B) 任意的、隨機的 (C) 精美的 (D) 清楚的
3詞KO法 ____ sample, four hundred students（400 個學生隨機樣本。）

02. (D) 中譯 許多人為防失業都在下班後再兼差。
(A) 保壘 (B) 加強 (C) 保壘 (D) 防範措施
3詞KO法 part-time job → ____ against unemployment（兼差是抗失業的防範措施。）

03. (A) 中譯 教練在最後一分鐘換傑克上場，試圖挽回這場球賽。
(A) 搶（挽）救 (B) 詮釋 (C) 淘汰 (D) 平息
3詞KO法 ____ the game（挽救這場比賽。）

04. (B) 中譯 保險公司的經紀人用盡各種招術來努力說服這名女士。
(A) 陷阱 (B) 戰（招）術 (C) 政策 (D) 軌道
3詞KO法 use ____ → persuade lady（使用招術說服女士。）

05. (C) 中譯 如果你遲繳電費，可能你的賬單上又會增加罰款。
(A) 準時的 (B) 忘記 動 (C) 延遲的 (D) 疏忽 動
3詞KO法 ____ in paying electric bill → a fine（延遲繳電費，會被罰錢。）
Note forget 動 忘記，不與 in 連用。

06. (A) 中譯 關稅提供了保護，從而促進了國內的生產。
(A) 關稅 (B) 海關 (C) 慣例 (D) 信用狀
3詞KO法 ____ provide protection → prompt domestic production（關稅提供保護，刺激國內消費。）

07. (D) 中譯 改革可能被認為是暫時的，而不是永久的。
(A) 短暫地 副 (B) 持續的 (C) 永久的 (D) 短暫的 形
3詞KO法 ____ rather than permanent（短暫的而非是永久的。）
Note 形 temporary + 名 reform。

08. Today the executive committee voted ______ to reject the proposals.

(A) respectfully (B) respectively

(C) unanimously (D) separately

09. Her memory of that first meeting was ______ because she was phubbing.

(A) vague (B) clear-cut (C) distinct (D) limpid

10. ______ therapy brings good news for diabetes patients.

(A) Carnivorous (B) Vegetarian

(C) Ominvorous (D) Herbivorous

螺旋記憶測試

下列單字曾在前一課中學習過，請寫出中譯。

01. identical ____________
02. immune ____________
03. impact ____________
04. impartial ____________
05. implication ____________
06. letter of credit ____________
07. memo ____________
08. merger ____________
09. packing ____________
10. palatable ____________
11. panic ____________
12. participate ____________
13. quarantine ____________
14. quorum ____________
15. qualification ____________

08.【C】 中譯 今天執行委員會投票一致否決了這些提案。

(A) 尊敬地 (B) 分別地 (C) 一致地 (D) 個別地

3詞KO法 voted ____ to reject the proposals（一致投票否決提案。）

09.【A】 中譯 她對第一次見面的記憶很模糊，因為她一直低頭在玩手機。

(A) 模糊的 (B) 清楚的 (C) 清楚的 (D) 清澈的

3詞KO法 memory, first meeting ____ → phubbing.（第一次會面記憶是模糊的，因為玩手機。）

10.【B】 中譯 素食療法是糖尿病患者的福音。

(A) 肉食的 (B) 素食的 (C) 雜食的 (D) 草食的

3詞KO法 ____ → good, diabetes（素食對糖尿病患是好的。）

解答

01. 一致的 02. 免疫的 03. 衝擊，影響 04. 無私的 05. 可能的影響 06. 信用狀 07. 便條 08. 合併 09. 包裝 10. 美味可口的；可以接受的 11. 恐慌 12. 參與 13. 隔離；檢疫 14. 法定人數 15. 資格

DAY 08

日期	/	/	/	/	/	/	/	/	/	/
01. account										
02. accountant										
03. accrue										
04. accurate										
05. acknowledge										
06. bankroll										
07. bargain basement										
08. barrier										
09. barricade										
10. bulletin board										
11. cargo										
12. carnival										
13. carry-on										
14. cash register										
15. celebrity										

訓練自己一邊看英文單字一邊說出中文字義（口中默念即可）。遇到還沒記住的字就在該字空格畫✖，已熟記的單字打✔，請每天複習、做紀錄。

日期	/	/	/	/	/	/	/	/	/	/
16. deteriorate										
17. detour										
18. developer										
19. devise										
20. donation										
21. employee										
22. employer										
23. en route										
24. enclose										
25. encounter										
26. flow chart										
27. follow-up										
28. food additives										
29. foothold										
30. forfeit										

01 ★ **account** [ə`kaʊnt] 名 帳目、帳戶、帳單

例句 My salary is paid directly into my bank **account**.
我的薪水直接存入我的銀行賬戶。

02 ★ **accountant** [ə`kaʊntənt] 名 會計師

例句 An excellent **accountant** is able to analyze an unprofitable operation promptly.
一名優秀的會計師能迅速分析出虧損的運作。

關 **accounting** [ə`kaʊntɪŋ] 名 會計
auditing [`ɔdɪtɪŋ] 名 查帳；審計

03 ★★★ **accrue** [ə`kru] 動 產生；增加

例句 The **accrued** interest will be paid annually.
累積利息將逐年支付。

04 ★★ **accurate** [`ækjərɪt] 形 精確的

例句 It may take some time before we can have an **accurate** assessment of profits.
我們對獲利作出準確的估算可能需要一段時間。

關 **accuracy** [`ækjərəsɪ] 名 精確

05 ★ **acknowledge** [ək`nɑlɪdʒ] 動 承認；感謝

例句 We wish to **acknowledge** the assistance of your esteemed company. 我們想要對貴公司的協助表示感謝。

關 **acknowledgement** [ək`nɑlɪdʒmənt] 名 承認；感謝

06 ★★ **bankroll** [`bæŋk͵rol] 動（提供）資金（融資）

例句 The software company is **bankrolled** by the technology giant.
這家電腦軟體公司是由科技大廠所提供資金。

07 ★ **bargain basement** 地下室特賣場

例句 There is a grand sale at the **bargain basement**.
這個地下室特賣場舉辦大拍賣。

08 ★★★ **barrier** [`bærɪr] 名 障礙（物）、隔閡

例句 The high cost of batteries is a major **barrier** to turning electric vehicles popular.
電池的高昂成本，是電動車受到喜愛的一個重大障礙。

09 ★★★ **barricade** [`bærə͵ked] 名 路障

例句 Many roads of the city have been closed off by **barricades** set up by the authorities concerned.
城市的許多道路已被有關當局設立的路障封鎖了。

10 ★★★ **bulletin board** 布告欄

例句 The **bulletin board** on the wall shows the schedule of the shuttle bus.
牆上的布告欄有寫接駁車的時刻表。

11 ★ **cargo**
[ˋkɑrgo]
名 貨物

例句 We sailed from Japan with a **cargo** of salmon.
我們滿載一船鮭魚從日本啟航。

12 ★★ **carnival**
[ˋkɑrnəvl̩]
名 嘉年華會

例句 Let's go to Brazil and join the **carnival**.
我們去巴西參加他們的嘉年華會吧！

13 ★ **carry-on**
[ˋkærɪˏɑn]
名 登機（手提）行李

例句 Only one **carry-on** is allowed on the plane.
只可攜帶一件登機行李上飛機。

14 ★ **cash register**
收銀機

例句 American law stipulates the refund policies to be posted somewhere near the **cash registers**.
美國法律規定商店必須把退貨條款書寫在收銀臺的旁邊。

15 ★★ **celebrity**
[sɪˋlɛbrətɪ]
名 名人

例句 She was more than a superstar in entertainment circles, and also a **celebrity**.
她不僅是娛樂圈的巨星，也是一位社會名人。

16 ★★★ **deteriorate** [dɪˋtɪrɪə͵ret] 動 使惡化

例句 Her work quality **has been deteriorating** in recent years.
近年來她的工作品質在惡化中。

關 **deterioration** [dɪ͵tɪrɪəˋreʃən] 名 惡化

17 ★★ **detour** [ˋditur] 名 動 繞路

例句 The manager did not take the direct route to his home, but made a **detour** around the suburbs of the city.
經理沒有直接回家，而是繞到市郊兜了個圈子。

18 ★ **developer** [dɪˋvɛləpɚ] 名 開發商

例句 **Developers** have devastated the landscape by cutting down all the trees. 土地開發商把樹都砍掉了，破壞了風景。

19 ★★ **devise** [dɪˋvaɪz] 動 設計；發明

例句 Scientists are working to **devise** a means of storing solar power.
科學家們正在為發明一種能儲存太陽能的方法而努力。

關 **deviser** [dɪˋvaɪzɚ] 名 設計者 **device** [dɪˋvaɪs] 名 裝置；設備

20 ★★★ **donation** [doˋneʃən] 名 捐贈

例句 The employees of our company make regular **donations** to charity. 我們公司員工定期向慈善機構捐贈。

關 **donate** [ˋdonet] 動 捐贈

21 ★ **employee** [ˌɛmpləˋi]	名 員工

例句 After a certain period of employment, the **employees** are qualified to get a pension.

員工在工作一定時間後，就有資格領取退休金。

22 ★ **employer** [ɪmˋplɔɚ]	名 僱主

例句 The **employers** and the trade union are still poles apart, and are far from reaching a consensus.

雇主和工會的意見仍相距甚遠，根本無法達成一致的意見。

23 ★★ **en route**	在途中

例句 Our delegation has arrived in Seoul **en route** to London.

我們公司的代表團抵達首爾飛往倫敦的途中。

24 ★★ **enclose** [ɪnˋkloz]	動 隨函附上

例句 Please find an **enclosed** agenda for the meeting.

茲附上會議議程表。

25 ★★ **encounter** [ɪnˋkaʊntɚ]	動 名 遭遇；面臨

例句 We **encountered** a serious setback when our checks were bounced.

我們嚴重受挫因為我們所開出的支票都被退票。

26 ★★ **flow chart** 流程圖

例句 A **flow chart** is widely used for helping people grasp unfamiliar or complex operations.

流程圖是幫助人們了解不熟悉或複雜的操作而廣泛使用的一種手段。

同 **flow diagram** 流程圖

27 ★ **follow-up** [ˋfɑloˋʌp] 名 追蹤調查 形 後續的

例句 A total of 58 people died from the radiation leaks during the 40 months of **follow-up**.

在追蹤調查的 40 個月當中，死於核能外洩的事件總人數為 58 人。

28 ★★ **food additives** 食品添加物

例句 **Food addictives** used in an appropriate way can be supplements.

食品添加物妥善應用可以當補充物。

29 ★★ **foothold** [ˋfut͵hold] 名 據點

例句 The outlet has a firm **foothold** in the European market.

這家暢貨中心在歐洲市場上站穩了腳步。

30 ★★★ **forfeit** [ˋfɔr͵fɪt] 動 沒收；喪失（權力） 名 罰金

例句 He **has forfeited** the right to be the leader of this research team.

他喪失了作為這個研究團隊領導的權利。

Quiz 多益字彙模擬測驗

【答題祕訣】1. 先看選項，確定字義。
2. 再看題目，運用「3 詞 KO 法」，抓住「名詞」、「形容詞」、「動詞」。

01. The options will proffer investors a longer time in which to ______ profits.
(A) confiscate (B) confuse (C) accrue (D) acclaim

02. We found some foreign investors to ______ our new business.
(A) bankroll (B) curtail (C) curb (D) desist

03. Intel Corporation has traditionally been an outstanding ______ in the semiconductor industry.
(A) shepherd (B) deviser (C) usher (D) navigator

04. The main "course" of the ______ is the samba dance
(A) football game (B) carnival (C) parade (D) bandwagon

05. The ______ is dogged by paparazzi in an attempt to unveil his extramarital affair.
(A) celebrity (B) celebration (C) celebrate (D) celebrator

06. The removement of the ______ on the import of American beef has sparked the outcries from all walks of life.
(A) cargo (B) defence (C) hygiene (D) barrier

07. Despite the ______ of economic conditions, the transnational remains committed to the research and development of cancer-treating medicine.
(A) recovery (B) betterment (C) deterioration (D) improvement

01. 【C】 中譯 這些期權會給投資者提供更長的利潤積累期。
(A) 沒收 (B) 使困惑 (C) 增加 (D) 喝采
3詞KO法 ____ profits（增加利潤。）

02. 【A】 中譯 我們找到一些海外投資者，為我們的新的生意出資。
(A) 提供資金 (B) 刪減 (C) 抑制 (D) 抑制
3詞KO法 investors to ____ our new business（投資者提供我們新事業的資金。）

03. 【B】 中譯 英代爾一向是半導體行業的傑出設計者。
(A) 牧羊人 (B) 設計者 (C) 領座員 (D) 領航員、導航裝置
3詞KO法 Intel Corporation → ____ → semiconductor industry（英特爾是半導體產業的傑出設計者。）

04. 【B】 中譯 嘉年華的「主軸」是森巴舞表演。
(A) 足球比賽 (B) 嘉年華 (C) 遊行 (D) 遊行前導車
3詞KO法 ____ → samba dance（森巴舞是嘉年華的主軸。）

05. 【A】 中譯 這個名人被狗仔隊跟蹤，企圖揭露他的婚外情。
(A) 名人 (B) 慶祝 名 (C) 慶祝 動 (D) 慶祝者
3詞KO法 ____ dogged by paparazzi（被狗仔隊跟蹤的名人。）

06. 【D】 中譯 對於美國進口牛肉的障礙解除已經引起社會各階層的抗議。
(A) 貨物 (B) 防衛 (C) 衛生 (D) 障礙
3詞KO法 removement ____ → import of American beef → outcries（解除美國進口牛肉的障礙，引起抗議。）

07. 【C】 中譯 儘管經濟狀況的惡化，這家跨國大企業仍然致力於治療癌症藥物的研發。
(A) 恢復 (B) 改善 (C) 惡化 (D) 改善
3詞KO法 despite ____ economic conditions → remain research and development（儘管經濟狀況的惡化，仍致力於研發。）
Note「儘管」引導前後互相矛盾的語意。

08. The realtor is ______ the problem of credit crunch, and thus he has no alternative but to borrow usuries from an illegal financial house.

(A) investigating　　(B) collapsing
(C) dissolving　　(D) encountering

09. The store keeper manages to establish a ______ adjacent to the business hub.

(A) foothold (B) detour (C) barometer (D) cash register

10. The officials at the customs ______ all the prohibited items.

(A) faked (B) fabricated (C) absconded (D) forfeited

螺旋記憶測試

下列單字曾在前一課中學習過，請寫出中譯。

01. random ____________
02. raw material ____________
03. safeguard ____________
04. seminar ____________
05. session ____________
06. salvage ____________
07. tactics ____________
08. tardy ____________
09. tariff ____________
10. temporary ____________
11. unanimous ____________
12. underlying ____________
13. vacant ____________
14. vague ____________
15. valid ____________
16. vegetarian ____________
17. vendor ____________

08. 【D】 **中譯** 該名房仲正在面臨信用緊縮的問題，因此他不得不向非法財務公司借高利貸。

(A) 調查 (B) 瓦解 (C) 融化 (D) 面臨

3詞KO法 ____ credit crunch → borrow usuries（正面臨信用緊縮，所以借高利貸。）

09. 【A】 **中譯** 這位店主設法在鄰近商業中心設立一個據點。

(A) 據點 (B) 繞路 (C) 晴雨表 (D) 收銀機

3詞KO法 establish ____ adjacent, business hub（在鄰近商業中心設立一個據點。）

10. 【D】 **中譯** 海關官員沒收了所有的違禁品。

(A) 偽造 (B) 偽造 (C) 捲款潛逃 (D) 沒收

3詞KO法 customs ____ prohibited items (海關沒收違禁品。)

解答

01. 任意的 02. 原物料 03. 防範措施 04. 專題討論會 05. 訓練會 06. 搶（挽）救 07. 戰（策）略 08. 遲緩（到）的 09. 關稅 10. 短暫的；暫時的 11. 一致的 12. 潛在的 13. 空的；未被佔用的 14. 模糊不清的 15. 有效的 16. 素食者 17. 小販；供應商

DAY 09

日期	/	/	/	/	/	/	/	/	/	/
01. garage sale										
02. gallery										
03. gas station										
04. gorgeous										
05. gift certificate										
06. health supplements										
07. hideous										
08. hilarious										
09. hug										
10. hyperlink										
11. income tax										
12. inconvenience										
13. index										
14. indicate										
15. implement										

訓練自己一邊看英文單字一邊說出中文字義（口中默念即可）。遇到還沒記住的字就在該字空格畫✖，已熟記的單字打✔，請每天複習、做紀錄。

日期	/	/	/	/	/	/	/	/	/	/
16. job action										
17. job description										
18. job referral service										
19. job seeker										
20. joint audit										
21. kitchenware										
22. know-how										
23. key person										
24. key industry										
25. keen										
26. label										
27. laboratory										
28. landlord										
29. laptop										
30. laundromat										

01 ★ **garage sale**	車庫拍賣（舊貨出售）

例句 We advertised our **garage sale** in the local paper.
我們在當地的報紙上刊登了我們的車庫舊貨出售的廣告。

02 ★★ **gallery** [ˋgælərɪ]	名 畫廊、美術館

例句 Visit the photo **gallery** on our website to opt for the pictures you are fond of.
請到我們網站上的圖片庫選擇你喜歡的圖片。

03 ★ **gas station**	加油站

例句 We need to pull into a **gas station** and fill our car up.
我們需要把車開進加油站加油。

同 **filling station** 名 加油站

04 ★★ **gorgeous** [ˋgɔrdʒəs]	形 極好的；美麗的、性感的

例句 The bra industry uses **gorgeous** women to sell its products.
女性內衣行業常找一些性感美女來推銷產品。

05 ★★★ **gift certificate**	禮券

例句 If you are uncertain what to buy for your wife, you can consider giving her some **gift certificates**.
如果你不確定給你太太買什麼禮物，可以考慮送禮券。

06 ★★★ **health supplements** 健康補給品

例句 **Health supplements** will better our health and counter against diseases.

健康補給品可以改善我們的健康，對抗疾病。

07 ★★★ **hideous** [ˋhɪdɪəs] 形 可怕的；駭人聽聞的

例句 No contagious disease has ever been so **hideous**.

以往的傳染病沒有那麼駭人聽聞。

08 ★★★ **hilarious** [hɪˋlɛrɪəs] 形 爆笑的

例句 You should have seen the variety show last night. It was **hilarious**!

你真該看看昨晚的綜藝節目，超爆笑的！

09 ★★ **hug** [hʌg] 名 動 擁抱

例句 Mother threw her arms around me and **hugged** me tight.

母親張開雙臂緊緊地擁抱我。

10 ★ **hyperlink** [ˋhaɪpɚˏlɪŋk] 名 超連結

例句 Please refer to the **hyperlink** for relevant data.

相關的資料請見超連結。

11
★ **income tax** 所得稅

例句 The city councilman was reproved for **income tax** evasion.
這名市議員因逃避繳納所得稅而受到指責。

關 **income** [ˋɪn͵kʌm] 名 收入

12
★ **inconvenience** [͵ɪnkənˋvinjəns] 名 不便

例句 We hope the delay has not caused any **inconvenience** to you.
希望這次延誤沒有帶給你任何不便。

關 **convenience** [kənˋvinjəns] 名 方便

13
★ **index** [ˋɪndɛks] 名 指數

例句 The NASDAQ Composite **Index** is also a major stock index.
納斯達克綜合指數也是一個主要的股票指數。

14
★★ **indicate** [ˋɪndə͵ket] 動 顯示；指出；說（表）明

例句 Government statistics **indicate** that prices have gone down.
政府統計數字指出物價已下降。

關 **indicative** [ɪnˋdɪkətɪv] 形 顯示的；指出的
indication [͵ɪndəˋkeʃən] 名 顯示；指出；表示

15
★★ **implement** [ˋɪmpləmənt] 動 執行 名 工具

例句 None of these economic reforms would be easy to **implement**.
所有這些經濟改革措施都不易執行。

16
★★ **job action** （勞工的）罷工（怠工）；抗議行動

例句 The trade union decided to stage a **job action** against no pay for working overtime.
工會決定採取抗議行動反對加班沒有加班費。

17
★★ **job description** 職務說明（書）

例句 For every position in our company, there is a complete job **description**.
公司的每一個位置都有一份完整的職位說明書。

18
★★ **job referral service** 人力仲介業

例句 The **job referral service** agencies are extending their business to cyberspace.
人力仲介所正把他們的事業延伸到網路世界。

19
★ **job seeker** 求職者

例句 Of these **job seekers** (hunters), none is entitled to our requirements.
這些求職者中沒有人符合我們的需求。

同 **job hunter** 名 求職者

20
★★ **joint audit** 聯合審核

例句 We established a **joint audit** system for any plan to make a loan in our bank.
我們銀行設立了聯合審核制度，檢核任何想在我們銀行辦理貸款的計畫。

21 ★ **kitchenware** [ˋkɪtʃɪn͵wɛr] 名 廚房用具

例句 We moved to a new house equipped with a new set of **kitchenware**.
我們搬到一間有全新廚房用具設備的房子。

22 ★★ **know-how** [ˋno͵haʊ] 名 專業知識（技能）

例句 We are required to overhaul the advancement of **know-how** in our field.
我們應該跟上我們專業知識領域的進展。

23 ★ **key person** 重要人物

例句 In the international political apex, much attention must be paid to the **key persons'** security.
在這次的國際政治高峰會議，必須多多注意到重要人物的安全。

24 ★ **key industry** 主要產業

例句 Consumer electronics technology serves as one of the **key industries** in our country.
消費性電子產品科技是我國主要的產業之一。

關 **industry** [ˋɪndəstrɪ] 名 工業；產業
industrial [ɪnˋdʌstrɪəl] 形 工業的
industrious [ɪnˋdʌstrɪəs] 形 勤勉的

25 ★ **keen** [kin] 形 熱忱的、渴望的

例句 The research team had retained a **keen** interest in the progress of biofuels.
這個研究團隊對於生化燃料的進展一直很關心。

26 ★ **label** [ˋlebḷ] 名 動（貼）標籤

例句 I attached a **label** to my luggage so that I could recognize it.
我在行李上綁上標籤以便我可以確認它。

27 ★★ **laboratory** [ˋlæbrə͵torɪ] 名 實驗室

例句 The chemists work in the **laboratory** from dawn to dusk.
化學家們從早到晚都在實驗室工作。

28 ★ **landlord** [ˋlænd͵lɔrd] 名 大地主；房東

例句 The **landlord** owns vast amounts of land.
這位地主擁有廣大的土地。

29 ★★ **laptop** [ˋlæptɑp] 名 膝上型電腦

例句 **Laptops** are quickly being supplanted by tablet computers.
膝上型電腦正快速被平板電腦所取代。

30 ★★★ **laundromat** [ˋlɔndrəmæt] 名 自助洗衣店

例句 My brother runs a **laundromat**.
我兄弟經營一家自助洗衣店。

Quiz 多益字彙模擬測驗

【答題祕訣】1. 先看選項，確定字義。
2. 再看題目，運用「3 詞 KO 法」，抓住「名詞」、「形容詞」、「動詞」。

01. It is said that some top executives of the Treasury has got involved in ______ insider trading.
(A) clamorous (B) laudable (C) hideous (D) candid

02. The crown's ______ performance aroused laughters and applauses of the audiences.
(A) hilarious (B) severe (C) serious (D) abstract

03. Our mistakes in delivery has caused some ______ to you.
(A) inconvenience (B) inconvenient
(C) handiness (D) expedience

04. The stock ______ had a slump yesterday, with the result that most investors suffered from a great loss.
(A) value (B) proportion (C) figure (D) index

05. Due to the insufficiency of ______, we cannot provide you with such products you require.
(A) know-how (B) sincerity (C) prudence (D) gilt-edged bond

螺旋記憶測試

下列單字曾在前一課中學習過，請寫出中譯。

01. accrue ______	06. carnival ______	11. employee ______
02. accurate ______	07. cash register ______	12. employer ______
03. bankroll ______	08. celebrity ______	13. flow chart ______
04. barrier ______	09. devise ______	14. food additives ______
05. barricade ______	10. deteriorate ______	15. forfeit ______

01. 【C】 中譯 據說財政部的幾位高層決策官員已經牽涉到駭人聽聞的內線交易。
(A) 喧囂的 (B) 讚揚的 (C) 駭人聽聞的 (D) 正直的
3詞KO法 ____ insider trading（駭人聽聞的內線交易。）

02. 【A】 中譯 小丑爆笑的表演引起觀衆們的笑聲與掌聲。
(A) 爆笑的 (B) 嚴重的 (C) 嚴肅的 (D) 抽象的
3詞KO法 crown's ____ performance aroused laughters（小丑爆笑的表演引起笑聲。）

03. 【A】 中譯 我們運輸上的過失已造成您的不便。
(A) 不便 名 (B) 不便的 形 (C) 便利 名 (D) 方便 名
3詞KO法 our mistakes → ____ to you（我們的過失使你不便。）
Note 形 some + 名 inconvenience

04. 【D】 中譯 昨天股票指數大幅下滑，導致大部份的投資者損失慘重。
(A) 數値 (B) 比率 (C) 數字 (D) 指數
3詞KO法 stock ____（股票指數。）

05. 【A】 中譯 由於專業知識的不足，我們無法提供你所要求的產品。
(A) 專業知識 (B) 誠意 (C) 謹慎 (D) 優良債券
3詞KO法 insufficiency ____ → cannot provide products（專業知識不足，無法提供產品。）

解答
01. 產生；增加 02. 精確的 03.（提供）資金 04. 障礙 05. 路障 06. 嘉年華 07. 收銀機 08. 名人 09. 設計 10. 惡化 11. 員工 12. 僱主 13. 流程圖 14. 食品添加物 15. 沒收；喪失（權力）

DAY 10

日期	/	/	/	/	/	/	/	/	/	/
01. merit										
02. messy										
03. mortality										
04. miscellaneous										
05. membership										
06. noted										
07. nationality										
08. negotiate										
09. network										
10. new hire										
11. object										
12. obsolete										
13. obedient										
14. oblige										
15. offset										

字彙表

訓練自己一邊看英文單字一邊說出中文字義（口中默念即可）。遇到還沒記住的字就在該字空格畫✖，已熟記的單字打✔，請每天複習、做紀錄。

日期										
16. pad										
17. palpable										
18. passive debt										
19. paternity leave										
20. patent										
21. quality control										
22. real estate										
23. reassure										
24. receipt										
25. recipe										
26. receptionist										
27. saturate										
28. scrap										
29. seal										
30. sightseeing										

01 ★ **merit** [ˋmɛrɪt] 名 優點

例句 Excellent work efficiency is the biggest **merit** of our company.
我們公司的最大優點便是良好的工作效率。

關 **demerit** [diˋmɛrɪt] 名 缺點

02 ★★ **messy** [ˋmɛsɪ] 形 髒亂的

例句 To avoid a **messy** work environment, the manager asked us to clean up our factory and its surroundings.
經理為了避免工作環境髒亂，要求我們清掃我們的工廠與周遭環境。

03 ★★★ **mortality** [mɔrˋtælətɪ] 名 死亡率

例句 The scientists demonstrated a direct link between obesity and **mortality**. 科學家證明了肥胖症和死亡率之間存在直接的聯系。

關 **mortal** [ˋmɔrtḷ] 形 致命的；名 凡人
immortal [ɪˋmɔrtḷ] 形 不朽的

04 ★★★ **miscellaneous** [ˏmɪsɪˋlenjəs] 形 各式各樣的

例句 Due to the economic malaise, we have no alternative but to curtail **miscellaneous** expenses.
我們由於經濟的不景氣不得不縮減雜項開支。

同 **various** [ˋvɛrɪəs] = **diverse** [daɪˋvɝs] = **assorted** [əˋsɔrtɪd]

05 ★ **membership** [ˋmɛmbɚˏʃɪp] 名 會員資格；會員人數

例句 The **membership** have (has) a unanimous agreement on the proposed change in the rules.
會員們對擬議中的修改條例一事，持一致的意見。

06
★★ **noted** [ˋnotɪd] 形 著名的

例句 Our products are **noted** for high cost-performance ratio.
我們的產品以高性價比而聞名的。

同 **famous** [ˋfeməs] = **well-known** [ˋwɛlˋnon] = **celebrated** [ˋsɛlə͵bretɪd] = **renowned** [rɪˋnaʊnd]

07
★ **nationality** [͵næʃəˋnælətɪ] 名 國籍

例句 The **nationality** of the player was queried because he was allegedly a person with dual **nationality**.
這位選手的國籍遭到質疑因為據稱他是擁有雙重國籍身分的人。

08
★★ **negotiate** [nɪˋgoʃɪ͵et] 動 協商

例句 Their positions are poles apart, and thus they cease **negotiating**.
他們的立場南轅北轍，所以他們停止協商。

關 **negotiation** [nɪ͵goʃɪˋeʃən] 名 協商

09
★ **network** [ˋnɛt͵wɝk] 名 網路

例句 Now a special TV **network** gives live coverage of most baseball games. 現在有一個專門的電視網絡對大部分棒球比賽進行現場直播。

10
★ **new hire** 公司新進員工

例句 Joseph is a **new hire** of the business development department.
約瑟夫是商業開發部門的新進員工。

同 **novice** [ˋnɑvɪɑ] = **newbie** [ˋnjubi] 名 公司新進員工

11 ★ **object** [`abdʒɪkt] 動 反對

例句 The marketing manager **objected** to the grand sale.
行銷部經理反對此次的大拍賣。

關 **objection** [əb`dʒɛkʃən] 名 反對

12 ★★★ **obsolete** [`absə,lit] 形 過時的 動 使過時

例句 Your marketing strategies will soon be **obsolete**.
你的行銷策略將很快被淘汰。

同 **outmoded** [`aut`modɪd] = **outdated** [,aut`detɪd] = **out of date**

13 ★★ **obedient** [ə`bidjənt] 形 服從的

例句 We need those who are absolutely **obedient** to our regulations.
我們需要的是完全服從公司規定的人。

關 **obedience** [ə`bidjəns] 名 服從 **obey** [ə`be] 動 服從

14 ★★ **oblige** [ə`blaɪdʒ] 動 強迫；感謝

例句 The CEO **was obliged to leave** the post.
總裁被迫離開這職位。(be obliged to + V)
The CEO **was obliged to all the staffers** of the company.
總裁感激公司所有的職員。(be + obliged to + 人)

15 ★★★ **offset** [`ɔf,sɛt] 動 名 抵銷；補償

例句 We hike our prices to **offset** our massive defrayal.
我們提高物價來抵銷我們龐大的開支。

16 ★★ **pad** [pæd] 名 平板電腦

例句 **iPad** is seeing a tremendous upsurge in worldwide popularity.
蘋果平板電腦風靡全球。

17 ★★★ **palpable** [ˋpælpəbl̩] 形 可觸知的；明顯的

例句 Should these factors remain unfavorable, they will present a **palpable** obstacle to Greek economic recovery.
假如這些因素持續不利，希臘的經濟復甦會明顯的受到阻礙。

18 ★★ **passive debt** 無息債務

例句 Owing to the disasters caused by the typhoon, the administration asked the state-run banks to undertake the business of **passive debt** for the victims.
由於颱風所造成的災害，政府要求國營銀行為受災者承辦無息債務的業務。

19 ★★ **paternity leave** （父親）陪產假

例句 Our country allows fathers to ask for **paternity leave**.
我們國家允許父親請陪產假。

關 **maternity leave** [məˋtɜnətɪ] 產假

20 ★★ **patent** [ˋpætn̩t] 名 專利權

例句 The computer giant is attempting to apply for a semiconductor **patent**.
這家電腦大廠正企圖申請一項半導體的專利。

21 ★★ **quality control** 品管

例句 Much attention must be paid to **quality control**.
我們非常注重品管。

22 ★★ **real estate** 房地產

例句 The resuscitation of the **real estate** market brings a boom to all the industries.
房地產的復甦帶動所有產業的景氣。

23 ★★ **reassure** [ˌriəˋʃʊr] 動 再確認；使安心

例句 Please **reassure** the goods when you want to make a delivery.
當你要派送貨物時，請再三確定貨物商品。

24 ★★ **receipt** [rɪˋsit] 名 收據

例句 When buying anything, you have to ask the stores to give you a **receipt**.
買任何東西時都要向店家索取收據。

25 ★★ **recipe** [ˋrɛsəpɪ] 名 食譜

例句 Various **recipes** are available in my mother's bookshelf.
我媽媽的書架裡有各式各樣的食譜。

26 ★★
receptionist
[rɪˋsɛpʃənɪst]

名 接待人員

例句 Ask the **receptionist** to put your call through to my room.
讓接待人員把你的電話接到我房間。

27 ★★★
saturate
[ˋsætʃə͵ret]

動 使市場飽和

例句 Drastic competition **saturated** the smartphone market.
激烈的競爭使得智慧型手機市場飽和。

28 ★★★
scrap
[skræp]

動 廢棄

例句 All countries are supposed to **scrap** nuclear power plants.
所有國家都應該廢棄核能發電廠。

關 **scrape** [skrep] 名 困境；擦傷
scrape together 勉強過日子
scrape along 勉強通過

29 ★★
seal
[sil]

動 密封

例句 **Seal** the cardboard box with some tape.
用膠帶封住這厚紙箱。

30 ★
sightseeing
[ˋsaɪt͵siɪŋ]

名 觀光

例句 Despite a tight schedule, everyone who came to the meeting agreed that at least one day should be set apart for **sightseeing**.
儘管行程緊湊，每個與會的人都同意至少要空出一天觀光的時間。

Quiz 多益字彙模擬測驗

【答題祕訣】1. 先看選項，確定字義。
2. 再看題目，運用「3 詞 KO 法」，抓住「名詞」、「形容詞」、「動詞」。

01. Your desk is so ______ that you cannot find your files.
(A) messy (B) tidy (C) complicated (D) bewildering

02. Our terms are not on the same page, so we cannot continue to ______.
(A) negotiate (B) interrupt (C) interfere (D) intervene

03. There is ______ information available on the Internet.
(A) monotonous (B) tedious (C) miscellaneous (D) verbose

04. Some ______ stipulations on banking should be annulled to meet the demand of the market.
(A) obsolete (B) updated (C) upgraded (D) vogue

05. The property company was ______ to relinquish the project of rebuilding the houses in the region.
(A) thrusted (B) obliged (C) propelled (D) simulated

06. The revenue of the company last year ______ the loss of the investment of the company this year.
(A) offset (B) onset (C) outset (D) implemented

07. The two companies are engaged in a ______ litigation.
(A) patience (B) patient (C) patent (D) parent

01. 【A】 中譯 你的桌子如此髒亂才找不到你的檔案夾。

(A) 髒亂的 (B) 乾淨整齊的 (C) 複雜的 (D) 令人困惑的

3詞KO法 so ____ → cannot find files（如此髒亂無法找到檔案夾。）

02. 【A】 中譯 由於我們的條件無法達成一致，所以無法再協商下去。

(A) 協商 (B) 使中斷 (C) 干預 (D) 干預

3詞KO法 terms → not on the same page → cannot ____（條件不一致無法協商。）

03. 【C】 中譯 網路上有各式各樣的訊息。

(A) 單調乏味的 (B) 冗長的 (C) 各式各樣的 (D) 冗長的

3詞KO法 ____ information → Internet（網路上有各式各樣的資訊。）

04. 【A】 中譯 一些過時的銀行法規應該被廢除，才能符合市場上的需求。

(A) 過時的 (B) 更新的 (C) 升級的 (D) 時尚的

3詞KO法 some ____ stipulations → annulled（一些過時的法規被廢除。）

05. 【B】 中譯 地產公司被迫放棄此區的房子改建計畫。

(A) 推進 (B) 被迫 (C) 推進 (D) 模仿

3詞KO法 ____ to relinquish the project（被迫放棄計畫。）

06. 【A】 中譯 公司去年的營收抵銷掉今年投資的失利。

(A) 抵銷 (B) 開始 名 (C) 開始 名 (D) 執行

3詞KO法 revenue ____ loss.（收入抵銷失利。）

07. 【C】 中譯 這兩家公司正在進行專利權的訴訟。

(A) 耐心 (B) 病人 名 (C) 專利 名 (D) 父／母親

3詞KO法 ____ litigation（專利訴訟。）

08. When you want to have a refund, please take the ______ to our store.

(A) recipient (B) receipt (C) receptionist (D) recipe

09. The mushrooming of English learning centers has ______ the market.

(A) drained (B)depleted (C) dominated (D) saturated

10. The factory was fined because it ______ the waste at random.

(A) scrapped (B) scraped (C) accrued (D) yielded

螺旋記憶測試

下列單字曾在前一課中學習過，請寫出中譯。

01. garage sale ______
02. gas station ______
03. health supplement ______
04. hideous ______
05. hilarious ______
06. inconvenience ______
07. index ______
08. job action ______
09. job referral service ______
10. job seeker ______
11. know-how ______
12. label ______
13. laboratory ______
14. landlord ______
15. laundromat ______

08. 【B】 中譯 當你要退貨還錢時，煩請攜帶收據到店裡來。

(A) 得主 (B) 收據 名 (C) 接待者 (D) 食譜

3詞KO法 refund → take ____（退錢時攜帶收據。）

09. 【D】 中譯 英語學習中心如雨後春筍般地湧現已使得市場飽和了。

(A) 耗盡 動 (B) 耗盡 動 (C) 統治、支配 (D) 使飽和

3詞KO法 mushrooming ____ market（如雨後春筍般地湧現已使得市場飽和了。）

10. 【A】 中譯 這家工廠因任意廢棄廢料遭到罰款。

(A) 廢棄 (B) 擦、刮 (C) 增加 (D) 生產

3詞KO法 fined → ____ waste at random（任意廢棄廢料被罰錢。）

解答

01. 車庫拍賣舊貨 02. 加油站 03. 健康補給品 04. 可怕的；駭人聽聞的 05. 爆笑的 06. 不便 07. 指數 08. 罷工；抗議行動 09. 人力仲介業 10. 求職者 11. 專業知識（技能） 12. 標籤 13. 實驗室 14. 地主；房東 15. 自助洗衣店

DAY 11

日期										
01. sedantary										
02. secretarial service										
03. securities										
04. security office										
05. self-addressed stamped envelope										
06. tenant										
07. terminology										
08. terms										
09. thrift										
10. thrive										
11. update										
12. up-market										
13. uppercase										
14. upscale										

訓練自己一邊看英文單字一邊說出中文字義（口中默念即可）。遇到還沒記住的字就在該字空格畫✖，已熟記的單字打✔，請每天複習、做紀錄。

日期	/	/	/	/	/	/	/	/	/	/
15. upshift										
16. verify										
17. versatile										
18. via										
19. virus										
20. vital										
21. weigh down										
22. wholesale price										
23. workout										
24. working capital										
25. yield										

01 ★★★ **sedentary** [ˋsɛdn̩ˏtɛrɪ] 形 需久坐的

例句 No matter how busy one is, a **sedentary** person is supposed to take time out for exercising.

慣於久坐的人，不管工作怎樣繁忙，也應抽出時間做運動。

02 ★★ **secretarial service** 祕書服務

例句 The hotel provides the guests with a **secretarial service**.

飯店提供住客祕書服務。

03 ★★★ **securities** [sɪˋkjurətɪs] 名 有價證券

例句 Without the permission of a stock exchange, no entity or individual can announce any up-to-the-minute quotations of **securities** trading.

未經證券交易所許可，任何單位和個人不得發布證券交易即時行情。

04 ★ **security office** 警衛室

例句 Anyone who wants to call on us must get an access permit through our **security office**.

任何人想進入本公司參訪必須透過警衛室取得進入許可證。

05 ★★★ **self-addressed stamped envelope (SASE)** 回郵信封

例句 Please put the invoice into the **self-addressed stamped envelope** and send it back to us.

請把發票放入回郵信封並且將它寄回給我們。

06 ★★★
tenant
[ˋtɛnənt]
名 房客

例句 The lease was due, and the **tenant** decided not to rent the house.
相約到期，房客決定不再租這間房子了。

07 ★★
terminology
[ˏtɜməˋnɑlədʒɪ]
名 專業術語

例句 You had better not use so much **terminology** in a business presentation.
最好不要在商業簡報時使用太多的專業術語。

08 ★
terms
[tɜms]
名 付款條件

例句 The **terms** were clearly written in the quotation.
付款條件清楚地寫在報價單上。

09 ★★★
thrift
[θrɪft]
名 節儉

例句 The company is working out the policy of **thrift** to cut down its daily budget.
公司正在推行節儉政策來節省日常預算。

關 **thrifty** [ˋθrɪftɪ] 形 節儉的

10 ★★★
thrive
[θraɪv]
名 茂盛；繁榮

例句 The shopping mall renders the contiguous areas **thriving**.
大賣場帶動周遭的繁榮。

11 ★ **update** [ʌpˋdet] 動 更新

例句 We **update** our data in the catalogue every month.
我們每個月都會更新目錄中的資料。

12 ★★ **up-market** [ˋʌpˋmɑrkɪt] 形（產品）高級的

例句 This tablet is an **up-market** type with 8 cores and a high quality digital camera.
這臺平板電腦是高級的機種有著 8 核心與高品質的數位相機。

關 **down-market** [ˋdaʊn͵mɑrkɪt] 形（產品）低級的

13 ★★ **uppercase** [ˋʌpɚ͵kes] 名 形 大寫字母（的）

例句 LOHAS—the five **uppercases**—means "Lifestyles Of Health And Sustainability.
「樂活」由 5 個字所組成，意味著持續發展健康的生活模式。

關 **lowercase** [ˋloɚ͵kes] 名 形 小寫字母（的）

14 ★★ **upscale** [ˋʌp͵skel] 形 高價的、頂級的

例句 We introduced some **upscale** sedans to the domestic auto market. 我們引進一些高價房車進入國內車市。

15 ★★ **upshift** [ˋʌp͵ʃɪft] 名 換高速檔

例句 We have to use the **upshift** on the highway.
我們在高速公路上必須換高速檔。

關 **downshift** [ˋdaʊnʃɪft] 名 換低速檔

16 ★★★ **verify** [ˋvɛrə,faɪ] 動 證實；確定

例句 They **verified** that our products had arrived at the port.
他們證實了我們的產品已抵達港口了。

關 **verification** [,vɛrɪfɪˋkeʃən] 名 證實；確定

17 ★★★ **versatile** [ˋvɝsətl̩] 形 多用途的

例句 The **versatile** copying machine includes the functions of copying, faxing, and scanning.
這臺多用途的影印機包含了複印、傳真、與掃描等功能。

18 ★★ **via** [ˋvaɪə] 介 經由；透過

例句 The computer can connect to the cyberspace **via** Wi-Fi.
電腦可以透過無線連上網路。

同 **through** [θru] 經由；透過

19 ★★ **virus** [ˋvaɪrəs] 名 病毒

例句 The central control system of the bank is being attacked by **viruses**. 銀行的中央控制系統正在被病毒攻擊。

20 ★★ **vital** [ˋvaɪtl̩] 形 重要的

例句 The statistics submitted by the research are considerably **vital**.
由此研究所提出來的統計數字是相當重要的。

關 **vitality** [vaɪˋtælətɪ] 名 活力

MP3 33

21 ★★ **weigh down** 動（股價）下跌

例句 Stocks were mixed late yesterday, with disappointing profits from Microsoft **weighing down** the Dow Jones Industrial Average.
昨天尾盤時股價很混亂，因為微軟營收看壞而使道瓊工業股價指數下跌。

22 ★ **wholesale price** 批發價

例句 We sell our products directly to customers at **wholesale prices**.
我們直接以批發價賣給顧客。

23 ★★ **workout** [ˋwɜk͵aut] 名 健身

例句 I typically have a **workout** in the gym.
我通常上健身房健身。

24 ★ **working capital** 營運資金

例句 The conglomerate will continue to supply its subsidaries with **working capital**.
這企業集團繼續提供它子公司的營運資金。

25 ★★★ **yield** [jild] 動 生產 名 利潤；產量

例句 The high **yields** available on the dividend shares magnetize a host of investors.
紅利股票的高收益率吸引大量投資者。

Quiz 多益字彙模擬測驗

【答題祕訣】1. 先看選項，確定字義。
2. 再看題目，運用「3 詞 KO 法」，抓住「名詞」、「形容詞」、「動詞」。

01. The ______ was dispossessed for not paying his rent.
(A) concierge (B) seasonal worker (C) astronaut (D) tenant

02. The medical article uses rather specialized medical ______.
(A) pronoun (B) simile (C) metaphor (D) termiology

03. ______, to some degree, is detrimental to economic growth.
(A) Thrift (B) Cuisine (C) Reliance (D) Independence

04. With the establishment of major new markets, the economy is ______.
(A) recessing (B) thriving (C) sluggish (D) stagnant

05. Mercedes-Benz has established an ______ image the world over.
(A) upscale (B) mediocre (C) commonplace (D) lavish

06. The secretary has to ______ the work schedule on the computer every day.
(A) up-market (B)uplift (C)upgrade (D) update

07. The bank is now taking extra steps to ______ the creditworthiness of customers.
(A) explicate (B) guarantee (C) verify (D) refute

01.【D】 中譯 那名房客因未付房租而被趕走。
(A) 櫃檯人員 (B) 臨時工 (C) 太空人 (D) 房客
3詞KO法 ____ → dispossessed → not paying rent（房客沒付房租被趕走。）

02.【D】 中譯 這篇醫學文章用了相當專業的醫學術語。
(A) 代名詞 (B) 直喻 (C) 暗喻 (D) 專業術語
3詞KO法 specialized medical ____（專業的醫學術語。）

03.【A】 中譯 就某種程度而言，節儉對經濟成長是有害的。
(A) 節儉 (B) 美食 (C) 依（信）賴 (D) 獨立
3詞KO法 ____ → detrimental to economic growth（節儉對經濟成長是有害的。）

04.【B】 中譯 隨著新大型市場的建立，經濟越來越繁榮。
(A) 衰退 (B) 繁榮 (C) 蕭條的 (D) 不景氣的
3詞KO法 major new markets → economy is ____（新大型的市場使經濟繁榮。）

05.【A】 中譯 賓士車已在全世界樹立起高檔商品的形象。
(A) 高價（檔）的 (B) 平凡的 (C) 平凡的 (D) 非常浪費的
3詞KO法 Mercedes-Benz → ____ image（賓士車建立高檔的形象。）

06.【D】 中譯 秘書必須每天在電腦上更新工作日程。
(A) 高級的 (B) 上漲 名；使振奮 動 (C) 升級 (D) 更新
3詞KO法 ____ work schedule（更新工作日程。）

07.【C】 中譯 銀行現在採取額外措施來核實客戶的信用度。
(A) 解釋；說明 (B) 保障 (C) 核（證）實 (D) 反駁
3詞KO法 ____ creditworthiness of customers（核實客戶的信用度。）

08. The _____ tablet computer with multifunction is the best seller.
(A) miscellaneous (B) versatile (C) various (D) diverse

09. It is said that hackers have spread a new computer _____.
(A) bacterium (B) virus (C) disease (D) pandemic

10. The trucks are _____ to supply relief to millions of victims suffering from the earthquake.
(A) onerous (B) negligible (C) vital (D) trivial

螺旋記憶測試

下列單字曾在前一課中學習過，請寫出中譯。

01. mortality _______________
02. miscellaneous _______________
03. membership _______________
04. nationality _______________
05. negotiate _______________
06. obsolete _______________
07. obedient _______________
08. offset _______________
09. passive debt _______________
10. maternity leave _______________
11. patent _______________
12. receptionist _______________
13. saturate _______________
14. scrap _______________
15. seal _______________

08. 【B】 **中譯** 這臺多用途的平板電腦有著多功能賣的最好。

(A) 各式各樣的 (B) 多用途的 (C) 各式各樣的 (D) 各式各樣的

3詞KO法 ____ tablet with multifunction（有著多功能的多用途的平板電腦。）

09. 【B】 **中譯** 據說駭客們已經開始傳播一種新的電腦病毒。

(A) 細菌 (B) 病毒 (C) 疾病 (D) 流行性傳染病

3詞KO法 hackers → spread computer ____（駭客傳播電腦病毒。）

10. 【C】 **中譯** 這些卡車對數百萬地震災民提供救援物資是極為重要的。

(A) 繁重的 (B) 微不足道的 (C) 極為重要的 (D) 瑣碎的

3詞KO法 ____ to supply relief → victims（提供救援物資給災民是極為重要的。）

解答

01. 死亡率 02. 各式各樣的 03. 會員資格 04. 國籍 05. 協商 06. 過時的 07. 服從的
08. 抵銷；補償 09. 無息債務 10. 產假 11. 專利權 12. 接待員 13. 使市場飽和 14. 廢棄
15. 使密封

DAY 12

日期	/	/	/	/	/	/	/	/	/	/
01. acquaintance										
02. acquire										
03. acquisition										
04. acrophobia										
05. activate										
06. benchmark										
07. board meeting										
08. blockbuster										
09. blue-chip										
10. baggage claim										
11. certificate										
12. chamber of commerce										
13. checkout										
14. chef										
15. cyberspace										

訓練自己一邊看英文單字一邊說出中文字義（口中默念即可）。遇到還沒記住的字就在該字空格畫✖，已熟記的單字打✔，請每天複習、做紀錄。

日期	/	/	/	/	/	/	/	/	/	/
16. directory system										
17. disconnect										
18. disinfect										
19. disposable income										
20. disposal bag										
21. endeavor										
22. endorse										
23. enterprise										
24. enthusiasm										
25. entice										
26. far-fetched										
27. fascinate										
28. fasten										
29. favorable										
30. ferry										

01 ★★ **acquaintance** [ə`kwentəns]	名 相識但不熟之人

例句 The store keeper was an old **acquaintance** of mine.
老闆是我的舊識。

關 **be acquainted with = acquaint** + 反身代名詞 + **with** 認識、了解、熟悉

02 ★ **acquire** [ə`kwaɪr]	動 獲（購）得

例句 The transnational **acquired** a 20% stake in the local corporation for about $ 3 million dollars.
這家跨國大公司以大約 3 百萬美元的價格購得了這家本土企業 20% 的股份。

關 **acquirement** [ə`kwaɪrmənt] 名 獲（購）得

03 ★★★ **acquisition** [ˌækwə`zɪʃən]	名 收（併）購

例句 The **acquisition** helped the multinational make its initial entrance into the mainland China market.
那項併購幫助這家跨國公司首次躋身中國大陸市場。

04 ★★★ **acrophobia** [ˌækrə`fobɪə]	名 懼高症

例句 Those with **acrophobia** cannot take the Ferris wheel.
有懼高症的人不能搭摩天輪。

05 ★ **activate** [`æktəˌvet]	動 使活化；激勵

例句 To **activate** domestic consumption serves as a way to alleviate the unemployment rate.
刺激國內消費可以充當減輕、緩和失業率的方法。

06 ★★★ **benchmark** [ˋbɛntʃ,mɑrk] 名 形 標竿（準）的

例句 The real estate is a **benchmark** for economic growth.
房地產是衡量經濟成長的標竿。

07 ★ **board meeting** 董事會

例句 The president is going to attend the **board meeting** this afternoon. 董事長下午將要出席董事會議。

08 ★★ **blockbuster** [ˋblɑk,bʌstɚ] 名 賣座電影

例句 Super hero movies are always judgement-paralyzing **blockbusters**.
超級英雄電影一向是麻痺人判斷力的賣座電影。

09 ★★ **blue-chip** [ˋblu,tʃɪp] 形 名 績優股（的）

例句 IBM is everlastingly regarded as a **blue-chip** by stock investors.
IBM 一向被股票投資者視為績優股。

10 ★★ **baggage claim** 行李提領處

例句 Excuse me, where is the **baggage claim** area?
對不起，請問行李提領區在哪裏？

11 ★★★ **certificate** [sɚˋtɪfəkɪt]

名 證書

例句 The job seeker showed his degree **certificate** to interviewers.
這名求職者向面試官展示了他的學位證書。

12 ★★ **chamber of commerce**

商會

例句 The Hong Kong general **chamber of commerce** is holding its annual meeting.
香港總商會正在召開一年度的年會。

13 ★ **checkout** [ˋtʃɛkˏaʊt]

名 退房

例句 **Checkout** is at noon.
退房時間是中午 12 點之前。

關 **checkin** [ˋtʃɛkˏɪn] 名 登記報到

14 ★ **chef** [ʃɛf]

名 主廚

例句 Spanish paella is one of our **chef's** signature dishes.
西班牙燉飯是我們主廚的招牌菜之一。

15 ★★ **cyberspace** [ˋsaɪbɚˏspes]

名 網路

例句 Many transactions in **cyberspace** have no physical boundaries.
許多網上電子交易是不受地區限制的

16 ★★ **directory system**

目錄系統

例句 You can check out our relevant information on the **directory system**. 你可以在目錄系統上查看我們的相關資訊。

關 **directory** [də`rɛktərɪ] 名 通訊錄

17 ★★ **disconnect** [ˌdɪskə`nɛkt] 動 切斷（電路、水、瓦斯等）

例句 **Disconnect** the cables before you try to move the TV set.
在你挪動電視機之前，先把連接電纜拔下來。

18 ★★★ **disinfect** [ˌdɪsɪn`fɛkt] 動 消毒

例句 To prevent the contagious disease from spreading, the authorities concerned **disinfected** the area thoroughly.
有關當局為了防止傳染病的擴散，把這個區域徹底消毒。

同 **sterilize** [`stɛrəˌlaɪz] 動 消毒

19 ★★ **disposable income** 可支配所得（扣除稅金後）

例句 **Disposable income** is accessible to you for saving or spending.
可支配所得就是你可以儲蓄或是花用的錢。

關 **disposable** [dɪ`spozəbl] 形 免洗的（用完即丟的）

20 ★★ **disposal bag** 廢棄物處理袋；垃圾袋

例句 **Disposal bags** allow people to discreetly and sanitarily dispose of personal hygiene items, such as feminine napkins, tampons, adult diapers, and baby diapers.
廢棄物處理袋可以讓人們小心並且衛生地處理個人衛生用品，如處理女性衛生棉、衛生棉條、成人尿布、嬰兒尿布等。

21 ★ **endeavor** [ɪn`dɛvɚ] 名 動 努力

例句 We **endeavor** to expand our overseas market.
我們盡全力拓展海外市場。

22 ★★ **endorse** [ɪn`dɔrs] 動（支票上）背書；支持

例句 The payee of the check must **endorse** the check.
領款人必須在支票上背書。

關 **endorsement** [ɪn`dɔrsmənt] 名（支票上）背書；支持

23 ★ **enterprise** [`ɛntɚ͵praɪz] 名 企業

例句 Most lawmakers endorse the proposal–to transform state-run **enterprises** into private ones.
大部分的立法委員支持這項提議，將國營企業轉成民營化。

24 ★★★ **enthusiasm** [ɪn`θjuzɪ͵æzəm] 名 熱忱（心）

例句 The proposal to raise wages was greeted with great **enthusiasm**.
這個加薪的提議受到熱情的響應。

關 **enthusiastic** [ɪn͵θjuzɪ`æstɪk] 形 熱忱的
enthuse [ɪn`θjuz] 動 使熱情

25 ★★★ **entice** [ɪn`taɪs] 動 誘使；吸引

例句 The bank is offering low interest rates in an attempt to **entice** new customers.
這家銀行提供低利率以吸引新客戶。

關 **enticement** [ɪn`taɪsmənt] 名 誘惑

26 ★★★ **far-fetched** [`fɑr`fɛtʃt] 形 牽強附會的

例句 The prospectus was so **far-fetched** that few customers offered to participate in the investment.
這份投資說明書太過牽強附會，幾乎沒有什麼投資者願意參與此次的投資。

27 ★★ **fascinate** [`fæsn̩,et] 動 著迷

例句 The audience was **fascinated** by their superb performance.
他們的精彩表演使觀衆看得入了迷。

關 **fascination** [,fæsn`eʃən] 名 著迷

28 ★ **fasten** [`fæsn̩] 動 綁緊；固定

例句 **Fasten** your seatbelt, please.
請綁緊安全帶。

29 ★ **favorable** [`fevərabl̩] 名 有利的

例句 The multinational suppressed the news that was not **favorable** to it. 這家跨國公司扣留對它不利的消息。

關 **unfavorable** [ʌn`fevrəbl̩] 形 不利的

30 ★★ **ferry** [`fɛrɪ] 名 渡輪

例句 A **ferry** is a boat that carries people or goods across a river or a sea. 渡輪是一種船隻將人們或貨物度過河流或過海。

Quiz 多益字彙模擬測驗

【答題祕訣】1. 先看選項，確定字義。
2. 再看題目，運用「3 詞 KO 法」，抓住「名詞」、「形容詞」、「動詞」。

01. The manager wants to be ______ with the strengths and weaknesses of the rival company.
(A) mesmerized (B) interested (C) acquainted (D) dejected

02. We have managed to ______ cutting-edge technology facilities.
(A) acquire (B) require (C) inquire (D) prescribe

03. The successful negotiation between the employees and the employers sets a ______ for future pay negotiations.
(A) benchmark (B) blunder (C) criticism (D) judgment

04. He was afforded a ______ upon completion of his course of study.
(A) blue-chip (B) blockbuster (C) license (D) certificate

05. If we don't pay those bills soon, they will ______ our electricity, water, and gas.
(A) slash (B) cut (C) disconnect (D) curtail

06. Clean and ______ toilet facilities at least once a week.
(A) activate (B) disinfect (C) catalyze (D) renovate

07. The policy of lowering interest rate was ______ by the electorate.
(A) endorsed (B) enthusiastic (C) endeavored (D) seduced

01. 【C】 中譯 經理想了解對手有哪些優點與缺點。
(A) 著迷的 (B) 感到有趣的 (C) 熟悉；了解 (D) 感到沮喪
3詞KO法 ____ with strengths and weaknesses（想了解優缺點。）

02. 【A】 中譯 我們已設法購得了尖端的科技設備。
(A) 購得 (B) 需求 (C) 詢問 (D) 開藥方；規定
3詞KO法 ____ facilities（購得設備。）

03. 【A】 中譯 這次成功的勞資協商給日後工資談判作參考的標準。
(A) 標準 (B) 大錯 (C) 批評 (D) 判斷
3詞KO法 ____ future pay negotiations（日後工資談判的標準。）

04. 【D】 中譯 他結業時被授予證書。
(A) 績優股 (B) 賣座電影 (C) 執照 (D) 證書
3詞KO法 ____ → completion study（完成學習頒發證書。）

05. 【C】 中譯 如果我們不馬上付清那些帳單，他們很快就會對我們斷電、斷水、斷瓦斯。
(A) 大幅刪減 (B) 砍 (C) 切斷（電路、水、瓦斯等）(D) 刪減
3詞KO法 don't pay bills → ____ electricity（不付費就斷電。）

06. 【B】 中譯 廁所至少每周清潔和消毒一次。
(A) 激勵 (B) 消毒 (C) 催化 (D) 整修
3詞KO法 clean and ____ toilet（清潔並消毒廁所。）

07. 【A】 中譯 調降利率的政策受到選民的支持。
(A) 支持 (B) 熱心的 (C) 努力 (D) 誘惑
3詞KO法 lowering interest rate was ____（支持調降利率。）

08. The lack of ______ for the presidential election among most people fills the presidential candidate with disappointment.
(A) complication (B) enthusiasm
(C) momentum (D) persuasion

09. The department store is holding a grand sale to ______ customers.
(A) hamper (B) favor (C) propel (D) entice

10. The sales clerk's introduction of his products sounds extremely ______ to me, so I am not interested in them.
(A) fastened (B) far-fetched (C) favorable (D) fascinating

螺旋記憶測試

下列單字曾在前一課中學習過，請寫出中譯。

01. sedantary ______________
02. security office ______________
03. self-addressed stamped envelope ______________
04. tenant ______________
05. terminology ______________
06. thrift ______________
07. thrive ______________
08. update ______________
09. upscale ______________
10. verify ______________
11. versatile ______________
12. virus ______________
13. vital ______________
14. workout ______________
15. yield ______________

08. (B) 中譯 大多數人對這次的總統選舉缺乏熱情，此種情形令總統候選人失望。

(A) 複雜；併發症 (B) 熱忱 (C) 動能 (D) 說服力

3詞KO法 lack of ____ → disappointment（缺乏熱情，使人失望。）

09. (D) 中譯 百貨公司舉行大拍賣吸引客戶上門。

(A) 阻礙 (B) 支持 (C) 推進 (D) 吸引

3詞KO法 grand sale to ____ customers（大拍賣吸引顧客上門。）

10. (B) 中譯 我覺得這位銷售員在介紹他的產品時聽起來很牽強，所以我對他的產品都不感興趣。

(A) 綁緊 (B) 牽強附會的 (C) 有利的 (D) 令人著迷的

3詞KO法 sounds ____ → not interested（聽起來牽強，所以不感興趣。）

解答

01. 須久坐的 02. 警衛室 03. 回郵信封 04. 房客 05. 專業術語 06. 節儉 07. 茂盛；繁榮 08. 更新 09. 高價的、頂級的 10. 證實；確定 11. 多用途的 12. 病毒 13. 重要的 14. 健身 15. 利潤；產量；生產

DAY 13

日期	/	/	/	/	/	/	/	/	/	/
01. health insurance										
02. high resolution										
03. high-flying										
04. high-tech haven										
05. holding company										
06. import										
07. impression										
08. impulse										
09. in the light of										
10. incidental										
11. letterhead										
12. liability										
13. liaison										
14. licensing fees										
15. liquid assets										

訓練自己一邊看英文單字一邊說出中文字義（口中默念即可）。遇到還沒記住的字就在該字空格畫✖，已熟記的單字打✔，請每天複習、做紀錄。

日期	/	/	/	/	/	/	/	/	/	/
16. moderate										
17. modest										
18. modify										
19. monitor										
20. monopoly										
21. napkin										
22. nasty										
23. navigate										
24. nauseate										
25. neighborhood										
26. opinion poll										
27. order form										
28. ordinary										
29. overdraw										
30. overdue										

01
★ **health insurance** 健康保險

例句 The fringe benefits of the company includes free **health insurance**.
公司的附加福利包括免費健康保險。

02
★★ **high resolution** 高解析度

例句 The tablet is equipped with a **high resolution** screen.
平板電腦搭配著高解析度的螢幕。

03
★ **high-flying** 形 飆漲的
[`haɪ`flaɪɪŋ]

例句 **High-flying** European and Asian shares lost a little altitude after overnight falls on Wall street.
歐洲、亞洲股票的飆漲趨勢在華爾街股票一夜之間的下滑暫時止住上升的局面。

04
★★ **high-tech haven** 高科技基地

例句 Silicon Valley serves as a **high-tech haven**.
矽谷是高科技的基地。

05
★★ **holding company** 控股公司

例句 The spokesman of the transnational said that they did not transform into a **holding company**.
這家跨國大公司的發言人說他們沒有轉型為控股公司的打算。

06 ★
import
[ɪm`port]
名 動 進口

例句 Household electrical appliances are the major **import** from Japan. 從日本進口的主要物品是家電產品。

關 **export** [ɪks`port] 名 動 出口

07 ★★
impression
[ɪm`prɛʃən]
名 印象

例句 Keeping bad (late) hours won't create a favorable **impression**. 遲到不會給人留下好印象。

關 **impress** [ɪm`prɛs] 動 使感動；留下印象
impressive [ɪm`prɛsɪv] 形 給人深刻印象的；感人的

08 ★★
impulse
[ɪm`pʌls]
名 衝動

例句 It was an **impulse** purchase, but I'm still quite satisfied with this lap top. 雖然是衝動性購買，但是我對這台膝上型（手提）電腦仍然相當滿意。

關 **impulsive** [`ɪmpʌlsɪv] 形 衝動的

09 ★★
in the light of
按照；根據

例句 **In the light of** the slow resuscitation of economy, we have no alternative but to adjust the plan to expand the overseas market. 由於經濟復甦緩慢，我們不得不調整擴大海外市場的計畫。

10 ★★
incidental
[ˌɪnsə`dɛntḷ]
形 附帶的；伴隨的

例句 The boss promised to give him a profit **incidental** to his regular salary. 老闆答應給他正常薪水外的一份紅利。

11 ★
letterhead [ˋlɛtɚˏhɛd] 名 信頭

例句 The secretary wrote to the customers by using the company **letterhead**.
秘書以公司的信紙寫信給客戶。

12 ★★★
liability [ˏlaɪəˋbɪlətɪ] 名 債務；責任

例句 The carrier should be exonerated from all **liability** for any loss because of natural disasters.
運輸公司應免除由自然災害引起的任何損失。

關 **liable** [ˋlaɪəbḷ] 應負責的

13 ★★★
liaison [ˏlɪeˋzɑn] 名 聯絡

例句 The alteration of the investment plan has been set up in **liaison** with relevant departments.
這項投資計劃的修改已經與相關部門聯繫了。

14 ★
licensing fees 執照費

例句 In the coming future, we anticipate that a substantial amount of revenue will be derived from **licensing fees**.
不久的未來，我們可以期待有相當的收入會來自牌照費用方面。

15 ★★
liquid assets 流動資產

例句 **Liquid assets** refer to the money a company or a person has, and the property that can easily be exchanged for money.
流動資產是指公司或個人所擁有的金錢與可以輕易轉換成金錢的資產。

16 ★★ **moderate** [ˋmɑdərɪt]
形 適度的
動 調節

例句 Our stock prices recovered from early decline to end with **moderate** losses.
我們公司的股價在早盤下跌後出現反彈，以適度損失收盤。

17 ★★ **modest** [ˋmɑdɪst]
形 適度的

例句 House prices had a **modest** rise in the third quarter.
房價在第三季中有適度的增長。

18 ★★ **modify** [ˋmɑdə͵faɪ]
動 修改；變更

例句 The specification of the product must **be modified** to fit the demand of the Asian market.
產品的規格必須修改才能符合亞洲市場的需求。

關 **modification** [͵mɑdəfəˋkeʃən] 名 修改；變更

19 ★★ **monitor** [ˋmɑnətɚ]
動 監視

例句 Fund managers should not be appointed to **monitor** corporations. 基金管理人不應該被指派監管公司。

20 ★★★ **monopoly** [məˋnɑpḷɪ]
名 壟斷

例句 The opposition party organized a demonstration against the ruling party's **monopoly** over the media.
反對黨發動示威遊行抗議執政黨對媒體的壟斷。

關 **monopolize** [məˋnɑpḷ͵aɪz] 動 壟斷

21 ★ **napkin** [ˋnæpkɪn]　名 餐巾

例句 The lady was taking tiny bites of a sandwhich and daintily wiping her lips with a **napkin**.
女士小口地吃著三明治，用餐巾優雅地擦著嘴。

22 ★★★ **nasty** [ˋnæstɪ]　名 令人討厭的人、事、物

例句 The investors had a **nasty** moment when they had lost a sum of money on the stock market.
投資者在股票市場上損失一筆錢時會令他們覺得很不舒服。

23 ★★ **navigate** [ˋnævə͵get]　動 領航；駕駛

例句 Her unique business insight **has navigated** her to the apex of her business career.
她獨特的商業眼光已經引導她到達她的商業生涯中的巔峰。

關 **navigator** [ˋnævə͵getɚ] 名 領航員
navigation [͵nævəˋgeʃən] 名 衛星導航

24 ★★★ **nauseate** [ˋnɔsɪet]　動 作嘔；厭惡

例句 I was **nauseated** by the lust and violence in the movie.
我很厭惡電影的情色與暴力。

關 **nausea** [ˋnɔʃɪə] 名 厭惡

25 ★ **neighborhood** [ˋnebɚ͵hud]　名 鄰近的地區

例句 The houses in the **neighborhood** of the business hub are incredibly expensive.
在這商業中心附近的房子難以想像的貴。

26 ★★ **opinion poll** 民意調查

例句 **Opinion polls** have detected a groundswell of support for the opposition party. 民意調查表明支持在野黨的情緒高漲。

27 ★ **order form** 訂單

例句 We have not received your **order form** yet. Perhaps, the e-mail address in your **order form** was invalid.
我們尚未收到你的訂單。或許你訂單中的電子郵件地址有誤。

關 **order book** 訂單簿

28 ★ **ordinary** [ˋɔrdn̩ˏɛrɪ] 形 普通的

例句 How much can I overdraw from my **ordinary** card?
那麼我的這張普卡能透支多少錢呢？

29 ★★ **overdraw** [ˋovɚˋdrɔ] 動 透支

例句 Security is required to endorse an **overdrawn** account.
透支的帳戶要求提供擔保。

30 ★★ **overdue** [ˋovɚˋdju] 形 過期的

例句 My cell phone bill is long **overdue**.
我的手機帳單已經過期很久了。

Quiz 多益字彙模擬測驗

【答題祕訣】1. 先看選項，確定字義。
2. 再看題目，運用「3 詞 KO 法」，抓住「名詞」、「形容詞」、「動詞」。

01. His conversation with the CEO made a strong ______ on him.
(A) impress (B) impression (C) impressive (D) depress

02. He is too ______ to be a reliable manager.
(A)impulse (B) impulsive (C) repulse (D) repulsive

03. ______ the decision of the board of directors, we suspended the investment plan on the production of semiconductor.
(A) On the other hand (B) In addition to
(C) In the light of (D) By the same token

04. We are required to work in close ______ with the marketing department.
(A) liaison (B) confusion (C) complexion (D) channel

05. A ______ amount of stress can be helpful, whereas too much pressure can exhaust you.
(A) moderate (B) excessive (C) extreme (D) major

06. The candidate will have to ______ his standpoints if he wants to get elected.
(A) modified (B)modification (C) modify (D) modifing

07. A very rigorous contagious disease ______ system is essential in general hospitals.
(A) inquiring (B) monitoring (C) sealed (D) package

01. 【B】 中譯 他與總裁的談話給他自己留下深刻的印象。

(A) 使印象深刻 動 (B) 印象 名 (C) 印象的 形 (D) 使沮喪 動

3詞KO法 strong ____（強烈的印象。）

Note 形 strong + 名 impression

02. 【B】 中譯 他容易衝動，很難成為值得信賴的經理人。

(A) 衝動 名 (B) 衝動的 形 (C) 使憎惡、反感 動 (D) 憎惡的、反感的 形

3詞KO法 too ____ to be a reliable manager（太過衝動不能成為信賴的經理人。）

Note 副 too + 形 impulsive

03. 【C】 中譯 按照董事會的決定，我們中止了在半導體生產的投資計畫。

(A) 另外一方面 (B) 尚有 (C) 按照 (D) 同樣地

3詞KO法 ____ decision → suspended investment plan（按照決定中止投資計畫。）

04. 【A】 中譯 我們被要求與行銷部門密切聯繫。

(A) 聯繫 (B) 困惑 (C) 臉色 (D) 管道

3詞KO法 close ____ with marketing department（與行銷部門密切聯繫。）

05. 【A】 中譯 適度的壓力是有好處的，但是過度的壓力會使你筋疲力盡。

(A) 適度的 (B) 過度的 (C) 極端的 (D) 主要的

3詞KO法 ____ stress → helpful（適度的壓力是有幫助的。）

06. 【C】 中譯 這位候選人如果要想當選就得修改他的觀點。

(A) 修改（過去分詞）(B) 修改 名 (C) 修改 動 (D) 修改 動名詞

3詞KO法 to ____ his standpoints（必須修改他的觀點。）

Note 不定 to + 動 modify

07. 【B】 中譯 綜合醫院必須有一種非常嚴密的傳染病監測系統。

(A) 詢問 (B) 監視 (C) 密封 (D) 套裝

3詞KO法 contagious disease ____ system (傳染病監測系統。)

08. Electricity, gas and water were considered to be natural _____.
(A) monopoly (B) monopolist (C) monopolize (D) monopolies

09. They are suffering from a _____ infection from food poisoning.
(A) novice (B) nasty (C) secure (D) nascent

10. The rent is a matter for _____ between the landlord and the tenant.
(A) negotiation (B) negotiate (C) quarrel (D) bicker

螺旋記憶測試

下列單字曾在前一課中學習過，請寫出中譯。

01. acquisition ____________
02. acrophobia ____________
03. benchmark ____________
04. blockbuster ____________
05. blue-chip ____________
06. certificate ____________
07. checkout ____________
08. chef ____________
09. disconnect ____________
10. disinfect = sterilize ____________
11. endorse ____________
12. enthusiasm ____________
13. entice ____________
14. far-fetched ____________
15. favorable ____________

08. 【D】 中譯 電、瓦斯、水是公認合理的壟斷事業。

(A) 壟斷 名 (B) 壟斷者 名 (C) 壟斷 動 (D) 壟斷事業（複數 名）

3詞KO法 Electricity, gas and water → ____（電、瓦斯、水是壟斷事業。）

Note 形 natural + 名 monopoly

09. 【B】 中譯 他們因食物中毒而得了很嚴重的感染症。

(A) 新手 (B) 令人討厭的人、事、物 (C) 安全的 (D) 新生的

3詞KO法 suffering from ____ infection（罹患很令人討厭的感染症。）

10. 【A】 中譯 租金是房東與房客所要協商的事情。

(A) 協商 名 (B) 協商 動 (C) 爭吵 (D) 口角

3詞KO法 rent → ____ between landlord and tenant（租金是房東與房客所要協商的事。）

Note 介 for + 名 negotiation

解答

01. 併購 02. 懼高症 03. 標竿（準）的 04. 大幅成長，賣座片 05. 績優股 06. 證書 07. 退房 08. 主廚 09. 切斷、連不上線 10. 消毒 11. 背書；支持 12. 熱忱（心） 13. 吸引 14. 牽強附會的 15. 有利的

DAY 14

日期	/	/	/	/	/	/	/	/	/	/
01. patronage										
02. pending										
03. pension										
04. performance appraisal										
05. personal hygiene items										
06. recommendation										
07. reconcile										
08. recreation										
09. recruit										
10. reasonable										
11. seller's market										
12. severance pay										
13. shed										
14. shipping traffic										
15. shoulder										

訓練自己一邊看英文單字一邊說出中文字義（口中默念即可）。遇到還沒記住的字就在該字空格畫✖，已熟記的單字打✔，請每天複習、做紀錄。

日期										
16. time out										
17. timetable										
18. tournament										
19. track record										
20. trademark										
21. verbal O.K.										
22. videoconference										
23. violate										
24. virtual										
25. voice mail										
26. acceptable										
27. allergic										
28. aisle seat										
29. accompanying document										
30. adjourn										

01 ★★★ **patronage** [ˋpætrənɪdʒ]	名 光顧；消費

例句 We look forward to your **patronage** by providing you with a stable product quality, thoughtful and enthusiastic service.
我們以穩定的產品質量、周到與熱情的服務期待著您的惠顧。

關 **patron** [ˋpetrən] 名 贊助者；主顧 **patronize** [ˋpetrən͵aɪz] 動 贊助

02 ★★ **pending** [ˋpɛndɪŋ]	形 即將發生的

例句 Escalating numbers of customers have been inquiring about the **pending** price rise. 越來越多的顧客在詢問即將出現的漲價問題。

03 ★★★ **pension** [ˋpɛnʃən]	名 退休金

例句 The employees hope the company can reform the present **pension** plan. 員工希望公司可以改革現行的公司退休金計劃。

關 **pensioner** [ˋpɛnʃənɚ] 名 領養老金的人

04 ★★★ **performance appraisal**	考績（核）

例句 Each department in the firm conducts a **performance appraisal** for its staffers every year.
公司每一個部門每年都會對它的員工進行考核。

關 **cost-performance ratio** 名 性價比（CP 值）

05 ★★ **personal hygiene items**	個人衛生用品

例句 Take **personal hygiene items** with you when traveling abroad.
旅遊國外要帶個人衛生用品。

06 ★★ **recommendation** [ˌrɛkəmɛn`deʃən] 名 推薦（書）

例句 The committee made **recommendations** to the board of directors on the workers pay and conditions.
委員會向董事會建議工人的薪水與條件。

關 **recommend** [ˌrɛkə`mɛnd] 動 推薦

07 ★★★ **reconcile** [`rɛkənsaɪl] 動 調和（解）

例句 Negotiators must now work out how to **reconcile** the requirements of employees with those of employers.
談判人員現在必須想辦法調和勞資雙方的需求。

關 **reconciliation** [rɛkənˌsɪlɪ`eʃən] 名 調和（解）

08 ★ **recreation** [ˌrɛkrɪ`eʃən] 名 休閒

例句 The corporation is building a **recreation** center for all the staffers. 公司正在興建員工休閒中心。

09 ★★★ **recruit** [rɪ`krut] 動 招募

例句 The police are attempting to **recruit** more officers from ethnic minorities. 警方正企圖從弱勢族群裡招募更多的警官。

關 **recruitment** [rɪ`krutmənt] 名 招募

10 ★★ **reasonable** [`riznəbl̩] 形 合理的

例句 We warmly greet all the new and old customers with **reasonable** prices and first-class service.
本公司以實惠的價格，一流的服務，熱情地迎接各方新舊客戶。

11 ★★ **seller's market** 賣方市場

例句 Housing prices became a **seller's market**, and prices soared.
房地產市場成了賣方市場，價格一路飆升。

關 **buyer's market** 名 買方市場

12 ★★★ **severance pay** 離職（解雇）金

例句 Those laid off received their **severance pay**.
那些被裁員的人都收到他們的解職金。

13 ★★★ **shed** [ʃɛd] 動 刪除；裁減

例句 The local government is planning to **shed** approximately a quarter of its workforce.
地方政府正在計劃削減四分之一的人手。

14 ★ **shipping traffic** 船運交通（業務）

例句 The **shipping traffic** of the port is increasingly thriving.
這港口的船運業務越來越昌隆。

15 ★★ **shoulder (of a road)** [ˋʃoldɚ] 名 路肩

例句 Driving on the **shoulder** of the road is illegal.
沿路肩開車是違法的。

16 ★ **time out** [ˋtaɪmˋaʊt]　暫停（時間、營業、工作）

例句 The coach called a **time out** to rearrange the offense.
教練喊暫停重新安排攻勢。

17 ★ **timetable** [ˋtaɪm͵tebl̩]　名 時間表

例句 The new train **timetable** will come into effect tomorrow.
新的火車時刻表明天生效。

18 ★★ **tournament** [ˋtɜnəmənt]　名 錦標賽

例句 Our baseball team is bursting with confidence after two straight wins in the **tournament**.
我們的棒球隊在錦標賽中連贏兩場後信心大增。

19 ★ **track record**　（業務）紀錄

例句 She has a remarkable **track record** in marketing.
她有傑出的銷售業績記錄。

20 ★ **trademark** [ˋtred͵mɑrk]　名（註冊）商標

例句 Please identify the registered **trademark** of our products.
請認明我們產品的註冊商標。

21 ★★ **verbal O.K.** 口頭上的認可

例句 The manager agreed to our new plan by a **verbal O.K.**
經理口頭上認可我們的新計畫。

22 ★★ **videoconference** [`vɪdɪo͵kɑnfərəns] 名 視訊會議

例句 We are typically in close liaison with the executives in the overseas branches through **videoconferences**.
我們通常透過視訊會議與海外分公司的決策人員保持密切聯繫。

23 ★★ **violate** [`vaɪə͵let] 動 違反

例句 Companies **violating** these stipulations could be fined up to $ 100 million dollars or even closed down for a "clean-up".
對於違反規定的公司，最高可處以 100 萬美金罰款，或者責令停業整頓。

關 **violation** [͵vaɪə`leʃən] 名 違反

24 ★★ **virtual** [`vɜtʃuəl] 形 虛擬的

例句 The **virtual** office is a spinoff of the digital age.
虛擬辦公室是數位化時代的副產品。

25 ★★ **voice mail** 語音信箱

例句 I have left some massages in your **voice mail**.
我已在你的語音信箱留訊息。

26 ★ **acceptable**
[ək`sɛptəbḷ]
形 可接受的

例句 Your proposal seems **acceptable**.
你的提議似乎是可以接受的。

27 ★★★ **allergic**
[ə`lɜdʒɪk]
形 過敏的；厭惡的

例句 Common investors are very **allergic** to insider trading.
一般投資者對於內線交易是極為厭惡的。

關 **allergy** [`ælədʒɪ] 名 過敏

28 ★ **aisle seat**
靠走道座位

例句 Would you prefer a window seat or an **aisle seat**?
您要靠窗座位還是要靠走道座位？

29 ★★ **accompanying document**
附帶文件

例句 Do you have any **accompanying documents** to identify the goods as yours?
你有任何的附帶文件可以證明這些貨物是你們公司的嗎？

30 ★★★ **adjourn**
[ə`dʒɜn]
動（會議等）休會、散會、延期

例句 The negotiation **has been adjourned** until next week.
協商已延到下禮拜了。

關 **adjournment** [ə`dʒɜnmənt] 名 休會；散會；延後會議

Quiz 多益字彙模擬測驗

【答題祕訣】1. 先看選項，確定字義。
2. 再看題目，運用「3 詞 KO 法」，抓住「名詞」、「形容詞」、「動詞」。

01. Tourists give their _____ to the local stores.
(A) patronage (B) health insurance
(C) modification (D) navigation

02. They have been released on bail _____ further enquiries.
(A) pending (B) suspending (C) depending (D) appending

03. It was tough to _____ her career ambitions with her household.
(A) associate (B) reconcile (C) combine (D) connect

04. Universities are now keen to hold on to the students they _____.
(A) perceive (B) recruit (C) absorb (D) digest

05. Because rural factories _____ laborers, people drift to the cities.
(A) shed (B) employ (C) hire (D) exploit

06. We must work and rest according to our _____.
(A) table (B) graph (C) diagram (D) timetable

07. The _____ is registered on the book of the Patent Office.
(A) signal (B) sign (C) earmark (D) trademark

01. (A) 中譯 觀光客光顧本地的商店。
(A) 光顧 (B) 健康保險 (C) 修改 (D) 衛星導航
3詞KO法 tourists → ____ → local stores（觀光客光顧本地的商店。）

02. (A) 中譯 他們已獲准保釋候查。
(A) 即將的 (B) 中止 (C) 依賴 (D) 附上
3詞KO法 released on bail ____ further enquiries（保釋等後候即將的詢問。）

03. (B) 中譯 對她而言很難去調和她事業的企圖心與家庭。
(A) 聯結（想）(B) 協調 (C) 結合 (D) 連結
3詞KO法 tough → ____ career with household（事業與家庭難以調和。）

04. (B) 中譯 各大學現在都急切地想要留住招募來的學生。
(A) 感覺 (B) 招募 (C) 吸收 (D) 消化
3詞KO法 hold students they ____（留住他們所招募到的學生。）

05. (A) 中譯 由於鄉村的工廠紛紛裁員，人們逐漸流向城市。
(A) 裁減 (B) 聘僱 (C) 聘僱 (D) 開發；剝削
3詞KO法 rural factories ____ laborers → cities（鄉村工廠裁員，人們流向城市。）

06. (D) 中譯 我們作息一定要按照時間表。
(A) 表格 (B) 曲線圖 (C) 流程圖 (D) 時間表
3詞KO法 work, rest → ____（按照時間表作息。）

07. (D) 中譯 該商標已在專利局登記註冊。
(A) 訊號 (B) 記號 (C) 特徵 (D) 商標
3詞KO法 ____ → registered → Patent Office（此商標已在專利局註冊。）

08. Visitors who ______ the terms of their visa can be expelled from the country and may be denied future entry.
(A) violate (B) violation (C) regulate (D) stipulate

09. The house is situated within easy ______ to convenience stores and traffic facilities.
(A) avenue (B) lane (C) access (D) alley

10. If there's no other business, this board meeting is ______.
(A) postponed (B) adjourned (C) deferred (D) proffered

螺旋記憶測試

下列單字曾在前一課中學習過，請寫出中譯。

01. high-flying ____________
02. high resolution ____________
03. holding company ____________
04. impression ____________
05. impulsive ____________
06. liaison ____________
07. liquid assets ____________
08. moderate ____________
09. modify ____________
10. monitor ____________
11. monopoly ____________
12. nasty ____________
13. navigate ____________
14. neighborhood ____________
15. opinion poll ____________

08. 【A】 **中譯** 違反簽證相關條例的觀光客可能被驅逐出境，並且將來有可能會被拒絕入境。

(A) 違反 動 (B) 違反 名 (C) 規範 (D) 規範

3詞KO法 ____ visa → expelled（違反簽證，被驅逐出境。）

09. 【C】 **中譯** 房子接近便利商店和交通設施。

(A) 大道 (B) 巷 (C) 接近 (D) 弄

3詞KO法 house → ____ → convenience stores（房子接近便利商店。）

10. 【B】 **中譯** 如果沒有其他事，此次董事會就此散會。

(A) 拖延 (B) 散會 (C) 耽擱 (D) 提供

3詞KO法 no other business → meeting ____（沒其他事就散會。）

解答

01. 飆漲的 02. 高解析度 03. 控股公司 04. 印象 05. 衝動的 06. 聯絡 07. 流動資產 08. 適度的 09. 修改；變更 10. 監視 11. 壟斷 12. 令人討厭的人事物 13. 航行；駕駛 14. 鄰近地區 15. 民意調查

DAY 15

日期	/	/	/	/	/	/	/	/	/	/
01. bankruptcy										
02. banner										
03. banquet										
04. bargain										
05. branch										
06. chore										
07. complete										
08. cinema										
09. circular										
10. chronic disease										
11. database										
12. deadline										
13. dealer										
14. debit										
15. debt										

訓練自己一邊看英文單字一邊說出中文字義（口中默念即可）。遇到還沒記住的字就在該字空格畫✖，已熟記的單字打✔，請每天複習、做紀錄。

日期	/	/	/	/	/	/	/	/	/	/
16. entitle										
17. entrée										
18. entrepreneur										
19. excessive										
20. equity										
21. figure										
22. filing										
23. fire alarm										
24. fire extinguisher										
25. fraud										
26. instruction										
27. income										
28. indemnity										
29. infection										
30. inferior										

01 ★ **bankruptcy** [ˋbæŋkrəptsɪ]	名 破產

例句 The company filed for **bankruptcy**.
這家公司申請破產。

同 **insolvency** [insɑˋlvənsi] 名 破產

02 ★★ **banner** [ˋbænɚ]	名 標語；旗幟

例句 The party fought the election under the **banner** of lowering the unemployment rate.
該黨以降低失業率的名義參加競選。

03 ★ **banquet** [ˋbæŋkwɪt]	名 宴會

例句 A **banquet** was given in honor of the visiting foreign clients.
為來訪的國外客戶舉行了宴會。

04 ★ **bargain** [ˋbɑrgɪn]	名 動 討價還價；廉價品

例句 The tenant drove a hard **bargain** over the rent.
房客對於房租想盡辦法殺價。

05 ★ **branch** [bræntʃ]	名 分公司

例句 The travel agency has **branches** all over the country.
這家旅行社分公司遍佈全國。

06 ★ **chore** [tʃor]

名 雜務

例句 All the staff members in our company share the company **chores**.

我們公司所有的職員分擔了公司的雜務。

07 ★ **complete** [kəmˋplit]

形 完全（善）的

動 完成

例句 It shows a **complete** control of the crisis by the executives.

這顯示出決策人員對此危機完全掌控。

08 ★ **cinema** [ˋsɪnəmə]

名 電影；電影廳院

例句 What's on at the **cinema**?

電影院在上映甚麼電影？

09 ★★ **circular** [ˋsɝkjələ]

名 廣告傳單

例句 The fast food restaurant hired some part-time workers to give out its **circulars**.

速食店聘僱兼差人員發放廣告傳單。

10 ★★★ **chronic disease**

慢性病

例句 Poor productivity and short productive life may suggest the possible occurrence of numbers of **chronic diseases**.

生產力低以及生產期短促意味著有可能產生許多慢性疾病。

11 ★ **database** [ˋdetə,bes]	名 資料庫

例句 The auto company planned to build an online **database** for its clients.
汽車公司計劃為顧客建立線上資料庫。

12 ★ **deadline** [ˋdɛd,laɪn]	名 截止日期

例句 Please extend the **deadline** a few days.
請寬限幾天。

13 ★ **dealer** [ˋdilɚ]	名（貴重商品）商人、業者

例句 The car **dealer** got embroiled (involved) in insider trading.
這名汽車經銷商捲入內線交易案。

關 **dealings** [ˋdilɪŋz] 名 交易

14 ★★ **debit** [ˋdɛbɪt]	名（會計）借方

例句 The total of **debits** must balance that of credits.
借款總額必須與貸方總額相平衡。

15 ★ **debt** [dɛt]	名 債務

例句 Banks consider extending the deadline for the students running up massive credit card **debts**.
銀行考慮延長積欠大量信用卡債務學生的還款日期。

關 **debtor** [ˋdɛtɚ] 名 欠款人
creditor [ˋkrɛdɪtɚ] 名 債權人；債主　**credit** [ˋkrɛdɪt] 名 貸方（款）

16 ★★ **entitle** [ɪn`taɪtl̩]

動 有～資格

例句 Those who reach the age of 65 **will be entitled** to their pensions.

凡是年紀達到 65 歲的人都可以領到老人年金。

17 ★★★ **entrée** [`ɑntrˌe]

名 主菜

例句 A meal is typically composed of three servings–appetizer, **entrée**, and dessert.

餐點通常包括三樣菜色——開胃菜、主菜和甜點。

18 ★★★ **entrepreneur** [ˌɑntrəprə`nɝ]

名 企業家

例句 The **entrepreneur** takes business risks in the hope of profitting a great deal.

企業家為追求豐厚的利潤而冒險。

19 ★★ **excessive** [ɪk`sɛsɪv]

形 過度的

例句 The manager points out that the spending of the sales department is **excessive**.

經理指出營業部門的開支過大。

關 **excess** [ɪk`sɛs] 名 過度　**exceed** [ɪk`sid] 動 超過

20 ★★★ **equity** [`ɛkwətɪ]

名 抵押資產的淨值

例句 We applied for an equipment **equity** loan to weather the financial storm.

我們為了度過此次的金融風暴申請了以工廠設備為抵押資產的貸款。

21 ★	**figure** [ˋfɪgjɚ]	名（統計）數字

例句 It will not be long before the deflation **figure** starts to drop.
過不了多久，通貨緊縮率就會開始下滑。

同 **statistics** [stəˋtɪstɪks] 名（統計）數字

22 ★★	**filing** [ˋfaɪlɪŋ]	名 歸檔

例句 The **filing** system is user-friendly.
這歸檔系統很好用。

23 ★★	**fire alarm**	火災警報器

例句 Each fireman, when the **fire alarm** sounded, rushed to his post.
火警一響，每個消防隊員都迅速的各就各位。

24 ★★	**fire extinguisher**	滅火器

例句 The firemen put the fire out with **fire extinguishers**.
消防隊員用滅火器滅火。

25 ★★★	**fraud** [frɔd]	名 詐騙

例句 The authorities concerned took sure-fire measures to prevent tax **fraud**.
有關當局已採取有效措施防止偷漏稅。

26 ★★	**instruction** [ɪnˋstrʌkʃən]	名 使用說明

例句 Always read the **instructions** before you use the machine.
在使用此機器之前一定要先閱讀使用說明。

關 **instruct** [ɪn`strʌkt] 動 指導(示)
instructive [ɪn`strʌktɪv] 形 有教育(啓發)意義的

27 ★ **income** [`ɪn,kʌm] 名 收入

例句 Feasibly, people on a high **income** are required to pay more taxes. 高收入的人多繳稅是合情合理的。

28 ★★★ **indemnity** [ɪn`dɛmnɪti] 名 賠償金

例句 The insurance company paid a big **indemnity** to the victims in the disaster-stricken areas.
保險公司付了一大筆賠償金給災區受害者。

關 **indemnify** [ɪn`dɛmnə,faɪ] 動 賠償

29 ★★ **infection** [ɪn`fɛkʃən] 名 傳(感)染

例句 **Infection** remains a core problem in the treatment of burns.
在燒傷治療中，感染仍然是核心問題。

關 **infect** [ɪn`fɛkt] 動 傳染
infectious [ɪn`fɛkʃəs] / **infected** [ɪn`fɛktɪd] 形 傳染的

30 ★ **inferior** [ɪn`fɪrɪɚ] 形 較差的

例句 It is not uncommon for an **inferior** status of women in most developing countries.
在大多數開發中的國家婦女地位仍然低落是滿普遍的現象。

關 **inferiority** [ɪnfɪrɪ`ɑrətɪ] 名 劣勢；次級

Quiz 多益字彙模擬測驗

【答題祕訣】1. 先看選項，確定字義。
2. 再看題目，運用「3 詞 KO 法」，抓住「名詞」、「形容詞」、「動詞」。

01. Duties and taxes are the most striking _____ to free trade.
(A) welfare (B) prevent (C)barriers (D) obstruct

02. We failed to meet the _____ because of manufacturing delays.
(A) deadline (B) deadlock (C) bottleneck (D) dead president

03. Women are _____ to maternity leave.
(A) qualification (B) exceptional
(C) entitled (D) extraordinary

04. A(n) _____ can not just take risks, but he is also provident.
(A) expert (B) entrepreneur (C) chef (D) engineer

05. The landlord donated _____ to the firemen.
(A) finale (B) fire extinguishers (C) equity (D) filing

06. With prices so low, there is little _____ for the landlord to sell his land.
(A) infection (B) influence (D) impulse (D) incentive

07. Many families on low _____ cannot afford to buy their own houses.
(A) tuitions (B) motives (C) incomes (D) outcomes

01. (C) 中譯 關稅和稅收是自由貿易的最大障礙。
(A) 福利 (B) 阻止 動 (C) 障礙 (D) 阻礙 動
3詞KO法 duties, taxes → ____ → free trade（關稅和稅收是自由貿易的障礙。）
Note 形 striking + 名 barriers

02. (A) 中譯 因為製造方面的延誤，我們沒能趕上截止期限。
(A) 截止日期 (B) 僵局 (C) 瓶頸 (D) 美鈔
3詞KO法 failed to meet ____ → delays（因為延誤，未能趕上截止日期。）

03. (C) 中譯 婦女享有產假的權利。
(A) 資格 名 (B) 例外的；傑出的 (C) 有資格的 (D) 傑出的
3詞KO法 ____ to maternity leave（享有產假的權利。）

04. (B) 中譯 企業家不僅要能承擔風險，還應富於遠見。
(A) 專家 (B) 企業家 (C) 主廚 (D) 工程師
3詞KO法 ____ → take risks → provident（企業家冒險並有遠見。）

05. (B) 中譯 這位大地主捐給消防員滅火器。
(A) 終曲 (B) 滅火器 (C) 抵押資產的淨值 (D) 歸檔
3詞KO法 ____ → firemen（捐給消防員滅火器。）

06. (D) 中譯 這位地主因為土地價格低落而無動機賣土地。
(A) 傳染 (B) 影響 (C) 衝動 (D) 動機
3詞KO法 prices, low → little ____ sell, land（價格低，無動機賣土地。）

07. (C) 中譯 許多低收入家庭買不起自己的房子。
(A) 學費 (B) 動機 (C) 收入 (D) 結果
3詞KO法 low ____ cannot buy houses（低收入無法買房子。）

08. The authorities concerned agreed to ______ the taxpayers against any loss.
(A) indemnify (B) impair (C) guarantee (D) safeguard

09. A single mosquito can ______ myriads of people.
(A) infected (B)infective (C) infection (D) infect

10. The economic downturn resulted in overpriced and ______ products.
(A) inferior (B) superior (C) senior (D) prior

螺旋記憶測試

下列單字曾在前一課中學習過，請寫出中譯。

01. patronage ______________
02. pending ______________
03. performance appraisal ______________
04. recommendation ______________
05. reconcile ______________
06. recruit ______________
07. recreation ______________
08. severance pay ______________
09. shed ______________
10. timetable ______________
11. tournament ______________
12. videoconference ______________
13. voice mail ______________
14. allergic ______________
15. adjourn ______________

08. 【A】 **中譯** 有關當局同意補償納稅人的任何損失。

(A) 賠償 (B) 損壞 (C) 保障 (D) 保護

3詞KO法 ____ loss（賠償損失）

09. 【D】 **中譯** 一隻蚊子就可以感染很多人。

(A) 感染 過去分詞 (B) 感染 形 (C) 感染 名 (D) 感染 動

3詞KO法 mosquito ____ myriads of people（蚊子感染很多人。）

10. 【A】 **中譯** 經濟不景氣導致了價格過高與品質低劣的產品。

(A) 較差的 (B) 較優秀的 (C) 較年長的 (D)（時間）較～之前的

3詞KO法 economic downturn → overpriced, ____ products（經濟不景氣使產品價格過高與低劣。）

解答

01. 光顧；消費 02. 即將的 03. 考績 04. 推薦（書） 05. 調和（解） 06. 招募 07. 休閒 08. 離職（解雇）金 09. 裁減 10. 時間表 11. 錦標賽 12. 視訊會議 13. 語音信箱 14. 過敏的；厭惡的 15. 中止、延期、散會

DAY 16

日期	/	/	/	/	/	/	/	/	/	/
01. journalist										
02. job performance										
03. junk mail										
04. justify										
05. just-in-time-method										
06. lean										
07. ledger										
08. lobby										
09. logo										
10. lounge										
11. major currencies										
12. massage										
13. mass transit system										
14. maximize										
15. mitigate										

訓練自己一邊看英文單字一邊說出中文字義（口中默念即可）。遇到還沒記住的字就在該字空格畫✖，已熟記的單字打✔，請每天複習、做紀錄。

日期	/	/	/	/	/	/	/	/	/	/
16. offer										
17. on-line service										
18. omit										
19. optimal										
20. option										
21. parking lot										
22. permanent										
23. permit										
24. personal belongings										
25. personnel										
26. remit										
27. reciprocal										
28. refund										
29. register										
30. renowned										

01 ★★ **journalist** [ˋdʒɝnəlɪst]　名 新聞記者

例句 A **journalist** is supposed to be completely objective.
新聞記者應該是完全客觀的。

關 **journalism** [ˋdʒɝnḷ͵ɪzṃ] 名 新聞業（工作）

02 ★★ **job performance**　工作績效（表現）

例句 Blame is typically used to spell out poor **job performance**.
糟糕的工作表現通常換來的是責備。

03 ★★ **junk mail**　垃圾郵件

例句 We have been bombarded with numerous **junk mail** and fliers.
長久以來我們被無數的垃圾郵件、廣告傳單轟炸。

關 **junk food** 名 垃圾食物

04 ★ **justify** [ˋdʒʌstə͵faɪ]　動 證實（明）～有理

例句 The stagnant economy did not **justify** a loosening monetary policy. 經濟不景氣並不足以成為貨幣寬鬆政策的正當理由。

關 **justification** [͵dʒʌstəfəˋkeʃən] 名 證明爲正當

05 ★ **just-in-time method**　即時管理方式

例句 We have to adopt a **just-in-time method** to manage our stock.
我們必須採用即時管理的方式來管理我們的進貨。

06 ★★★ **lean** [lin]

形 不景氣的

例句 With fewer tourists, hotels are going through a **lean** period.

隨著遊客的減少，飯店業正遭遇不景氣時期。

07 ★★★ **ledger** [ˋlɛdʒɚ]

名 總帳；分類帳

例句 All records of business transactions were kept in a **ledger.**

所有商業交易記錄保存在總帳中。

08 ★ **lobby** [ˋlɑbɪ]

名 大廳

動 遊說

例句 We met each other in the **lobby** of the library.

我們在圖書館大廳碰面。

09 ★ **logo** [ˋlogo]

名（公司、商品）標誌

例句 Their offices are very impressive, with their company **logo** all over the place.

他們的辦公室讓人印象深刻，到處都有公司的商標。

10 ★ **lounge** [laʊndʒ]

名（機場）候機室

例句 She would like to transfer to London, so she is waiting in the **lounge**.

她想轉機到倫敦，所以在候機室等候。

11 ★★ **major currencies** 主要貨幣

例句 The dollar plummeted to its lowest level against **major currencies.** 美元兌主要貨幣匯率跌至最低水平。

12 ★★ **massage** [məˋsɑʒ] 名 按摩

例句 The therapist gave me a **massage** to reduce the pain in my back. 治療師對我施以按摩減輕我背部的疼痛。

關 **message** [ˋmɛsɪdʒ] 名 訊息

13 ★ **mass transit system** 大衆運輸系統

例句 The government spent tremendous amounts of money on the **mass transit system.**
政府為大衆捷運系統花下巨資。

14 ★★ **maximize** [ˋmæksəˏmaɪz] 動 使最大化

例句 Through teamwork, we strive to **maximize** our track record, to be the leading company in our industry.
透過團隊合作，我們努力使我們的業績最大化，努力使自己躋身於業界的龍頭。

關 **maximal** [ˋmæksəml̩] 形 最大化（量）的
maximum [ˋmæksəməm] 名 最大量

15 ★★★ **mitigate** [ˋmɪtəˏget] 動 減輕、緩和

例句 The authorities concerned are attempting to **mitigate** the fallout of inflation. 有關當局正試圖緩和通貨膨脹所帶來的後果。

關 **mitigation** [ˏmɪtəˋgeʃən] 名 減輕；緩和

16 ★ **offer** [ˋɔfɚ] 動 名 報（出）價

例句 We are **offering** the retailers $ 50 for every portable charger.
我們向零售商報價每台行動電源 50 美元。

17 ★ **on-line service** 線上服務

例句 **On-line service** provides a diversity of information and services, whereas BBS (bulletin board service) normally concentrates on a single theme.
線上服務提供各式資訊與服務，但公告欄服務通常只專注單一主題式的功能。

18 ★★ **omit** [oˋmɪt] 動 刪除；遺漏

例句 Some details in the plan are irrelevant to its purpose and are therefore **omitted**. 有些細節與該計畫的目的毫無關聯，所以可以省略。

關 **omissio** [oˋmɪʃən] 名 刪除；遺漏

19 ★★★ **optimal** [ˋɑptəməl] 形 最佳的

例句 The tariff may be nationally **optimal**, yet suggests a net loss to the world. 關稅對國家也許是最適當的，但對世界來說則仍然意味著淨損失。

關 **optimum** [ˋɑptəməm] 形 名 最佳（的）

20 ★★★ **option** [ˋɑpʃən] 名 選擇；股票選擇權

例句 Both computer companies have granted the other an **option** on 25 of its shares. 兩家電腦公司都同意給予對方其 25% 股票選擇權。

21 ★ **parking lot** 【美】(露天)停車場

例句 This **parking lot** is for the use of employees only.
這個停車場只供員工使用。

關 **park** [pɑrk] 動 停車

22 ★★★ **permanent** [`pɝmənənt] 形 永久的

例句 They are not **permanent** employees, and working at the company on a fixed-term contract.
他們不是永久雇員，而是根據定期合同在此工作的。

關 **permanence** [`pɝmənəns] 名 永久

23 ★★ **permit** [pɚ`mɪt] 名 許可證

例句 Foreign workers are required to have work **permits**.
外國工作者必須要有工作許可證。

24 ★ **personal belongings** 隨身物品

例句 You don't have to pay any duty on **personal belongings**.
你的私人物品不用交稅。

25 ★★ **personnel** [ˌpɝsn̩`ɛl] 名(總稱)人員，員工

例句 The highly skilled **personnel** and their family steadily flow to the US.
高級技術人才及其家屬持續地流向美國。

26 ★★★ **remit** [rɪ`mɪt] 動 匯款（寄）

例句 We would like to **remit** some money to the U.S. How much is the current exchange rate?
我們公司想要匯一些錢到美國，目前的匯率是多少？

關 **remittance** [rɪ`mɪtn̩s] 名 匯款

27 ★★★ **reciprocal** [rɪ`sɪprək!] 形 相互的

例句 This negotiation is based upon **reciprocal** rights and obligations.
這個協商以互惠的權利與義務下進行。

同 **mutual** [`mjutʃuəl] 形 相互的

28 ★★ **refund** [rɪ`fʌnd] 名 動 退款

例句 He took the tablet computer back, and the store **refunded** his money. 他把平板電腦退回去，商家退款給他。

29 ★★ **register** [`rɛdʒɪstɚ] 動 登記；註冊

例句 How many students **have registered** for computer classes?
電腦課有多少學生註冊了？

關 **registration** [ˌrɛdʒɪ`streʃən] 名 登記；註冊

30 ★★★ **renowned** [rɪ`naʊnd] 形 著名的

例句 The entrepreneur is **renowned** for his philanthropy.
這名企業家以善心聞名。

Quiz 多益字彙模擬測驗

【答題祕訣】1. 先看選項，確定字義。
2. 再看題目，運用「3 詞 KO 法」，抓住「名詞」、「形容詞」、「動詞」。

01. As a _____, she did not want to reveal the identity of his informant.
(A) journalist (B) optimist (C) architect (D) professor

02. The information technology department installed a filter to block _____.
(A) malaria (B) epidemic (C) garbage (D) junk mail

03. I'm in charge here, and thus I don't have to _____ myself to you.
(A) justify (B) assure (C) confirm (D) magnify

04. During the _____ year for business, the company shrank its revenue up to 30%.
(A) scarce (B) thriving (C) lean (D) booming

05. A great number of passengers are waiting for the connecting flight in the _____.
(A) lobby (B) corridor (C) porch (D) lounge

06. The cost of individual medical treatment is _____ by national health insurance.
(A) represented (B) presented (C) mitigated (D) loan

07. The refugees made all their efforts to apply for _____ residence.
(A) revolutionary (B) permanent (C) overseas (D) boarding

01. 【A】 中譯 那個新聞記者不想透露消息提供人的身分。
(A) 新聞記者 (B) 樂觀主義者 (C) 建築師 (D) 教授
3詞KO法 ____ → not reveal identity, informant（新聞記者不透漏消息提供者的身分。）

02. 【D】 中譯 資訊部安裝了一個過濾器來阻擋垃圾郵件。
(A) 瘧疾 (B) 傳染病 (C) 垃圾 (D) 垃圾郵件
3詞KO法 filter → block ____（過濾器來阻擋垃圾郵件。）

03. 【A】 中譯 這裡由我負責，我沒有必要為我的行為向你解釋。
(A) 證明～有理 (B) 確信 (C) 證實 (D) 放大
3詞KO法 I don't have to ____ myself to you（我不須向你證明我有理。）

04. 【C】 中譯 在生意不景氣的一年，這家公司縮減收入達 30%。
(A) 缺乏的 (B) 繁榮的 (C) 不景氣的 (D) 景氣好的
3詞KO法 the ____ year → shrank its revenue（不景氣的一年，縮減收入。）

05. 【D】 中譯 很多的乘客在候機室等候轉接班機。
(A) 大廳 (B) 走廊 (C) 入口處 (D) 候機室
3詞KO法 passengers → connecting flight, ____（乘客在候機室等候轉班機。）

06. 【C】 中譯 全民健保減輕了個人醫療費用。
(A) 代表 (B) 呈現 (C) 減輕 (D) 貸款 名 動
3詞KO法 cost →____, national health insurance（全民健保減輕費用。）

07. 【B】 中譯 難民盡全力想申請永久居留權。
(A) 創新的 (B) 永久的 (C) 海外的 (D) 登機的
3詞KO法 refugees → apply ____ residence（難民申請永久居留權。）

08. Please don't _____ to lock the door when you leave.
(A) offset (B) leave (C) omit (D) omission

09. Our country had _____ agreements for health care with many countries.
(A) register (B) reciprocal (C) respective (D) rebate

10. Dissatisfied customers can return the product for a full _____.
(A) redundancy (B) recruitment (C) retrospection (D) refund

螺旋記憶測試 ••• 下列單字曾在前一課中學習過，請寫出中譯。

01. bankruptcy ____________
02. banner ____________
03. bargain ____________
04. branch ____________
05. chronic disease ____________
06. cinema ____________
07. circular ____________
08. database ____________
09. deadline ____________
10. entitled ____________
11. entrée ____________
12. entrepreneur ____________
13. excessive ____________
14. equity ____________
15. filing ____________
16. fraud ____________
17. fire alarm ____________
18. fire extinguisher ____________
19. instruction ____________
20. income ____________
21. indemnity ____________
22. infection ____________
23. inferior ____________

08. 【C】 中譯 離開時不要忘了鎖門。

(A) 抵銷 (B) 留下 (C) 刪除；遺漏 動 (D) 刪除；遺漏 名

3詞KO法 don't ____ to lock the door（不要遺漏關門。）

09. 【B】 中譯 我們國家和許多國家簽訂了醫療互惠協議。

(A) 註冊 (B) 相互的 (C) 個別的 (D) 回扣

3詞KO法 ____ agreements → many countries（與很多國家有互惠協定。）

10. 【D】 中譯 顧客如不滿意可以全額退貨。

(A) 累贅 (B) 招募 (C) 回顧 (D) 退款

3詞KO法 dissatisfied → return product → ____（不滿意還貨退錢。）

解答

01. 破產 02. 標語；旗幟 03. 討價還價；廉價品 04. 分公司 05. 慢性病 06. 電影廳院 07. 廣告傳單 08. 資料庫 09. 截止日期 10. 有資格 11. 主菜 12. 企業家 13. 過度的 14. 抵押資產的淨值 15. 歸檔 16. 詐騙 17. 火災警報器 18. 滅火器 19. 使用說明 20. 收入 21. 賠償金 22. 傳（感）染 23. 較差的

DAY 17

日期	/	/	/	/	/	/	/	/	/	/
01. rebate										
02. refreshments										
03. regards										
04. regulate										
05. rehearsal										
06. scanner										
07. scenario										
08. scheme										
09. scold										
10. screen										
11. tranquility										
12. transit										
13. transmission										
14. transport										
15. trauma										

訓練自己一邊看英文單字一邊說出中文字義（口中默念即可）。遇到還沒記住的字就在該字空格畫✖，已熟記的單字打✔，請每天複習、做紀錄。

日期	/	/	/	/	/	/	/	/	/	/
16. adequate										
17. adjacent										
18. advance										
19. advertisement										
20. aerobics										
21. barter										
22. beneficial										
23. beverage										
24. bid										
25. bill of lading										
26. claim										
27. clarify										
28. cohesive										
29. collaborate										
30. colleague										

01 ★★ **rebate** [`ribet]	名 動 回（折）扣、部份退款

例句 He got a tax **rebate** last year.
他去年得到了一筆退回的稅款。

02 ★★ **refreshments** [rɪ`frɛʃmənts]	名 茶點

例句 We've prepared a lot of **refreshments** ready for our guests.
我們為客人準備了許多茶點。

03 ★★ **regards** [rɪ`gɑrdz]	名 問候；致意 動 視為

例句 Give my **regards** to your parents.
請代我向你父母問好。

關 **regarding** 介 有關於

04 ★★ **regulate** [`rɛgjə͵let]	動 管理；規範

例句 The authorities should enact stricter rules to **regulate** the use of chemicals in food.
當局應該制定更為嚴格的法律，規範食品中化學物質的使用。

關 **regulation** [͵rɛgjə`leʃən] 名 法規

05 ★★★ **rehearsal** [rɪ`hɝsl̩]	名 預（排）演

例句 The band begins **rehearsals** for a concert tour.
這樂團開始為巡演排練。

關 **rehearse** [rɪ`hɝs] 動 預（排）演

06 ★★ **scanner** [ˋskænɚ]　名 掃描器

例句 We can look at the unborn foetus by using a **scanner**.
我們用掃描器可以觀察未出生的胎兒。

關 **scan** [skæn] 動 掃描

07 ★★ **scenario** [sɪˋnɛrɪ͵o]　名 可能發生的情況

例句 In the worst-case **scenario**, the victims in the disaster-stricken areas may be infected by deadly contagious diseases.
災區的災民在最壞的情況下可能感染到致命的傳染病。

08 ★ **scheme** [skim]　名 動 計畫

例句 The research team has decided to drop out of the **scheme**.
研究團隊決定退出此項計畫。

09 ★★ **scold** [skold]　動 名 責罵

例句 You ought not to **scold** him on the slightest pretext.
你不應該以一點點藉口就責罵他。

10 ★ **screen** [skrin]　名 螢光幕　動 篩選

例句 A host of parents have strong oppositions against violence on the **screen**.
很多父母親強烈反對螢幕暴力。

11 ★★★ **tranquility** [træŋ`kwɪlətɪ] 名 寧靜

例句 We all like the **tranquility** of country life.
我們都喜歡鄉村生活的寧靜。

關 **tranquil** [`træŋkwɪl] 形 寧靜的

12 ★ **transit** [`trænsɪt] 動 名 運輸

例句 We cannot shoulder the responsibility for goods lost in **transit**.
我們不能對運送中丟失的貨物負責。

13 ★ **transmission** [træns`mɪʃən] 名 傳輸、傳送、傳播

例句 Sexual intercourse is responsible for the bulk of HIV **transmissions**.
愛滋病的傳播大多數是起因於性接觸。

關 **transmit** [træns`mɪt] 動 傳輸

14 ★ **transport** [træns`pɔrt] 動 名 運輸（系統）交通工具

例句 The goods will be **transported** to the destination by train.
貨物將由火車運送到目的地。

關 **transportation** [͵trænspɚ`teʃən] 名 交通工具；運費

15 ★★★ **trauma** [`trɔmə] 名（內／外）創傷

例句 The **trauma** of a rape has plagued her.
遭到強暴所留下的創傷一直困擾著她。

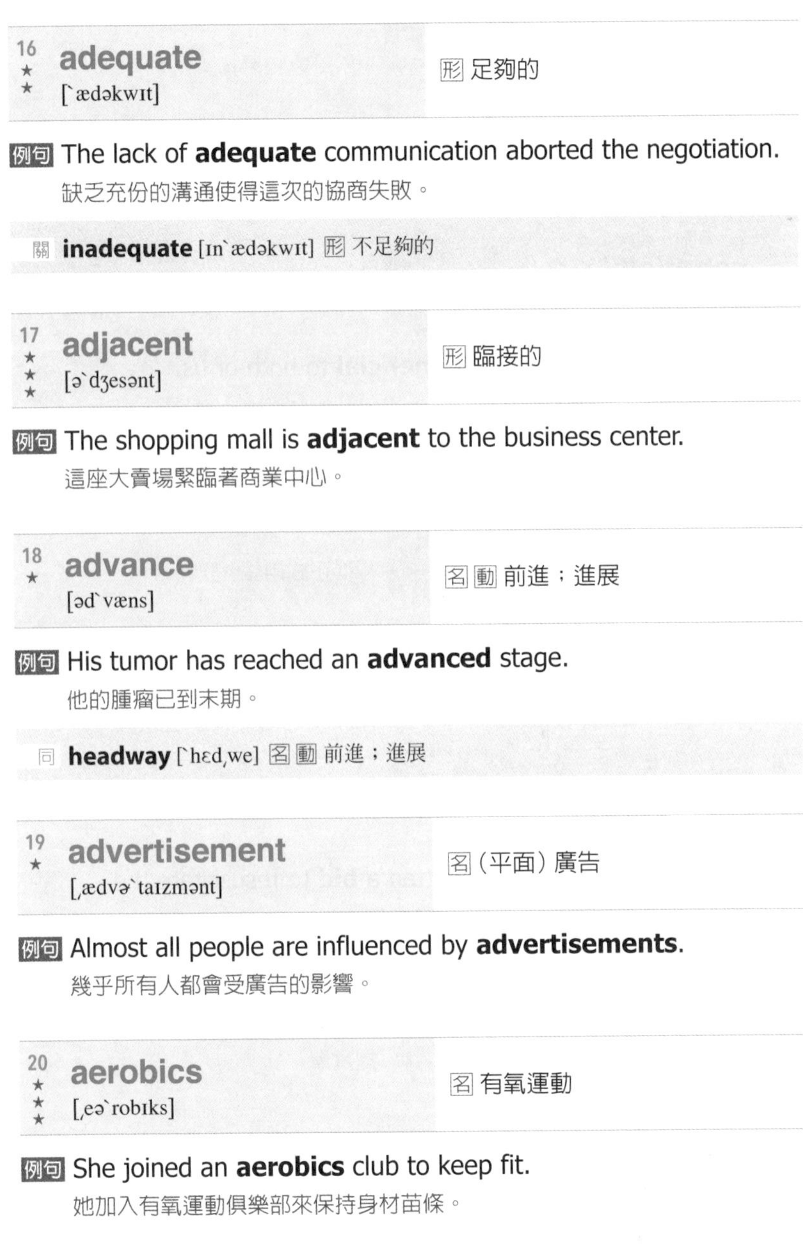

16 ★★ **adequate** [ˋædəkwɪt]　形 足夠的

例句 The lack of **adequate** communication aborted the negotiation.
缺乏充份的溝通使得這次的協商失敗。

關 **inadequate** [ɪnˋædəkwɪt] 形 不足夠的

17 ★★★ **adjacent** [əˋdʒesənt]　形 臨接的

例句 The shopping mall is **adjacent** to the business center.
這座大賣場緊臨著商業中心。

18 ★ **advance** [ədˋvæns]　名 動 前進；進展

例句 His tumor has reached an **advanced** stage.
他的腫瘤已到末期。

同 **headway** [ˋhɛdˌwe] 名 動 前進；進展

19 ★ **advertisement** [ˌædvəˋtaɪzmənt]　名（平面）廣告

例句 Almost all people are influenced by **advertisements**.
幾乎所有人都會受廣告的影響。

20 ★★★ **aerobics** [ˌeəˋrobɪks]　名 有氧運動

例句 She joined an **aerobics** club to keep fit.
她加入有氧運動俱樂部來保持身材苗條。

21 ★★★ **barter** [ˋbɑrtɚ] 動 名 以物易物

例句 **Bartering** has emerged as a prevalent activity in cyberspace.
以物易物在網路上已成為一項盛行的活動。

22 ★★ **beneficial** [ˏbɛnəˋfɪʃəl] 形 有益的

例句 A joint venture would be **beneficial** to both of us.
合資經營對我們雙方都是有利的。

關 **benefit** [ˋbɛnəfɪt] 名 利益 動 獲得利益

23 ★★ **beverage** [ˋbɛvərɪdʒ] 名（正式用語）飲料

例句 Alcoholic **beverages** are not allowed to be sold to young people.
不可以賣含酒精的飲料給青少年。

24 ★★ **bid** [bɪd] 名 動 投標；出價

例句 The entrepreneur has submitted a **bid** to resuscitate the struggling insurance company.
這名企業家已經投標來拯救這個岌岌可危的保險公司。

25 ★★ **bill of lading** 提貨單

例句 The **bill of lading** should be marked as "freight prepaid."
提貨單上應該註明「運費預付」字樣。

26 ★★ **claim** [klem] 動 索賠；奪走（性命）

例句 You can **claim** on the insurance if you have an accident while abroad. 如果你在國外出了事故可向保險公司索賠。

27 ★★ **clarify** [ˋklærə͵faɪ] 動 澄清

例句 The business presentation aims to **clarify** how to reach these conclusions. 該份商業簡報旨在澄清如何得出這些結論的。

關 **clarification** [͵klærəfəˋkeʃən] 名 澄清

28 ★★★ **cohesive** [koˋhisɪv] 形 凝聚力的

例句 The **cohesive** power of shared suffering allows them to break through the bottleneck. 共患難的凝聚力使得他們可以突破瓶頸。

關 **cohesiveness** [koˋhisɪvnɪs] 名 凝聚力

29 ★★ **collaborate** [kəˋlæbə͵ret] 動 合作

例句 The bank is urging its subsidiaries to **collaborate** with foreigners. 銀行正在督促它的子公司進行更多的海外合作。

關 **collaboration** [kə͵læbəˋreʃən] 名 合作

30 ★★ **colleague** [ˋkɑlig] 名 同事

例句 A jealous **colleague** could spread gossip about you. 一個心懷嫉妒的同事可能會散播有關你的八卦。

關 **college** [ˋkɑlɪdʒ] 名 學院；大學

Quiz 多益字彙模擬測驗

【答題祕訣】1. 先看選項，確定字義。
2. 再看題目，運用「3 詞 KO 法」，抓住「名詞」、「形容詞」、「動詞」。

01. In recent years, the rates ______ scheme has been introduced to households.
(A) refund (B) rebate (C) retreat (D) rebound

02. The value of currencies is meant to be ______ by supply and demand (the market mechanism).
(A) reposed (B) retrieved (C) regulated (D) reoriented

03. The audience behaved indecorously as if the concert had been an informal ______.
(A) retention (B) reconciliation (C) rehearse (D) rehearsal

04. Imagine the ______: the birth rate is on the decrease.
(A) scenario (B) scent (C) scenery (D) setting

05. Although it has lost its ______, the area has gained in liveliness.
(A) transfer (B) transport (C) transience (D) tranquility

06. Mosquitoes are the media of the ______ of contagious diseases.
(A) transmittance (B) transmission
(C) transmit (D) transmittal

07. Minor accidents could contribute to ______ and major setbacks.
(A) trauma (B) frustration (C) fiasco (D) blunder

01. 【B】 中譯 近年來地方稅的減免已適用於家庭。

(A) 退款 (B) 部份退款 (C) 撤退 名 動 (D) 彈回 動

3詞KO法 rates ____ → households（退稅給家庭。）

02. 【C】 中譯 貨幣的價值應由供求關係（市場機制）來管理、規範。

(A) 休息 (B) 取（收、挽）回 (C) 管理；規範 (D) 使適應

3詞KO法 values, currencies → ____ → supply and demand（貨幣價值由供需來規範。）

03. 【D】 中譯 這些觀眾舉止隨便，彷彿這場音樂會是一場非正式的彩排。

(A) 記憶力 (B) 協調 (C) 排演 動 (D) 排演 名

3詞KO法 informal ____.（非正式的排演。）

Note 形 informal + 名 rehearsal

04. 【A】 中譯 設想一下這個情況：生育率一直下降。

(A) 可能發生的情況 (B) 氣味 (C) 風（場）景 動 (D) 背景

3詞KO法 imagine ____ : birth rate, decrease（想像一下可能發生的情況：生育率一直下降。）

05. 【D】 中譯 雖然該地區失去了往日的寧靜，但是卻有了生氣。

(A) 轉車（校） (B) 運輸（系統）；交通工具 (C) 短暫 (D) 寧靜

3詞KO法 lost ____ → gained liveliness（失去寧靜，有了生氣。）

06. 【B】 中譯 蚊子是傳播傳染病的媒介。

(A) 傳導 名 (B) 傳播（疾病）名 (C) 傳播 動 (D) 傳導 名

3詞KO法 ____ of contagious diseases（傳染病的傳播。）

07. 【A】 中譯 小事故可能引起外傷和大病復發。

(A)（內／外）創傷 (B) 挫敗 (C) 大失敗 動 (D) 大錯 名 動

3詞KO法 accidents → ____ and major setbacks（事故引起創傷與大病復發。）

08. The tsunami has so far ______ more than 8,000 lives.
(A) claimed (B) divested (C) deprived (D) stripped

09. Reporters asked the premier to ______ his position on political reform.
(A) classification (B)classify (C) clarification (D) clarify

10. The candidate tried to awaken the ______ power of his supporters.
(A) collision (B) cohesive (C) coalition (D) cohesiveness

螺旋記憶測試

下列單字曾在前一課中學習過，請寫出中譯。

01. justify ______	11. optimal ______
02. job performance ______	12. option ______
03. junk mail ______	13. parking lot ______
04. lean ______	14. personal belongings ______
05. ledger ______	
06. logo ______	15. personnel ______
07. lounge ______	16. offer ______
08. mitigate ______	17. reciprocal ______
09. maximize ______	18. renowned ______
10. mass transit system ______	19. refund ______
	20. register ______

08. 【A】 中譯 這場海嘯已奪走了八千多人的性命。

(A) 奪走（性命） (B) 剝奪 (C) 剝奪 (D) 剝奪

3詞KO法 tsunami → ____ lives（海嘯奪走人的性命。）

Note divest / deprive / strip（奪取、剝奪）+人+ of +物，不能直接加物。

09. 【D】 中譯 記者們要求首相澄清他在政治改革上的立場。

(A) 分類 名 (B) 分類 動 (C) 澄清 名 (D) 澄清 動

3詞KO法 ____ position（澄清立場。）

10. 【B】 中譯 候選人企圖喚起他的支持者的凝聚力。

(A) 碰撞 (B) 凝聚的 形 (C)（政治）聯盟（合） (D) 向心（凝聚）力 名

3詞KO法 awaken → ____ power, supporters（喚醒支持者的凝聚力。）

Note 形 cohesive + 名 power

解答

01. 証明～有理 02. 工作績效（表現） 03. 垃圾郵件 04. 不景氣的 05. 總帳 06. 商標 07. 候機室 08. 減輕；緩和 09. 使最大化 10. 大眾運輸系統 11. 最佳的 12.（股票）選擇權 13. 停車場 14. 隨身物品 15.（組織中的）人員、人事部門 16. 報價 17. 相互的 18. 著名的 19. 退款 20. 註冊

DAY 18

日期	/	/	/	/	/	/	/	/	/	/
01. data retrieval										
02. desperate										
03. default										
04. dilemma										
05. discharge										
06. executive										
07. electronic funds transfer system										
08. employment prospects										
09. exempt										
10. enforce										
11. fiscal year										
12. fittings										
13. forecast										
14. format										
15. futures market										

訓練自己一邊看英文單字一邊說出中文字義（口中默念即可）。遇到還沒記住的字就在該字空格畫✖，已熟記的單字打✔，請每天複習、做紀錄。

日期	/	/	/	/	/	/	/	/	/	/
16. genuine										
17. globalization										
18. guidelines										
19. groceries										
20. guarantee										
21. hub										
22. human resources										
23. honk										
24. host for the site										
25. household goods										
26. ID card										
27. incur										
28. inflation										
29. interactive										
30. interest rates										

01 ★★★ **data retrieval** 資料檢索

例句 Google provides netizens with high-speed **data retrieval**.
谷歌提供了網民高速的資料檢索。

02 ★★ **desperate** [ˋdɛspərɪt] 形 拚命的；絕望的

例句 Losing all his money on the stock market, he was **desperate**.
當他在股票市場輸掉所有錢時，他絕望了。

關 **desperation** [ˏdɛspəˋreʃən] 名 絕望

03 ★★ **default** [dɪˋfɔlt] 名 動 拖欠；違約

例句 When we **defaulted** on our loans, the bank had a right to liquidate our assets.
我們拖欠貸款時，銀行就會清算我們的資產。

04 ★★★ **dilemma** [dəˋlɛmə] 名 進退兩難的困境

例句 The major shareholders realized that the cruise company had been left in a **dilemma**.
大股東意識到此家遊輪公司已經陷入困境。

05 ★★ **discharge** [dɪsˋtʃardʒ] 動 清償；排放（液／氣體）；卸貨；出院

例句 The goods will be sold at low prices to **discharge** our debts.
貨物將以低價賣出以清償我們的債務。

06 ★★ **executive** [ɪgˋzɛkjutɪv]
形 執行的
名 行政官；行政部門

例句 It is believed that the government, the **executive** and the judiciary should be separate.
無庸置疑的，政府、行政部門和司法部門應該各自獨立出來。

07 ★★ **electronic funds transfer system**
電子轉帳系統

例句 **Electronic funds transfer system** aims to develop a checkless, cashless, paperless society.
電子轉帳系統旨在發展無支票、無現金、無紙鈔的社會。

08 ★★★ **employment prospects**
就業願景

例句 **Employment prospects** serve as the core reason why most students would like to study at the traditionally elitist and discriminatory universities.
就業的願景是為何大部分的學生都想就讀於傳統菁英、名列前茅大學的主要理由。

09 ★★★ **exempt** [ɪgˋzɛmpt]
動 免除

例句 Justifiable defense is the act **exempted** from crimes.
正當防衛不屬於犯罪行為。

10 ★★ **enforce** [ɪnˋfors]
動（強行）實施、執行；加強

例句 They attempted to **enforce** their quality control.
他們企圖加強品質管理。

關 **enforcement** [ɪnˋforsmənt] 名 施行

11 ★★ **fiscal year** 會計年度

例句 They are going to curtail the budget deficit for the next **fiscal year.**
他們將要削減下一會計年度的預算赤字。

12 ★★ **fittings** [ˋfɪtɪŋs] 名（設備、家具等的）小配件；零件

例句 We produce the **fittings** for kitchen and bathroom.
我們專門生產廚房、浴室的設備、零件。

13 ★ **forecast** [ˋfor͵kæst] 動 名 預測

例句 The ministry of economics has **forecast** that the economy will grow by 2% this year.
經濟部預測今年的經濟會增長 2%。

14 ★ **format** [ˋfɔrmæt] 名 動 格式（化）

例句 The magazine is available in all **formats**.
這本雜誌有各種載體的格式。

15 ★★ **futures market** 期貨市場

例句 The prospects of the **futures market** are still prosperous.
期貨市場的願景仍持續看好。

16 ★★ **genuine** [ˋdʒɛnjuɪn]

形 真誠的；（人、事、物）真正的

例句 Our stocktake sales offer **genuine** markdowns across the store.

我們的清倉大拍賣是全場貨真價實的降價。

17 ★★ **globalization** [globəlaɪˋzeɪʃən]

名 全球化

例句 Economic **globalization** has dramatically influenced almost all industries.

經濟全球化幾乎對全部的產業都有巨大的影響。

關 **globalize** [ˋglobəˌlaɪz] 動 全球化

18 ★ **guidelines** [ˋgaɪdˌlaɪns]

名 指導方針

例句 Our **guidelines** are the current world market prices.

我們要以現今的國際市場的價格為指導方針。

19 ★ **groceries** [ˋgrosərɪs]

名（食品）雜貨

例句 My neighbor is a wholesaler for **groceries**.

我的鄰居是位雜貨批發商。

關 **grocery** [ˋgrosərɪ] **(store)** 雜貨店

20 ★★★ **guarantee** [ˌgærənˋti]

名 動 保證

例句 Replacement is **guaranteed** if the products do not meet the standard.

產品不合規格，保證退換。

21 ★★ **hub** [hʌb]

名（交通等的）中樞

例句 The city used to be the **hub** of a vast rail network.

這城市曾經是一個巨大鐵路網的中樞。

22 ★★ **human resources**

人力資源

例句 Business circles have appreciated the great wastage of **human resources** by industrial accidents.

企業界已體認到工業意外事故所造成的人力資源的巨大浪費。

23 ★ **honk** [hɔŋk]

動 按喇叭
名 喇叭聲

例句 I did not notice that the green light had come on until I heard a **honk** behind me.

直到聽見後面汽車的喇叭聲時，我才注意到已經綠燈了。

24 ★ **host for the site**

網站管理者

例句 I am a **host for the site** of our company.

我是公司的網站管理者。

25 ★ **household goods**

家庭用品

例句 We sold our **household goods** before we moved out.

我們在搬家前把我們的一些家庭用品先賣掉。

26 ★ **ID card** 身分證

例句 Smart **ID cards** offer security in e-transactions.
智慧型身分證保障線上安全交易。

27 ★★★ **incur** [ɪn`kɝ] 動 招致；蒙受

例句 You risk **incurring** bank charges if you exceed your overdraft limit. 你若是超出透支上限的話，你正在冒著銀行向你收費的風險。

關 **incurrence** [ɪn`kɝəns] 名 遭受不幸

28 ★★★ **inflation** [ɪn`fleʃən] 名 通貨膨脹

例句 Wage increases must be in line with **inflation**.
工資的增加必須跟得上通貨膨脹。

關 **inflationary** [ɪn`fleʃən,ɛrɪ] 形 通貨膨脹的 **inflate** [ɪn`flet] 動 使膨脹

29 ★ **interactive** [,ɪntə`æktɪv] 形 雙向的；互動的

例句 These teachers believe in **interactive** teaching methods.
這些老師對於互動式的教學深信不疑。

關 **interaction** [,ɪntə`ækʃən] 名 互動 **interact** [,ɪntə`ækt] 動 互動

30 ★ **interest rates** 利率

例句 The rise in **interest rates** will be disastrous to small firms.
利率增加對小公司來說是大禍臨頭。

Quiz 多益字彙模擬測驗

【答題祕訣】1. 先看選項，確定字義。

2. 再看題目，運用「3 詞 KO 法」，抓住「名詞」、「形容詞」、「動詞」。

01. The company's closure has left many small firms in ______ financial trouble.
(A) distinct (B) discreet (C) desert (D) desperate

02. The credit card business slides away, and more borrowers are ______ on loans.
(A) distributing (B) dispensing (C) defaulting (D) defending

03. He was ______ from the hospital within a week.
(A) captivated (B) released (C) discharged (D) relieved

04. United Nations troops ______ a ceasefire in the area.
(A) entangle (B) postpone (C) procrastinate (D) enforce

05. According to the weather ______, there will be torrential downpours tomorrow.
(A) forecast (B) statistics (C) conjecture (D) surmise

06. As the world becomes more complicated, some things inevitably ______.
(A) globalize (B)globe (C) global (D) globalization

07. Dubai port serves as the shipping ______ in Middle East.
(A) haven (B) heaven (C) hub (D) hive

01. (D) 中譯 該公司的倒閉讓很多小商家陷入了絕望的經濟困境。
(A) 清楚的 (B) 謹慎小心的 (C) 沙漠 名；遺棄 動 (D) 絕望的
3詞KO法 company's closure → ____ financial troubles（公司倒閉陷入絕望的困境。）

02. (C) 中譯 信用卡業務出現了下滑，而且更多的借款者都拖欠還款。
(A) 分配 (B) 分配 (C) 拖欠 (D) 防衛
3詞KO法 borrowers → ____ loans（借款者拖欠還款。）

03. (C) 中譯 一個禮拜之內他就出院了。
(A) 著迷 (B) 釋放 (C) 出院 (D) 解除
3詞KO法 ____ → hospital（出院）

04. (D) 中譯 聯合國部隊在這個區域執行停火協定。
(A) 纏住 (B) 拖延 (C) 延遲 (D) 執行
3詞KO法 ____ ceasefire（執行停火協定。）

05. (A) 中譯 根據氣象預報，明天有豪雨。
(A) 預測 (B) 統計數字 (C) 揣測 (D) 猜測
3詞KO法 weather ____ → torrential downpours（氣象預報會有豪雨。）

06. (A) 中譯 隨著世界變得日益複雜，某些事物不可避免地全球化了。
(A) 全球化 動 (B) 全球 名 (C) 全球的 形 (D) 全球化 名
3詞KO法 some things inevitably ____（某些事物不可避免地全球化了。）
Note 此空格缺動詞，故選動詞 globalize。

07. (C) 中譯 杜拜港是中東地區的船運中心。
(A) 避風港 (B) 天堂 (C) 中樞 (D) 蜂巢；鬧區
3詞KO法 Dubai port → shipping ____（杜拜港是船運中心。）

08. Because of carelessness, we _____ prodigious losses.
(A) occurred (B) incurred (C) procured (D) secured

09. Rising unemployment added fuel to _____.
(A) inflating (B) inflate (C) inflationary (D) inflation

10. The psychotherapy is carried out in small _____ groups.
(A) interacting (B) interactive (C) interact (D) interaction

螺旋記憶測試

下列單字曾在前一課中學習過，請寫出中譯。

01. rebate __________
02. refreshments __________
03. regards __________
04. regulate __________
05. rehearsal __________
06. scenario __________
07. screen __________
08. tranquility __________
09. transit __________
10. transmission __________
11. trauma __________
12. adjacent __________
13. advertisement __________
14. aerobics __________
15. barter __________
16. bill of lading __________
17. claim __________
18. clarify __________
19. cohesive __________
20. collaborate __________

08.【B】 中譯 由於不小心，我們蒙受極大的損失。

(A) 發生 (B) 蒙受 (C) 獲得 (D) 獲得

3詞KO法 carelessness → ____ prodigious losses（因為粗心蒙受巨大損失。）

09.【D】 中譯 高失業助長通貨膨脹。

(A) 通貨膨脹（現在分詞） (B) 通貨膨脹 動
(C) 通貨膨脹 形 (D) 通貨膨脹 名

3詞KO法 rising unemployment → ____（高失業助長通貨膨脹。）

Note add fuel + 介 to + 名 inflation

10.【B】 中譯 這種心理治療是在互動的小組之間進行的。

(A) 互動（現在分詞） (B) 互動的 形 (C) 互動 動 (D) 互動 名

3詞KO法 psychotherapy → small ____ groups（心理治療透過互動小組。）

Note 形 interactive + 名 groups

解答

01. 回扣，部份的退款 02. 茶點 03. 問候；致意 04. 規範 05. 預（排）演 06. 可能發生的情況 07. 螢幕；篩選 08. 寧靜 09. 運輸 10. 傳輸（播） 11. 創傷 12. 臨接的 13. 廣告 14. 有氧運動 15. 以物易物 16. 提貨單 17. 索賠；奪走（性命） 18. 澄清 19. 凝聚的 20. 合作

DAY 19

日期	/	/	/	/	/	/	/	/	/	/
01. laundry										
02. lavish										
03. lawn										
04. location										
05. layout										
06. mortgage										
07. municipal										
08. multimedia										
09. multinational										
10. museum										
11. neon sign										
12. netizens										
13. newscast										
14. noteworthy										
15. neglect										

字彙表

訓練自己一邊看英文單字一邊說出中文字義（口中默念即可）。遇到還沒記住的字就在該字空格畫✖，已熟記的單字打✔，請每天複習、做紀錄。

日期	/	/	/	/	/	/	/	/	/	/
16. obligation										
17. overrun										
18. on behalf of										
19. operate										
20. opportunity										
21. pamphlet										
22. part-time										
23. plummet										
24. passenger										
25. pastime										
26. reimburse										
27. relaxation										
28. relevant										
29. relocate										
30. remuneration										

01 ★ **laundry** [ˋlɔndrɪ] 名 洗衣店；待洗的衣服

例句 Mother put our dirty **laundry** in the washing machine.
媽媽把我們的髒衣服扔進洗衣機裏。

關 **laundromat** [ˋlɔndrəmæt] 名 自助洗衣店

02 ★★★ **lavish** [ˋlævɪʃ] 形 動 奢侈（的）；浪費（的）

例句 It is one of the most **lavish** parties I've ever been to.
那是我參加過最奢華的舞會。

03 ★ **lawn** [lɔn] 名 草坪

例句 The **lawn** needs trimming.
草坪需要修剪了。

04 ★ **location** [loˋkeʃən] 名 位置

例句 This corner would make a good **location** for a convenience store.
這個角落是設立一間便利商店的好地點。

關 **locate** [loˋket] 動 位於；確定～位置、找到

05 ★★ **lay out** 動 規劃

例句 Our plan must be well **laid out** before we take over the company.
我們在開始接掌這家公司之前，必須制定好規劃。

關 **layout** [ˋleˏaut] 名 規劃

06 ★★★
mortgage
[`mɔrgɪdʒ]
名 抵押借款

例句 We are having difficulty keeping up our **mortgage** payments.
我們難以繼續支付分期償還的抵押貸款。

07 ★★★
municipal
[mju`nɪsəpḷ]
形 市政的

例句 The **municipal** authorities should adopt effective measures to solve the problem of traffic congestion.
市政當局應該採取有效的措施解決交通擁擠的問題。

關 **municipality** [mju͵nɪsə`pælətɪ] 名 市政府

08 ★★
multimedia
[mʌltɪ`midɪə]
名 多媒體

例句 The insurance company uses **multimedia** to improve after-sales service.
保險公司使用多媒體改善售後服務。

09 ★★
multinational
[`mʌltɪ`næʃənḷ]
形 跨國的
名 跨國企業

例句 For **multinational** corporations, tax processing has emerged as a highly complex affair.
對於跨國公司來說，稅務處理是一件極為複雜的事務。

10 ★★
museum
[mju`zɪəm]
名 博物館

例句 The **museum** has a permanent exhibition of Chinese antiques.
這個博物館長期展出中國古董物品。

11 ★★ **neon sign** 霓虹燈招牌

例句 Many buildings are decorated with **neon signs** for advertising.
許多大樓裝設廣告霓虹燈。

12 ★★ **netizens** [nə`taɪzənz] 名 網友；網路公民

例句 The pop singer gained intensive support from **netizens**.
這名流行歌手獲得網友的廣泛支持。

13 ★★ **newscast** [`njuz͵kæst] 名 新聞廣播

例句 On the **newscasts** and in the newspapers, we can perceive some people in despair and starvation.
在新聞廣播與報紙上，我們可以感覺到有些人處於絕望飢餓當中。

14 ★★ **noteworthy** [`not͵wɝðɪ] 形 值得注意的；顯著的

例句 It is **noteworthy** that increasing numbers of women re-enter the workplace.
越來越多的婦女重新進入職場，這件事是值得注意的。

15 ★★ **neglect** [nɪg`lɛkt] 動 疏忽；忽略

例句 The commission determined that the firm **neglected** the welfare of its employees.
委員會裁定該公司忽視了員工的福利。

關 **negligence** [`nɛglɪdʒəns] 名 疏忽；忽略
negligent [`nɛglɪdʒənt] 形 疏忽的

16 ★★★ **obligation** [͵ɑblə`geʃən] 名 義務；責任

例句 Local enterprises have an **obligation** to help the economy, which in turn helps them.

本土企業有義務幫助恢復經濟景氣，反過來本土企業也有好處。

關 **obligatory** [ə`blɪgə͵tori] 形 強制的

17 ★★ **overrun** [͵ovɚ`rʌn] 動 超出預算

例句 The costs of the research and development **overrun** the budget by about 25%.

研發費用超出預算將近 25%。

18 ★★★ **on behalf of** 代表

例句 The director signed the contract **on behalf of** the company.

董事代表公司簽署了這份合約。

19 ★ **operate** [`ɑpə͵ret] 動 操作；經營

例句 Solar panels can only **operate** in sunlight.

太陽能板唯有在太陽光下方能運轉。

關 **operation** [͵ɑpə`reʃən] 名 手術 **operator** [`ɑpə͵retɚ] 名 接線生

20 ★ **opportunity** [͵ɑpə`tjunətɪ] 名 機會

例句 Quite a few organizations remain committed to promoting equal **opportunities** for women.

有相當多的機構致力於提升女性的平等機會。

21 ★★★ **pamphlet** [ˋpæmflɪt]	名 小冊子

例句 All the details you need are contained in this **pamphlet**.
你需要的所有信息都在這個小冊子上。

22 ★ **part-time** [ˋpɑrtˋtaɪm]	形 兼差的

例句 We are recruiting more **part-time** workers for next month.
我們正在招募更多下個月的臨時工人。

關 **full-time** [ˋfulˋtaɪm] 形 全職的

23 ★★★ **plummet** [ˋplʌmɪt]	名 暴（猛）跌

例句 High-tech stocks **plummeted** across the board today.
高科技股今天全面重挫。

24 ★ **passenger** [ˋpæsn̩dʒɚ]	名 旅客

例句 All **passengers** are required to show their tickets.
所有乘客都必須出示車票。

25 ★ **pastime** [ˋpæsˏtaɪm]	名 休閒

例句 Watching TV now seems to be the most popular **pastime**.
看電視似乎是現在最受歡迎的休閒。

26 ★★★ **reimburse** [ˌrim`bɜs]

動 賠償、補償、清償

例句 We will **reimburse** you for any expenditures you incur.

我們將會賠償您所產生的任何費用。

關 **reimbursement** [ˌrim`bɜsmənt] 名 賠償、補償、清償

27 ★ **relaxation** [ˌrilæks`eʃən]

名 放輕鬆

例句 **Relaxation** exercises can free your body from tension.

放鬆運動可以鬆緩身體的緊張。

關 **relax** [rɪ`læks] 動 放鬆

28 ★★ **relevant** [`rɛləvənt]

形 相關的

例句 Do you have the **relevant** experience about nursing?

你有任何相關的看護經驗嗎？

29 ★★ **relocate** [ri`loket]

動 重新安置；遷徙

例句 The disaster-stricken victims **were relocated** to temporary accommodations.

災民被遷到臨時住處。

30 ★★★ **remuneration** [rɪˌmjunə`reʃən]

名 報酬；酬勞

例句 She insists on receiving **remuneration** for her service.

她堅持對她的服務收取酬勞。

Quiz 多益字彙模擬測驗

【答題祕訣】1. 先看選項，確定字義。
2. 再看題目，運用「3 詞 KO 法」，抓住「名詞」、「形容詞」、「動詞」。

01. The country girl was not used to their _____ mode of living because it is wasteful.
(A) lavish (B) economic (C) economical (D) reclusive

02. Rescue teams are applying thermal imaging to _____ survivors of the earthquake.
(A) relocate (B) location (C) local (D) locate

03. Thousands of the bank's customers default on loans and _____ payments.
(A) mortgage (B) housing bust (C) credit crunch (D) layout

04. The past year has seen _____ deterioration in the economic conditions.
(A) renowned (B) noteworthy (C) noted (D) notified

05. The lawmakers strongly opposed the plan that nation defense budget _____ hugely.
(A) overtook (B) overrode (C) overlooked (D) overran

06. He spoke _____ all the members of the faculty and staff.
(A) by dint of (B) on behalf of
(C) on account of (D) in the light of

07. Playing cards is our favorite _____ when we are traveling by train.
(A) vocation (B) habit (C) collection (D) pastime

01.【A】 **中譯** 這鄉下女孩不習慣他們奢侈的生活方式，因為那實在是太過浪費了。
(A) 奢侈的；浪費的 (B) 經濟的 (C) 節儉的 (D) 隱居的
3詞KO法 country girl, not used to ____ living → wasteful（鄉下女孩不習慣奢侈的生活。）

02.【D】 **中譯** 救援隊伍正利用熱成影像確定地震倖存者的位置。
(A) 重新安置；遷移 (B) 位置 名 (C) 當地的 形 (D) 確定～位置；找到
3詞KO法 ____ survivors, earthquake（找到地震生還者）

03.【A】 **中譯** 有數千客戶拖欠銀行貸款和抵押貸款還款。
(A) 抵押借款 (B) 房地產崩盤 (C) 信用緊縮 (D) 規劃
3詞KO法 default loans, ____ payments（拖欠銀行貸款和抵押借款還款。）

04.【B】 **中譯** 過去一年來，經濟情況有著顯著惡化。
(A) 著名的 (B) 顯著的 (C) 著名的 (D) 通知的
3詞KO法 ____ deterioration（顯著惡化）

05.【D】 **中譯** 立法委員強烈反對國防預算大大超支。
(A) 追（趕）上 (B) 優先於；推翻 (C) 忽視；俯瞰 (D) 超支
3詞KO法 opposed → nation defense budget ____（反對國防預算超支。）

06.【B】 **中譯** 他代表全體教職員工講了話。
(A) 因為；由於 (B) 代表 (C) 因為；由於 (D) 根據
3詞KO法 spoke ____ all the members（代表所有人講話。）

07.【D】 **中譯** 玩牌是我們乘坐火車旅行時最喜歡的娛樂消遣。
(A) 職業 (B) 習慣 (C) 收集 (D) 消遣；休閒
3詞KO法 playing cards → ____ → traveling, train（搭火車時玩牌是消遣。）

08. The funds are supposed to ______ policyholders in the event of insurer failure.
(A) propose (B) duplicate (C) implicate (D) reimburse

09. The multinational is to ______ its headquarters from Chicago to New York.
(A) relocate (B) remove (C) transit (D) transmit

10. The realtor received a generous ______ for his services.
(A) avenue (B) outcome (C) stage (D) remuneration

螺旋記憶測試

下列單字曾在前一課中學習過，請寫出中譯。

01. data retrieval ______
02. desperate ______
03. default ______
04. discharge ______
05. executive ______
06. electronic funds transfer system ______
07. employment prospects ______
08. enforce ______
09. fiscal year ______
10. forecast ______
11. format ______
12. futures market ______
13. globalization ______
14. hub ______
15. human resources ______
16. honk ______
17. incur ______
18. inflation ______
19. interactive ______
20. interest rates ______

08. 【D】 中譯 這項基金將在保險公司不能賠償的情況下對投保戶進行賠償。

(A) 提議 (B) 複製 (C) 牽連；暗示 (D) 賠（清、補）償

3詞KO法 funds → ____ policyholders → insurer failure（保險公司不給付時，此基金可以用來**賠償**保戶。）

09. 【A】 中譯 這家跨國公司將把總部從芝加哥遷往紐約。

(A) 重新安置；遷徙 (B) 移除 (C) 運輸（送） (D) 傳播（送、達）

3詞KO法 ____ headquarters from Chicago to New York（**遷移**總部從芝加哥到紐約。）

10. 【D】 中譯 這位房仲收到一筆豐厚的酬勞。

(A) 大道；方法、途徑 (B) 結果 (C) 舞臺；發動（抗爭） (D) 酬勞

3詞KO法 realtor → ____ → services（房仲收到服務的**酬勞**。）

解答

01. 資料檢索 02. 拼命的；絕望的 03. 拖欠；違約 04. 解僱；排放 05. 行政人員（部門）
06. 電子轉帳系統 07. 就業前景 08 實施；執行 09. 會計年度 10. 預測 11. 格式化 12. 期貨市場
13. 全球化 14.（交通等的）中樞 15. 人力資源 16. 按喇叭 17. 招致；蒙受 18. 通貨膨脹
19. 互動的 20. 利率

DAY 20

日期	/	/	/	/	/	/	/	/	/	/
01. shareholder										
02. showpiece										
03. shrink										
04. shuttle bus										
05. supervise										
06. team dynamics										
07. tedious										
08. temp										
09. temp agency										
10. touch-sensitive screen										
11. uplift										
12. utility										
13. utensil										
14. underwrite										
15. unload										

訓練自己一邊看英文單字一邊說出中文字義（口中默念即可）。遇到還沒記住的字就在該字空格畫✖，已熟記的單字打✔，請每天複習、做紀錄。

日期	/	/	/	/	/	/	/	/	/	/
16. void										
17. voucher										
18. waiting list										
19. workplace										
20. want ads										
21. alternate										
22. alternative										
23. advisory council										
24. aggravate										
25. air turbulence										
26. booklet										
27. boost										
28. briefing										
29. brochure										
30. breakdown										

MP3 58

01 ★	**shareholder** [ˋʃɛr͵holdɚ]	名 股東

例句 **Shareholders** are quite optimistic about the future of our company.
股東們對我們公司的未來非常樂觀。

02 ★	**showpiece** [ˋʃo͵pis]	名 展示品；典範

例句 This is a **showpiece**, not for sale.
這是個展示品，不出售。

03 ★★★	**shrink** [ʃrɪŋk]	動 縮減

例句 The **shrinking** dollar pummeled the tourist trade.
貶值的美元重創旅遊業。

04 ★★★	**shuttle bus**	（短距離）接駁車

例句 We will provide a **shuttle bus** for our employees.
我們將為員工提供接駁車。

05 ★★★	**supervise** [ˋsupɚvaɪz]	動 監督（視）

例句 Without transparent and open-to-the-public reporting, shareholders won't **supervise** such reporting at all.
沒有透明度和公開報告制度，股東們完全無法監督此類報告。

關 **supervisor** [͵supɚˋvaɪzɚ] 名 監督者

06 ★★ **team dynamics** 團隊精神

例句 **Team dynamics** serve as the unconscious, psychological forces influencing the direction of a team's behavior and performance.
團隊精神是無意識、心理層面的指導力量，可以影響到團隊行為與表現。

07 ★★★ **tedious** [ˋtidɪəs] 形 冗長乏味的

例句 The job is not only **tedious** but also low-paying.
這工作不僅乏味而且工錢也很少。

08 ★★ **temp** [ˋtɛmp] 名 臨時雇員 動 打零（臨時）工

例句 Like so many girls who wish to be actresses, Helen ended up **temping** in a fast food restaurant.
和許多曾經想當女演員的女孩子一樣，海倫最後在速食店打零工。

關 **temporary worker** 臨時雇員

09 ★★ **temp agency** 人力派遣公司

例句 If you need help getting a job, consider going through a t**emp agency**.
如果你需要求職協助，可以考慮透過人力派遣公司。

同 **temporary employment agency** 人力派遣公司

10 ★★ **touch-sensitive screen** 觸控式螢幕

例句 The **touch-sensitive screen** is usually installed on smartphones and tablet computers.
觸控式螢幕通常安裝在智慧型手機與平板電腦上。

11 ★ **uplift** [ʌp`lɪft]	動 名 上升

例句 The shares of the semi-conductor company were down across the third quarter, but are now showing a 15 percent **uplift**.
這家半導體公司的股票在第三季陷入低迷，但現在累計已有 15% 的漲幅。

12 ★★ **utility** [ju`tɪlətɪ]	名（水電瓦斯等）公共設備

例句 The demonstrators urged to reduce **utility** rates for hard-pressed residential users.
抗議示威者強烈要求對經濟困難的居民用戶降低水電瓦斯的價格。

13 ★★ **utensil** [ju`tɛnsḷ]	名（廚房等）器具

例句 Do not share eating **utensils**–use serving spoons and chopsticks.
進食時宜使用公筷母匙。

14 ★★ **underwrite** [`ʌndɚ͵raɪt]	動 負擔～的費用；擔保

例句 The administration has agreed to **underwrite** the project with a grant of $ 7 million dollars.
政府同意負擔七百萬美金的費用資助該計畫。

15 ★ **unload** [`ʌn͵lod]	動 卸貨；讓乘客下車

例句 The ship is **unloading** at the dock right now.
船目前在碼頭卸貨。

16 ★★★ **void** [vɔɪd]

形 無效的
動 使無效

例句 The contract will be considered **void**.
此合約會被視為無效的。

17 ★★★ **voucher** [ˋvautʃɚ]

名 代金券

例句 Each of the winners will receive a **voucher** for two cinema tickets.
獲勝者每人將會獲得兩張電影票的代金券。

18 ★ **waiting list**

候補名單

例句 There are no places available right now, but we'll put you on a **waiting list**.
現在沒有空位，但我們會把你列入候補名單。

關 **waitlist** [ˋwet͵lɪst] 動 排入候補名單

19 ★ **workplace** [ˋwɝk͵ples]

名 職場

例句 It is relatively difficult for housewives to return to the **workplace**.
家庭主婦重回職場有一定的難度。

20 ★ **want ads**

徵人廣告

例句 His son is looking for a job by scanning the **want ads**.
他的兒子正在看徵人廣告找工作。

21 ★★★ **alternate** [ˋɔltənɪt] 動 形 輪流（的）

例句 We had two weeks of **alternate** rain and sunshine.
天氣忽晴忽雨，已有兩個星期。

關 **alternation** [ˏɔltəˋneʃən] 名 輪流

22 ★★★ **alternative** [ɔlˋtɜnətɪv] 形 另類（外）的 名 二擇其一；選擇

例句 Biofuels proffer an **alternative** to the dwindling supplies of fossil fuels.
生化燃料為正在減少中的化石燃料的供應，提供了另外的來源。

23 ★★ **advisory council** 諮詢委員會

例句 The board of directors also appointed two new members to the **advisory council**.
董事會同時指派兩名新成員加入諮詢委員會。

關 **advise** [ɑdˋvaɪz] 動 建議；通告 **advice** [ɑdˋvaɪs] 名 建議

24 ★★★ **aggravate** [ˋægrəˏvet] 動（使）惡化

例句 Our debt problem **was aggravated** by economic malaise.
由於經濟不景氣，我們的債務問題更加嚴重。

關 **aggravation** [ˏægrəˋveʃən] 名 惡化

25 ★★★ **air turbulence** 亂流

例句 For many fliers, encountering **air turbulence** is the most challenging aspect of any flight.
對於很多飛行員而言，遭遇亂流是最具挑戰性的飛行任務。

26 **booklet** [ˋbuklɪt] ★★ 名（廣告）小冊子

例句 Free bilingual **booklets** are given to you as long as you contact us.
只要與我們聯絡就免費贈送雙語的小冊子。

27 **boost** [bust] ★★ 動 名 提高（收益或銷售）

例句 The advertising campaign aims to **boost** sales.
廣告宣傳活動旨在增加銷售。

28 **briefing** [ˋbrifɪŋ] ★ 名 簡報

例句 The sales representatives were in the office for a **briefing**.
業務代表在辦公室開個簡報會議。

29 **brochure** [broˋʃur] ★★ 名 小冊子

例句 Here is a **brochure** of the prices and types of our products.
這是介紹我們產品價格與種類的小冊子。

30 **breakdown** [ˋbrekˏdaʊn] ★★★ 名（數字或支出等的）明細（表）

例句 The manager asked us to prepare a full **breakdown** of daily expenses.
經理要求我們準備一份日常開支明細表。

Quiz 多益字彙模擬測驗

【答題祕訣】1. 先看選項，確定字義。
2. 再看題目，運用「3 詞 KO 法」，抓住「名詞」、「形容詞」、「動詞」。

01. Yellowstone Park serves as the ______ national park in the U.S.
(A) showcase (B) showpiece (C) shower (D) showdown

02. The long wait at the airport lounge is really ______.
(A) tedious (B) intriguing (C) fascinating (D) feasible

03. A ______ is a person who is employed by an agency that sends them to work in different offices for short periods of time.
(A) temp (B) temporary (C) temperature (D) temper

04. The government has to create a special agency to ______ small business loans.
(A) undermine (B) undertake (C) underwrite (D) undergo

05. A spokeswoman said the agreement had been declared null and ______.
(A) sure-fire (B) efficient (C) effective (D) void

06. Enclosed is a ______ rather than a refund.
(A) circular (B) booklet (C) voucher (D) pamphlet

07. Pollutants may also ______ natural changes in the marine environment.
(A) contaminate (B) aggravate (C) aggravation (D) stain

01. 【B】 中譯 黃石公園是美國國家公園的典範。
(A) 玻璃陳列櫃 (B) 展示品；典範 (C) 陣雨 (D) 攤牌
3詞KO法 Yellowstone Park → ____ national park → U.S.（黃石公園是美國國家公園典範。）

02. 【A】 中譯 在機場候機室長時間的等候的確無聊乏味。
(A) 無聊乏味的 (B) 有趣的 (C) 迷人的 (D) 可行的
3詞KO法 long wait → ____（長期間等候是無聊乏味的。）

03. 【A】 中譯 臨時工是由派遣公司派遣他們在不同公司短期工作。
(A) 臨時工 (B) 短暫的 (C) 溫度 (D) 脾氣
3詞KO法 ____ → work, short periods of time（臨時工是短期工作。）

04. 【C】 中譯 政府需要設立專門機構來為小企業貸款作擔保。
(A) 從中破壞 (B) 承擔；著手 (C) 負擔～費用；擔保 (D) 經歷
3詞KO法 government ____ small business loans（政府擔保小額企業貸款。）

05. 【D】 中譯 發言人稱該協議已宣布無效。
(A) 確實有效的 (B) 有效率的 (C) 有效的 (D) 無效的
3詞KO法 agreement null and ____（協議無效的。）

06. 【C】 中譯 隨函附上代金券而非退款。
(A) 廣告傳單 (B) 小冊子 (C) 代金券 (D) 小冊子
3詞KO法 a ____ rather than a refund（優惠券而非退款。）

07. 【B】 中譯 汙染物也會加劇海洋環境的惡化。
(A) 汙染 (B) 惡化 動 (C) 惡化 名 (D) 汙染
3詞KO法 pollutants → ____ marine environment（汙染物惡化海洋環境。）
Note 助 may + 動 aggravate

08. ______ is inevitable when we take a plane.
(A) Tornado (B) Hurricane (C) Tempest (D) Air turbulence

09. The measure aims to ______ sales during the slow season.
(A) boost (B) degenerate (C) degrade (D) shrink

10. The organizer presents a full ______ of the defrayal for the international conference.
(A) add-on (B) breakdown (C) breakup (D) walk-in

螺旋記憶測試

下列單字曾在前一課中學習過，請寫出中譯。

01. lavish	______	11. on behalf of	______
02. laundry	______	12. opportunity	______
03. layout	______	13. pamphlet	______
04. mortgage	______	14. plummet	______
05. neon sign	______	15. pastime	______
06. newscast	______	16. reimburse	______
07. noteworthy	______	17. relaxation	______
08. netizens	______	18. relevant	______
09. obligation	______	19. relocate	______
10. overrun	______	20. remuneration	______

08. 【D】 **中譯** 搭機時亂流是無法避免的。

(A) 龍捲風 (B) 颶風 (C) 暴風雨 (D) 亂流

3詞KO法 ____ → take a plane（搭機時遇到亂流。）

09. 【A】 **中譯** 這一舉措施旨在提升淡季的銷售量。

(A) 提升 (B) 退化 (C) 降級 (D) 縮減

3詞KO法 ____ sales → slow season（淡季提升銷售量。）

10. 【B】 **中譯** 主辦者遞交了國際研討會詳細的明細表。

(A) 外掛裝置 (B) 明細表 (C) 瓦解 (D) 未預約的人

3詞KO法 a full ____ of the defrayal（支出的詳細明細表。）

解答

01. 奢侈的，浪費的 02. 待洗衣物 03. 規劃 04. 抵押借款 05. 霓虹燈招牌 06. 新聞廣播 07. 值得注意的；顯著的 08. 網友 09. 義務 10. 超出預算 11. 代表 12. 機會 13. 小冊子 14. 暴跌 15. 休閒 16. 清償 17. 放輕鬆 18. 相關的 19. 重新安置；遷徙 20. 酬勞

DAY 21

日期	/	/	/	/	/	/	/	/	/	/
01. coherent										
02. collapse										
03. collateral										
04. component										
05. comprise										
06. damages										
07. declare										
08. decline										
09. deduction										
10. deficit										
11. esteem										
12. estimate										
13. etiquette										
14. evaluation										
15. exhibition										

字彙表

訓練自己一邊看英文單字一邊說出中文字義（口中默念即可）。遇到還沒記住的字就在該字空格畫✖，已熟記的單字打✔，請每天複習、做紀錄。

日期	/	/	/	/	/	/	/	/	/	/
16. flexible										
17. fragile										
18. flea market										
19. flight attendant										
20. flu										
21. fluctuation										
22. infrastructure										
23. inform										
24. ingenious										
25. ingredient										
26. initial										
27. litigation										
28. leaflet										
29. league										
30. lease										

01 ★★ **coherent** [ko`hɪrənt] 形 一致的

例句 The board of directors seem to have no **coherent** plan for saving the company.
董事會對於挽救公司似乎沒有一致的計畫。

關 **coherence** [ko`hɪrəns] 名 一致

02 ★★★ **collapse** [kə`læps] 名 動 瓦解

例句 The enterprise finally **collapsed** in virtue of increasing debts.
由於債務增加，該企業最後瓦解了。

03 ★★ **collateral** [kə`lætərəl] 形 名 附屬（的）

例句 We have to retreat and minimize **collateral** damage.
我們必需撤退，將附帶損失減到最小。

04 ★★ **component** [kəm`ponənt] 名 零件；成分

例句 Counselling is a crucial **component** of our advisory committee.
諮詢服務是我們顧問委員會的重要一環。

05 ★★ **comprise** [kəm`praɪz] 動 組成

例句 Four departments **comprise** the firm.
四個部門組成這家公司。

同 **consist of = be composed of = be made up of**

06 ★★ **damages** [ˋdæmɪdʒs]　名 賠償金

例句 The buyer is not deprived of the right to claim **damages** by exercising his right to other remedies.

買方可要求損害賠償的權利，不因行使其它補救辦法而喪失。

07 ★★ **declare** [dɪˋklɛr]　動 申報

例句 All investment incomes must also **be declared**.

所有的投資收益也必須申報。

08 ★ **decline** [dɪˋklaɪn]　名 動 衰退

例句 The **decline** of sales embarrassed the company.

銷售衰退使公司陷於財政困難。

09 ★★ **deduction** [dɪˋdʌkʃən]　名 扣除

例句 After **deductions** for tax, your salary is approximately $ 1000 a month.

扣除稅款等之後，你的月薪大約有 1,000 美元。

關 **deduct** [dɪˋdʌkt] 動 扣除

10 ★★★ **deficit** [ˋdɛfɪsɪt]　名 赤字

例句 The budget proposed by the trade union is designed to get the **deficit** down.

由工會提出的預算旨在降低赤字。

11 ★ **esteem** [ɪs`tim]	名 動 尊敬

例句 He is an entrepreneur who is held in high **esteem** by everyone.
他是一名讓所有人都十分尊重的企業家。

12 ★★ **estimate** [`ɛstə͵met]	動 名 估計

例句 It is rather tough to **estimate** how many deaths are triggered by passive smoking each year.
很難估算每年有多少人死於吸二手煙。

13 ★★★ **etiquette** [`ɛtɪket]	名（國際）禮儀

例句 Every culture has its own table **etiquette**.
每種文化都有自己的餐桌禮儀。

關 **netiquette** [`nɛtɪkɛt] 名 網路禮儀

14 ★★ **evaluation** [ɪ͵vælju`eʃən̩]	名 評估

例句 The institution is conducting an intensive **evaluation** of the health care program.
這個機構正在對醫療保健制度進行深入的評估。

關 **evaluate** [ɪ`vælju͵et] 動 評估

15 ★★★ **exhibition** [͵ɛksə`bɪʃən]	名 展覽

例句 With the assitance of media sponsors, it will be easy for you to promote your **exhibition** and enhance the recognition of your products. 借助於媒體贊助商，你們公司可以輕易地宣傳展覽會，增加你們產品的認同度。

關 **exhibit** [ɪg`zɪbɪt] 動 展覽

16 ★★ **flexible** [`flɛksəbḷ] 形 彈性的

例句 Working at home offers a **flexible** lifestyle.
在家辦公為人們提供了彈性的生活方式。

關 **flexibility** [ˌflɛksə`bɪlətɪ] 名 彈性

17 ★★★ **fragile** [`frædʒəl] 形 易碎的

例句 Glasses are **fragile** and must be handled with great care.
玻璃製品易碎，必須小心輕放。

18 ★ **flea market** 跳蚤市場

例句 There are many outdoor **flea markets** in Europe.
在歐洲有許多戶外跳蚤市場。

19 ★ **flight attendant** 空服員

例句 **Flight attendants** are the people whose job is to look after the passengers and serve their meals.
空服員負責照顧乘客與提供餐點服務。

20 ★ **flu** [flu] 名 流行性感冒

例句 She came down with **flu** and must see a doctor.
她得了流感，必須去看醫生。

同 **influeniza** [ˌɪnflu`ɛnzə] 名 流行性感冒

21 ★★★ **fluctuation** [ˌflʌktʃʊˋeʃən] 名 波動

例句 The calculations do not consider any **fluctuation** in the share price. 這些計算沒有考慮到股價的波動。

關 **fluctuate** [ˋflʌktʃʊˌet] 動 波動

22 ★★★ **infrastructure** [ˋɪnfrəˌstrʌktʃɚ] 名 基礎建設

例句 Transport is a country's economic **infrastructure**.
交通運輸系統是一個國家的經濟基礎建設。

23 ★ **inform** [ɪnˋfɔrm] 動 告知

例句 Please **inform** us of the date of your departure.
煩請告知你離開的日期。

關 **information** [ˌɪnfɚˋmeʃən] 名 資訊

24 ★★★ **ingenious** [ɪnˋdʒinjəs] 形 巧妙的

例句 The English teacher used **ingenious** devices to keep her students interested in English.
英文老師用巧妙手法使得學生對英文感到興趣。

25 ★★★ **ingredient** [ɪnˋgridɪənt] 名 成份

例句 Flour and fat are the most important **ingredients** of bread.
麵粉與油脂是麵包的最主要成分。

26 ★★ **initial** [ɪ`nɪʃəl]

形 起初的；開始的

例句 This **initial** experiment had no immediate outcome.
這次初步的實驗沒有立即取得效果。

27 ★★★ **litigation** [͵lɪtə`geʃən]

名 訴訟

例句 Some slight business disputes can be settled out of court; others require **litigation**.
一些輕微的商業糾紛可以庭外協商解決，其他則需靠訴訟解決。

同 **lawsuit** [`lɔ͵sut] 名 訴訟

28 ★ **leaflet** [`liflɪt]

名 傳單

例句 Campaigners handed out **leaflets** on saving energy.
活動人士發放了節省能源的傳單。

29 ★ **league** [lig]

名 動 聯（同）盟

例句 They are in **league** with each other.
他們是同一聯盟（陣線）。

30 ★★ **lease** [lis]

名 動 租賃（契約）

例句 **Leases** frequently run for a year or a term of years.
租賃通常以一年或幾年為一個租期。

Quiz 多益字彙模擬測驗

【答題祕訣】1. 先看選項，確定字義。
2. 再看題目，運用「3 詞 KO 法」，抓住「名詞」、「形容詞」、「動詞」。

01. The government lacks a ______ economic policy, with the result that economic crimes frequently occur.
(A) coherent (B) collateral (C) combative (D) cohesive

02. The country's economic ______ led to political instability.
(A) prosperity (B) property (C) collapse (D)thriving

03. A slowdown in policy sales had led to a ______ in premium revenues.
(A) decline (B) yield (C) decoration (D) descendant

04. All your incomes must be ______ on this form.
(A) acclaimed (B) proclaimed (C) claimed (D) declared

05. An increase in the budget ______ boosts the aggregate demand.
(A) evaluation (B) estimation (C) esteem (D) deficit

06. A diplomat is required to abide by the rules of diplomatic ______.
(A) custom (B) etiquette (C) tradition (D) courtesy

07. We found that monetary policy was more powerful with ______ exchange rates.
(A) intangible (B) flexible (C)inflexible (D) tangible

01. 【A】 中譯 政府缺乏一致性的經濟政策，結果頻頻發生經濟犯罪。
(A) 一致的 (B) 附屬的 (C) 好戰（鬥）的 (D) 凝聚力的
3詞KO法 lacks ____ economic policy → economic crimes（缺乏一致性的經濟政策，引起經濟犯罪。）

02. 【C】 中譯 該國的經濟崩潰導致了政治不安定。
(A) 繁榮 (B) 財產；房地產 (C) 崩潰 (D) 繁榮的
3詞KO法 economic ____ → political instability（經濟崩潰引起政治不安。）

03. 【A】 中譯 保單銷售放緩，導致保費收入下滑。
(A) 衰退 (B) 收益 (C) 裝飾 (D) 後代
3詞KO法 slowdown → ____ → revenues（緩慢導致收入下滑。）

04. 【D】 中譯 必須在這張表格上申報你的所有收入。
(A) 喝采 (B) 宣稱 (C) 索賠；奪走（性命） (D) 申報
3詞KO法 incomes → ____（申報收入。）

05. 【D】 中譯 預算赤字增加使總需求擴大。
(A) 評估 (B) 估計 (C) 尊敬 (D) 赤字
3詞KO法 increase, budget ____ → boosts demand（預算赤字增加，擴大需求。）

06. 【B】 中譯 外交官應該遵守外交禮儀的規則。
(A) 習俗 (B) 禮儀 (C) 傳統 (D) 禮貌
3詞KO法 rules, diplomatic ____（外交禮儀的規則。）

07. 【B】 中譯 我們發現，在彈性匯率下貨幣政策更為有效。
(A) 無形的 (B) 彈性的 (C) 不屈不撓的 (D) 有形的
3詞KO法 monetary policy → powerful → ____ exchange rates（貨幣政策在彈性匯率下更為有效的。）

08. The _____ of market prices is in consequence of economic and political instability.
(A) fluctuation (B) fluctuate (C) manipulation (D) strategy

09. The composition and all its _____ are nontoxic.
(A) portions (B)factors (C) ingredients (D) elements

10. The sum of the profits is greater than the _____ outlay.
(A) initial (B) ultimate (C) ultimatum (D) medium

螺旋記憶測試 ••• 下列單字曾在前一課中學習過，請寫出中譯。

01. showpiece ________	12. unload ________
02. shuttle bus ________	13. void ________
03. shrink ________	14. voucher ________
04. team dynamics ________	15. waiting list ________
05. tedious ________	16. advisory council ________
06. temp ________	17. aggravate ________
07. temp agency ________	18. air turbulence ________
08. supervise ________	19. boost ________
09. utility ________	20. brochure ________
10. utensil ________	21. breakdown ________
11. underwrite ________	

08. 【A】 **中譯** 市場價格波動使得經濟和政治不穩定。

(A) 波動 名 (B) 波動 動 (C) 炒作 (D) 策略

3詞KO法 ____, market prices → economic, political instability（價格波動引起經濟、政治不安。）

Note the（定冠詞）+ fluctuation 名

09. 【C】 **中譯** 該配方及所有成分是無毒的。

(A) 部分 (B) 要素 (C) 成分 (D) 要素

3詞KO法 ____ → nontoxic（成分是無毒的。）

10. 【A】 **中譯** 收益之和大於開始的支出。

(A) 起初的 (B) 最終的 (C) 最後通牒 (D) 中間；媒介

3詞KO法 sum, profits → greater than ____ outlay（利益總和大於最初的支出。）

解答

01. 展示品 02. 短距離接駁車 03. 縮減 04. 團隊精神 05. 冗長乏味的 06. 臨時雇員
07. 人力派遣公司 08. 監督（視）09. 公共設施 10. 廚房器具 11. 負擔～費用；擔保
12. 卸貨；讓乘客下車 13. 使無效（的）14. 代金券 15. 候補名單 16. 諮詢委員會 17.（使）惡化
18. 亂流 19. 提高（收益或銷售）20. 小冊子 21. 明細表

DAY 22

日期	/	/	/	/	/	/	/	/	/	/
01. machinist										
02. manufacture										
03. markdown										
04. markup										
05. mushroom										
06. outweigh										
07. outnumber										
08. outplacement										
09. outsourcing										
10. outpatient										
11. persuade										
12. petition										
13. pileup										
14. pioneer										
15. reference letter										

訓練自己一邊看英文單字一邊說出中文字義（口中默念即可）。遇到還沒記住的字就在該字空格畫✖，已熟記的單字打✔，請每天複習、做紀錄。

日期										
16. refrain										
17. reverse										
18. relief										
19. reminder										
20. side effect										
21. sluggish										
22. smoke detector										
23. soft market										
24. software savvy										
25. tourist attraction										
26. the building blocks										
27. the call to action										
28. the chamber of commerce										
29. the immigration office										
30. incumbent										

01 ★ **machinist** [mə`ʃinɪst] 名（飛機等的）機師

例句 The airlines set higher demands for the pilots and **machinists**.
航空公司對飛行員和機師訂定了更高的要求。

02 ★★ **manufacture** [ˏmænjə`fæktʃɚ] 動 製造

例句 The **manufacturing** index published by the US hits an all-time low.
由美國所發布的製造業指數創下歷史低點。

關 **manufactory** [ˏmænjə`fæktərɪ] 名 製造廠

03 ★ **markdown** [`mɑrkˏdaʊn] 名 減（降）價

例句 The department store used a 20% ~ 50% **markdown** to fix the sale price during the anniversary sale.
百貨公司在周年慶時把售價調低了 20%~50%。

04 ★ **markup** [`mɑrkˏʌp] 名 漲價

例句 The foreign suppliers pocketed windfalls from the price **markup**.
外國供應商因漲價而獲取暴利。

05 ★★★ **mushroom** [`mʌʃrum] 動 形 如雨後春筍般地湧現 名 蘑菇

例句 The **mushroom** development of medical science will pave the way for a high standard living quality.
醫學科學的快速發展將會提高生活品質。

06 ★★ **outweigh** [aʊt`we]

動 勝過

例句 The benefits of acquisition, for the operation crisis, far **outweigh** the risk of performing the policy.

對於此次的經營危機，併購的好處遠甚於它帶來的風險。

07 ★★ **outnumber** [aʊt`nʌmbɚ]

動 數目超過

例句 Among doctors, males still **outnumber** females.

在醫生這行業，男性依然多於女性。

08 ★★★ **outplacement** [`aʊt,plesmənt]

名（針對失業者的）再就業服務

例句 We will also proffer **outplacement** support and severance packages for those who have to leave.

公司也將會提供那些必須離職的人再就業服務與離職配套措施。

09 ★★★ **outsourcing** [`aʊt,sɔrsɪŋ]

名 外包

例句 The **outsourcing** of human resources is a common trend.

人力資源外包是一種普遍的趨勢。

關 **outsource** [`aʊt,sɔrs] 動 外包

10 ★★ **outpatient** [`aʊt,peʃənt]

名 門診病人

例句 He sprained his ankle and was treated as an **outpatient** at a local hospital.

他扭傷了腳踝，並且就近在當地一家醫院的門診部治療。

11 ★★ **persuade** [pɚ`swed] 動 說服

例句 We tried our best to **persuade** them to subscribe to the project.
我們想盡辦法說服他們同意此項計畫。

關 **persuasive** [pɚ`swesɪv] 形 有說服力的
persuasion [pɚ`sweʒən] 名 說服

12 ★★ **petition** [pə`tɪʃən] 名 請願（書）

例句 The commission of our community submitted a **petition** asking the city government to install surveillance cameras around the community.
社區的委員會向市政府請求在社區附近設置監視器。

13 ★★ **pileup** [`paɪl͵ʌp] 名 連環車禍

例句 Stopping the car short sparked a **pileup** on the highway.
這輛汽車突然剎車釀成公路上連環車禍。

14 ★★ **pioneer** [͵paɪə`nɪr] 名 創始人；先驅者

例句 We are the **pioneer** of online shopping.
我們是網路購物的先驅者。

15 ★★ **reference letter** 介紹函；推薦信

例句 Please provide copies of your certificate and a **reference letter** for our records.
請給予相關證書的副本和推薦信以作為本公司記錄。

16 ★★★ **refrain** [rɪˋfren]
動 克制

例句 Please **refrain** from smoking.
請勿吸煙。

17 ★★★ **reverse** [rɪˋvɜs]
動 翻轉

例句 We have made it clear that we will not **reverse** the decision to drop out of the negotiation.
我們已經明確表示不會更改退出協商的決定。

關 **reversal** [rɪˋvɜsl̩] 名 翻轉

18 ★★ **relief** [rɪˋlif]
名 解除；救濟

例句 Hearing the good news, we breathed a sigh of **relief**.
聽到這好消息，我們如釋重負地鬆了口氣。

關 **relieve** [rɪˋliv] 動 解除；救濟

19 ★ **reminder** [rɪˋmaɪdɚ]
名 提醒事項；催促函

例句 A few drivers neglect a **reminder** of the dangers of drunk-driving.
一些駕駛忽視酒後駕車的危險警告。

20 ★★ **side effect**
副作用

例句 Webscams are the **side effect** caused by the Internet.
網路詐騙是網路所產生的副作用。

21 ★★★ **sluggish** [ˋslʌgɪʃ] | 形 蕭條的

例句 The government pinned the political chaos on the **sluggish** economy.
政府將政治混亂歸因於經濟不景氣。

22 ★★ **smoke detector** | 煙霧偵測器

例句 All the offices are installed with **smoke detectors**.
所有辦公室都裝有煙霧探測器。

23 ★★ **soft market** | 市場不景氣

例句 **Soft market** has caused the rise of the unemployment rate.
市場不景氣已造成失業率上升。

24 ★★★ **software savvy** | 軟體相關知識

例句 The job needs those with **software savvy**.
這個工作需要懂得軟體相關知識的人來做。

25 ★ **tourist attraction** | 旅遊（觀光）景點

例句 From the pamphlets of travel agencies, the campuses of renowned universities have been listed among **tourist attractions**.
在諸多旅行社的宣傳單上可見知名大學校園已被列為觀光景點。

26
★ **the building blocks** 根基；基礎

例句 Perspiration and perseverance are **the building blocks** of success.
努力（汗水）與毅力是成功的基礎。

27
★★ **the call to action** 確認事項

例句 A joint venture to build the shopping mall has been **the call to action**.
雙方合資建立大賣場已經是確認事項。

28
★ **the chamber of commerce** 商會

例句 **The overseas chamber of commerce** helps domestic investors a great deal.
海外商會幫了當地投資者很大的忙。

29
★★ **the immigration office** 出入境管理局（移民局）

例句 I have had a working permit from **the immigration office**.
我已從移民局獲得工作許可。

30
★★★ **incumbent** [ɪn`kʌmbənt] 形 現任的

例句 The **incumbent** governor is carrying out an all-out economic reform.
現任的州長正在進行全面性的經濟改革。

Quiz 多益字彙模擬測驗

【答題祕訣】1. 先看選項，確定字義。
2. 再看題目，運用「3 詞 KO 法」，抓住「名詞」、「形容詞」、「動詞」。

01. The airline seems to enjoy its reputation because of its skilled ______.
(A) machinists (B) manufactories (C) outfits (D) markdowns

02. Coffee shops even ______ teahouses in some regions.
(A) outperform (B) outshine (C) outsmart (D) outnumber

03. Enterprises select and cooperate with the ______ logistics.
(A) outsourcing (B) regional office
(C) outstanding debt (D) piecemeal acquisitions

04. They agreed to maintain production and ______ from severe wage reductions.
(A) retain (B) retreat (C) protect (D) refrain

05. The news will come as a great ______ to the health authorities.
(A) relief (B) relieve (C) release (D) lease

06. We received a ______ for the electricity bill.
(A) reception (B) reminder (C) quote (D) repository

07. One ______ of phubbing is nearsightedness.
(A) deduction (B) introduction (C) balance (D) side effect

01. 【A】 中譯 該航空公司以技術熟練的機師而著稱。

(A)（飛機等）機師 (B) 製造廠 (C) 全套服裝（裝備） (D) 減價

3詞KO法 airline → enjoy reputation → skilled ____（航空公司以技術熟練的機師而著稱。）

02. 【D】 中譯 在某些地區，咖啡屋甚至比茶館還多。

(A) 勝過 (B) 勝過 (C) 比人聰明 (D) 數目超過

3詞KO法 coffee shops ____ teahouses（咖啡屋比茶館多）

03. 【A】 中譯 企業物流外包的選擇與合作。

(A) 外包（聘）的 (B) 分公司 (C) 未償債務 (D) 階段性併購

3詞KO法 ____ logistics（物流外包）

Note logistics 名 後勤；物流

04. 【D】 中譯 他們同意維持生產，克制大量削減工資。

(A) 保留 (B) 撤退（回） (C) 保護 (D) 克制

3詞KO法 ____ from wage reductions（克制削減工資。）

05. 【A】 中譯 這個消息會讓衛生當局大鬆一口氣。

(A) 解除 名 (B) 解除 動 (C) 釋放 (D) 租賃契約

3詞KO法 news → great ____ to health authorities（讓衛生當局大鬆一口氣的消息。）

Note 形 great + 名 relief

06. 【B】 中譯 我們收到了電費催促單。

(A) 招待 (B) 催促單 (C) 報價單 (D) 貯藏室

3詞KO法 ____ → electricity bill（電費催促單）

07. 【D】 中譯 低頭玩手機的一項副作用便是近視。

(A) 扣除 (B) 介紹；引進 (C) 平衡 (D) 副作用

3詞KO法 ____ → nearsightedness（副作用是近視）

08. As a result of the aftermath of the global financial tsunami, the European economic conditions have become more _____.
(A) recession (B) booming (C) sluggish (D) thriving

09. The candidate defeated the _____ governor by a narrow margin.
(A) incumbent (B) present (C) current (D) sequel

10. He is not a _____ employee, but a temp.
(A) persuasive (B) permanent (C) transient (D) pileup

螺旋記憶測試

下列單字曾在前一課中學習過，請寫出中譯。

01. coherent	_____	12. flexible	_____
02. collapse	_____	13. flight attendant	_____
03. collateral	_____	14. fluctuation	_____
04. component	_____	15. infrastructure	_____
05. declare	_____	16. ingenious	_____
06. decline	_____	17. ingredient	_____
07. deduction	_____	18. initial	_____
08. deficit	_____	19. litigation	_____
09. estimate	_____	20. leaflet	_____
10. etiquette	_____	21. league	_____
11. evaluation	_____	22. lease	_____

08. 【C】 中譯 因為全球金融海嘯的影響，歐洲經濟狀況變得更為蕭條。

(A) 不景氣 名 (B) 景氣好的 (C) 蕭條的 (D) 繁榮的

3詞KO法 global financial tsunami → more ____（全球金融海嘯造成更蕭條。）

Note 副 more + 形 sluggish

09. 【A】 中譯 這位候選人以些微的票數擊敗了現任州長。

(A) 現任的 (B) 現在的 (C) 現在的 (D) 續集

3詞KO法 defeated ____ governor（擊敗現任州長。）

10. 【B】 中譯 他並不是正式（固定）職員，只是個臨時工。

(A) 有說服力的 (B) 永久的、固定的 (C) 暫時的 (D) 連環車禍

3詞KO法 ____ employee（正式員工。）

解答

01. 一致的 02. 瓦解 03. 附屬的 04. 零件、成分 05. 申報 06. 衰退；拒絕 07. 扣除 08. 赤字 9. 估計 10.（國際）禮儀 11. 評估 12. 彈性的 13. 空服員 14. 波動 15. 基礎建設 16. 巧妙的 17. 成份 18. 起初的；開始的 19. 訴訟 20. 傳單 21. 聯（同）盟 22. 相賃契約

DAY 23

日期	/	/	/	/	/	/	/	/	/	/
01. upset										
02. uptick										
03. urban										
04. urgent										
05. usher										
06. used car										
07. vivid										
08. vigilant										
09. victim										
10. voyage										
11. annuity										
12. affiliate										
13. affirm										
14. affordable										
15. agenda										

訓練自己一邊看英文單字一邊說出中文字義（口中默念即可）。遇到還沒記住的字就在該字空格畫✖，已熟記的單字打✔，請每天複習、做紀錄。

日期	/	/	/	/	/	/	/	/	/	/
16. bear market										
17. bull market										
18. boarding pass										
19. bond										
20. bonus										
21. command										
22. commercial										
23. commission										
24. commitment										
25. commodity										
26. diagnose										
27. defense										
28. deflation										
29. delegation										
30. delete										

01 ★	**upset** [ʌp`sɛt]	動 名 心煩意亂

例句 Bounced checks had **upset** our company.
跳票的事情使得我們公司心煩意亂。

02 ★★	**uptick** [`ʌptɪk]	名 上漲

例句 The futures market is showing an **uptick**.
期貨市場目前呈現上漲的趨勢。

03 ★	**urban** [`ɜbən]	形 都市的

例句 In some developing countries, increasing numbers of people are migrating to **urban** areas.
在某些發展中的國家，越來越多的人向市區遷移。

關 **urbanize** [`ɜbən͵aɪz] 動 都市化
urbanization [͵ɜbənɪ`zeʃən] 名 都市化

04 ★	**urgent** [`ɜdʒənt]	形 緊急的

例句 We are in **urgent** need of these goods.
我們急需此貨。

關 **urgency** [`ɜdʒənsɪ] 名 緊急

05 ★★★	**usher** [`ʌʃɚ]	名 引座（招待）員 動 引領

例句 He **ushered** me into his office, closed the door, and told me a secret.
他領我走進他的辦公室，關上門，告訴我一個秘密。

06 ★ **used car** 二手（舊）車

例句 The market for **used cars** has been saturated.
二手車市場已經飽和。

07 ★★ **vivid** [ˋvɪvɪd] 形 生動活潑的

例句 The explorer gave a **vivid** account of his journey across the Sahara desert.
探險家生動地記述他穿越撒哈拉沙漠的旅行。

關 **vividness** [ˋvɪvɪdnɪs] 名 生動活潑 **vividly** [ˋvɪvɪdlɪ] 副 生動活潑地

08 ★★★ **vigilant** [ˋvɪdʒələnt] 形 警覺的

例句 Citizens must remain **vigilant** against dengue fever.
市民必須保持警覺預防登革熱。

關 **vigilance** [ˋvɪdʒələns] 名 警覺

09 ★★ **victim** [ˋvɪktɪm] 名 受害者

例句 Contagious diseases are spreading among the flood **victims**.
傳染病正在遭受洪災的災民中蔓延。

10 ★★ **voyage** [ˋvɔɪdʒ] 名 航（旅）程

例句 The Titanic sank on its maiden **voyage**.
鐵達尼號在初航中沉沒。

11 ★★★ **annuity** [ə`njuətɪ]	名 年金

例句 **Annuity** schemes serve as a supplement for retirement income.
年金保險方案成為退休金的補充。

12 ★★★ **affiliate** [ə`fɪlɪˌet]	名 子公司

例句 The turnover of the **affiliate** in Tokyo hits a record high this year.
東京子公司的營收今年創新高。

13 ★ **affirm** [ə`fɝm]	動 證實

例句 The news from the health authorities **has affirmed** that the new vaccine has worked.
衛生當局傳來消息已證實新疫苗已經發揮其功效。

關 **affirmation** [ˌæfɚ`meʃən] 名 證實
affirmative [ə`fɝmətɪv] 形 證實的

14 ★★ **affordable** [ə`fɔrdəbḷ]	形 負擔得起的

例句 Economic growth also hinges on reliable and **affordable** energy.
經濟成長還得依賴可靠及價格親民的能源。

15 ★★ **agenda** [ə`dʒɛndə]	名 議事錄

例句 The next item on the **agenda** is the national defense budget.
議事錄的下一個議題是國防預算。

16 ★★★ **bear market** （股票）熊市（不景氣）

例句 A **bear market** is typically accompanied by widespread pessimism.

熊市通常會伴隨著普遍看淡的市場行情。

17 ★★★ **bull market** （股票）多頭市場（景氣好）；牛市

例句 Whenever there is a **bull market**, new investors come and experienced investors invest more.

每當有牛市，新投資者加入，有經驗的投資者則增加投資。

18 ★ **boarding pass** 登機證

例句 May I see your **boarding pass**, sir?

先生，我能看一下你的登機證嗎？

19 ★★ **bond** [bɑnd] 名 債券

例句 The traditional form of long-term lending is the **bond**.

債券是長期貸款的傳統形式。

20 ★ **bonus** [ˋbonəs] 名 紅利；獎金

例句 Workers in big corporations receive a substantial part of their pay in the form of **bonuses** and overtime.

大公司的員工有相當一部分薪酬來自獎金和加班費。

21 ★★ **command** [kə`mænd]
動 名 命令；鳥瞰
名 能力

例句 Applicants will be expected to have a good **command** of English.
申請者須具備良好的英文能力。

22 ★★ **commercial** [kə`mɜʃəl]
形 商業的 名 電視廣告

例句 Remittance and collection belong to the **commercial** credit.
匯寄和託收屬於商業信用。

關 **commerce** [`kɑmɜs] 名 商業

23 ★★ **commission** [kə`mɪʃən]
名 傭金

例句 The sales clerk gets a 10 % **commission** on everything he sells.
這位售貨員從銷售的每件商品中得到百分之十的傭金。

24 ★★ **commitment** [kə`mɪtmənt]
名 承（許）諾

例句 We felt we have to make such a **commitment** to our customers.
我們覺得我們有必要對我們的顧客作出那樣的承諾。

25 ★ **commodity** [kə`mɑdətɪ]
名 商品

例句 There is an abundance of **commodity** supplies on the markets.
商品在市場上供應充足。

26 ★★ **diagnose** [ˋdaɪəgnoz] 動 診斷

例句 Some diseases are effortless to **diagnose** in that their apparent effects are typical and can be recognized in no time.
有些疾病診斷容易，因為其症狀明顯、典型，可以立即識別。

關 **diagonsis** [ˏdaɪəgˋnosɪs] 名 診斷

27 ★ **defense** [dɪˋfɛns] 名 保護；防衛

例句 The government spends a large amount of money on national **defense.** 政府在國防方面的開支很大。

關 **defend** [dɪˋfɛnd] 動 保護；防衛

28 ★★★ **deflation** [dɪˋfleʃən] 名 通貨緊縮

例句 The authorities concerned adopted a strategy of massive **deflation**. 有關當局採取了大規模通貨緊縮的策略。

29 ★★ **delegation** [ˏdɛləˋgeʃən] 名 代表團

例句 The statement of our **delegation** was considerably appropriate to the occasion. 我們代表團的聲明非常合時宜。

關 **delegate** [ˋdɛləgɪt] 名 代表

30 ★ **delete** [dɪˋlit] 動 刪除

例句 The secretary **deleted** files from the computer system.
秘書從電腦系統裡刪除了文件。

關 **deletion** [dɪˋlɪʃən] 名 刪除

Quiz 多益字彙模擬測驗

【答題祕訣】1. 先看選項，確定字義。
2. 再看題目，運用「3 詞 KO 法」，抓住「名詞」、「形容詞」、「動詞」。

01. Biofuel shares have been experiencing ______ for the past week.
(A) upcoming (B) upticks (C) upend (D) uppermost

02. The matter is ______ and must be dealt with at once.
(A) urge (B) urgently (C) urgency (D) urgent

03. His secretary ______ me into his office.
(A) transmit (B) transformed (C) brought (D) ushered

04. Please remain ______ at all times and report anything suspicious.
(A) vigilant (B) devoted (C) committed (D) skeptical

05. We will continuously improve and provide ______ housing for the general public.
(A) dear (B) expensive (C)overpriced (D) affordable

06. ______ will give the employees an incentive to work harder.
(A)Beneficence (B)Insurance (C) Bonuses (D) Commerce

07. The businessmen made a fortune, and the brokers received a big ______.
(A)commit (B)commission (C) commitment (D) committee

01. (B) 中譯 生化燃料股價在過去一周一直上漲。
(A) 即將來臨的 (B) 上漲 (C) 顛倒 (D) 最主要（重要）的
3詞KO法 biofuel shares → ____（生化股價一直上漲。）

02. (D) 中譯 事情緊急，必須立即處理。
(A) 敦促 (B) 緊急地 副 (C) 緊急 名 (D) 緊急的 形
3詞KO法 matter is ____.（事情緊急。）
Note be + 形 urgent 當主詞補語修飾 名 matter

03. (D) 中譯 他的祕書把我引進他的辦公室。
(A) 傳送（播、染）(B) 轉變 (C) 帶來 (D) 引領
3詞KO法 ____ me → office（引領我到辦公室。）

04. (A) 中譯 請隨時保持警覺，遇到可疑情況隨時報告。
(A) 警覺的 (B) 致力於 (C) 致力於 (D) 懷疑的
3詞KO法 remain ____ → anything suspicious（保持警覺任何可疑的事）

05. (D) 中譯 我們將會持續改善和提供一般大衆價格親民的住宅。
(A) 昂貴的 (B) 昂貴的 (C) 昂貴的 (D) 負擔得起的
3詞KO法 ____ housing → general public（一般大衆可以買得起的房子）

06. (C) 中譯 紅利可以刺激雇員更加努力地工作。
(A) 善行；仁慈 (B) 保險 (C) 紅利；獎金 (D) 商業
3詞KO法 ____ → employees, incentive, work harder.（紅利可以給員工努力工作的動機。）

07. (B) 中譯 生意人賺了錢，經紀人也得到了優厚的傭金。
(A) 犯罪；致力於 (B) 傭金 (C) 承（許）諾 (D) 委員會（們）
3詞KO法 brokers received ____（經紀人賺取傭金。）

08. The auto company negligently made cars with _____ brakes.
(A) defective (B) defect (C) defensive (D) annuity

09. _____ means falling prices, typically accompanied by lower profits and fewer jobs.
(A) Inflate (B) Inflation (C) Deflation (D) Deflate

10. The _____ are from different backgrounds, while they adapt to their new environment.
(A) deforestation (B) delegates (C) defense (D) deletion

螺旋記憶測試 ••• 下列單字曾在前一課中學習過，請寫出中譯。

01. markdown ________	11. relief ________
02. markup ________	12. reminder ________
03. outweigh ________	13. side effect ________
04. outnumber ________	14. sluggish ________
05. outsourcing ________	15. soft market ________
06. outpatient ________	16. software savvy ________
07. pileup ________	17. tourist attraction ________
08. reference letter ________	18. the building blocks ________
09. refrain ________	19. the immigration office ________
10. reverse ________	20. incumbent ________

08. (A) 中譯 汽車公司由於疏忽，製造了剎車系統有缺陷的汽車。

(A) 缺陷的 形 (B) 缺陷 名 (C) 防衛的 (D) 年金

3詞KO法 negligently → ____ brakes（疏忽而製造了有缺陷的剎車系統。）

09. (C) 中譯 通貨緊縮的意思是物價普遍下降，通常隨之而來的是利潤降低、就業機會減少。

(A) 通貨膨脹 動 (B) 通貨膨脹 名 (C) 通貨緊縮 名 (D) 通貨緊縮 動

3詞KO法 ____ → falling prices（通貨緊縮引起物價下跌。）

Note 名 Deflation 當主詞

10. (B) 中譯 代表們雖然背景不同，但是他們很快就適應了新環境。

(A) 砍伐森林 (B) 代表 (C) 防衛 (D) 刪除

3詞KO法 ____ → different backgrounds（有著不同背景的代表。）

解答

01. 減（降）價 02. 漲價 03. 勝過 04. 數目超過 05. 外包 06. 門診病人 07. 連環車禍 08. 介紹函；推薦信 09. 克制 10. 翻轉 11. 解除；救濟 12. 提醒事項；催促函 13. 副作用 14. 蕭條的 15. 市場不景氣 16. 軟體相關知識 17. 旅遊景點 18. 根基；基礎 19. 出入境管理局（移民局） 20. 現任的

DAY 24

日期	/	/	/	/	/	/	/	/	/	/
01. free delivery										
02. fundrasing										
03. fuel										
04. freight elevator										
05. frequent flier										
06. inference										
07. influential										
08. integrate										
09. infringement										
10. infuriate										
11. liquidate										
12. loan security										
13. lifespan										
14. life expectancy										
15. liquidity										

訓練自己一邊看英文單字一邊說出中文字義（口中默念即可）。遇到還沒記住的字就在該字空格畫✖，已熟記的單字打✔，請每天複習、做紀錄。

日期	/	/	/	/	/	/	/	/	/	/
16. medicine cabinet										
17. mediate										
18. money back guarantee										
19. money laundering										
20. morale										
21. overcast										
22. overhaul										
23. overhead rack										
24. oversee										
25. overpriced										
26. place of origin										
27. portfolio										
28. platform										
29. positive reply										
30. postmark										

01 ★ **free delivery** 免運送費

例句 Book Depository is the world's most international online bookstore offering over 10 million books with **free delivery** worldwide.
《書庫》是世界上最國際化的線上書店，我們提供了一千萬本世界各地免運費的書籍遞送。

02 ★★ **fundrasing** [ˋfʌnd,rezɪŋ] 形 名 募款（的）

例句 The doctor is enthusiastic at **fundraising** for charity.
這位醫生熱衷於慈善募捐活動。

關 **fund** [fʌnd] 名 資（基）金；專款

03 ★ **fuel** [ˋfjuəl] 名 燃料

例句 The prices of international **fuel** have slumped recently.
國際燃料價格最近一直下滑。

04 ★★ **freight elevator** 貨梯

例句 A **freight elevator** is used primarily to carry goods instead of people. 貨梯主要用來運送貨物而不是人。

關 **freight** [fret] 名 貨物（運）

05 ★ **frequent flier** 經常搭乘飛機的人

例句 A **frequent-flyer** program (FFP) is a loyalty program offered by many airlines.
許多航空公司都實施優惠計畫給那些經常搭他們飛機的客戶。

06 ★★ **inference** [ˋɪnfərəns]

名 推測

例句 From his manner, we drew the **inference** that he was satisfied with the salary.

我們從他的態度來推斷，他對薪水很滿意。

關 **infer** [ɪnˋfɜ] 動 推測

07 ★★ **influential** [ˌɪnfluˋɛnʃəl]

形 有影響力的

名 有影響力的人物

例句 The senator is an **influential** political figure in the state.

這位參議員在本州是個很有影響力的政治人物。

08 ★★★ **integrate** [ˋɪntəˌgret]

動 整合

例句 The regional offices are **integrated** into the headquarters' management system. 分公司的管理業務全部納入總公司的管理系統。

關 **integration** [ˌɪntəˋgreʃən] 名 整合

09 ★★★ **infringement** [ɪnˋfrɪndʒmənt]

名（著作權、產權）侵害；違反

例句 The computer giant was sued for patent **infringement**.

這電腦大廠被控告侵犯專利權。

關 **infringe** [ɪnˋfrɪndʒ] 動 侵害；違反

10 ★★★ **infuriate** [ɪnˋfjurɪˌet]

動 激怒

例句 Such words **infuriated** him so much that he couldn't say anything.

這樣的話惹得他大怒，氣得他說不出話來。

同 **irritate** [ˋɪrəˌtet] = **provoke** [prəˋvok]

關 **infuriation** [ɪnˌfjurɪˋeʃən] 名 激怒

11 ★★★ **liquidate** [ˋlɪkwɪˏdet] 動 清償（算）債務

例句 Our shares will be sold to **liquidate** the debt.
我們的股票將被出售以清償這筆債務。

關 **liquidation** [ˏlɪkwɪˋdeʃən] 名 清償債務

12 ★★ **loan security** 貸款擔保

例句 Credit guarantee serves as an indispensable risk barrier to keep **loan security**.
信用擔保對於貸款安全性具有重要的風險保障作用。

13 ★ **lifespan** [ˋlaɪfˋspæn] 名 壽命

例句 According to the statistics, males have a shorter **lifespan** than females.
根據統計數字，男人的平均壽命比女人短。

14 ★★ **life expectancy** 平均（預期）壽命

例句 We have longer **life expectancies** than our previous generation.
我們比上一代的人的預期壽命要長。

15 ★★ **liquidity** [lɪˋkwɪdətɪ] 名 流動資金

例句 The demand for and the supply of credit is closely pertinent to shifts in **liquidity**.
信用的供求和流動資金的變化有密切關係。

16 ★ **medicine cabinet** 藥櫃

例句 Label all kinds of medicine and lock them in a **medicine cabinet**.
所有藥物要貼上標籤並且鎖在藥櫃中。

17 ★★★ **mediate** [ˋmidɪˏet] 動 調停；斡旋

例句 The director was required to **mediate** in the dispute.
這位董事被要求調停此次爭議。

關 **mediation** [midɪˋeʃən] 名 調停；斡旋

18 ★★ **money back guarantee** 退款保證

例句 We had better shop at a store that offers a **money back guarantee**.
我們最好在提供有退款保證的商店購物。

19 ★★★ **money laundering** 洗錢

例句 The law enforcement authorities prevent the criminals from **money laundering** through the banking system.
執法當局防止罪犯透過銀行系統洗錢。

20 ★★ **morale** [məˋræl] 名 士氣

例句 On the grounds of the scandal, the staffers in the company are suffering from low **morale**.
公司所有的職員由於弊案士氣低落。

21 ★ **overcast** [ˋovɚˏkæst] 形 陰暗的；多雲的

例句 The weather forecast is for showers and **overcast** skies.
天氣預報上說多雲並伴有陣雨。

22 ★★★ **overhaul** [ˏovɚˋhɔl] 動 名 全面檢修 動 趕上

例句 The mechanic suggested that the machine **be overhauled**.
技師建議把機器全面檢修。

23 ★★ **overhead rack** （火車、巴士、飛機）頂上行李架

例句 We put our baggage on the **overhead rack**.
我們把行李放在頂上行李架上。

24 ★ **oversee** [ˋovɚˋsi] 動 監視

例句 The procurement manager **oversees** the purchase of goods and services that keep business running.
採購部經理主要監管商品的採購及維持商業營運的服務。

25 ★ **overpriced** [ˏovɚˋpraɪst] 形 價格過高的

例句 If you think property is **overpriced**, it is difficult to profit from that view.
如果你認為房地產價格過高，你將很難從這種觀點中獲益。

同 **high-priced** [ˋhaɪˋpraɪst] 形 價格過高的

26
★ **place of origin** 原產地

例句 Identify the **place of origin** when you purchase any commodity.
購買任何商品時請辨認原產地。

27
★★ **portfolio** [portˋfolɪ,o] 名 檔案夾；投資組合

例句 The entrepreneur sold part of his **portfolio** and prepared for a buyout of the company.
這位企業家變賣現有的部分投資組合，為收購公司做準備。

28
★ **platform** [ˋplæt,fɔrm] 名 平臺；（火車）月臺

例句 Cyberspace provides the general public with a **platform** to chat, to communicate, to shop, and to convey information.
網路提供一般大衆一個談話、溝通、購物、與傳遞資訊的平臺。

29
★ **positive reply** 正面答覆

例句 We hope you give us a **positive reply**.
我們希望你能給我們一個正面的答覆。

30
★ **postmark** [ˋpost,mɑrk] 名 郵戳

例句 The envelope had a Tokyo **postmark**.
這信封上有東京的郵戳。

Quiz 多益字彙模擬測驗

【答題祕訣】1. 先看選項，確定字義。
2. 再看題目，運用「3 詞 KO 法」，抓住「名詞」、「形容詞」、「動詞」。

01. The careful observation and ______ was his daily work.
(A) conference (B) confer (C) inference (D) infer

02. She used her ______ friends to help her son to get into the civil service.
(A) influential (B) influence (C) effect (D) affection

03. Celebrities always view being stalked by the paparazzi as an ______ of privacy.
(A) infringement (B) regulation
(C) propulsion (D) enforcement

04. It ______ him to think of all the money he had lost on the stock market.
(A) angry (B) infuriated (C) fury (D) wrath

05. The company was determined to sell its shares to ______ the bank loans.
(A) liquor (B) liquidation (C) liquidate (D) liquid

06. The incidence and cost of diseases are rising as the population and its ______ increase.
(A) probabilities (B) capabilities
(C) abilities (D) life expectancy

07. Inflation was one of the side effects of ______ in the markets.
(A)literature (B) liquidity (C) liberation (D) literacy

01. (C) 中譯 他的日常工作便是仔細的觀察和推斷。
(A) 會議 (B) 商談；授予（學位） (C) 推論 名 (D) 推論 動
3詞KO法 careful observation and ____（仔細觀察與推論。）
Note 名 observation + and（對等連接詞）+ 名 inference

02. (A) 中譯 她利用那些有權有勢的朋友幫助她的兒子，到政府行政部門任職。
(A) 有影響力的 形 (B) 影響 名 (C) 影響 名 (D) 情感 名
3詞KO法 her ____ friends → help her son（她的有影響力的朋友幫她的兒子。）
Note 形 influential + 名 friends

03. (A) 中譯 名人總是視狗仔隊的跟蹤行為是隱私權的侵犯。
(A) 侵犯 (B) 規範；管理 (C) 推進力 (D) 執行
3詞KO法 paparazzi → ____ privacy（狗仔隊是隱私權的侵犯。）

04. (B) 中譯 一想到他在股票市場所輸掉的錢，他就勃然大怒。
(A) 生氣 形 (B) 激怒 動 (C) 怒氣 名 (D) 怒氣 名
3詞KO法 it ____ him → money, lost（因為輸錢而激怒。）
Note 主 It + 動 infuriated + 受 him

05. (C) 中譯 公司決定出售股票以償還銀行的貸款。
(A) 含有精的飲料 (B) 清償 名 (C) 清償 動 (D) 液體
3詞KO法 sell shares → ____ loans（賣掉股票清償貸款。）
Note 動 liquidate + 受 loans

06. (D) 中譯 隨著人口和平均壽命增加，疾病的發病率和成本也跟著上升。
(A) 可能性 (B) 能力 (C) 能力 (D) 平均（預期）壽命
3詞KO法 population, ____ increase（人口與平均壽命增加。）

07. (B) 中譯 市場流動資金所帶來的其中一個副作用就是通貨膨脹。
(A) 文學（獻） (B) 流動資金 (C) 解放 (D) 讀寫能力
3詞KO法 Inflation → side effect, ____（流動資金的副作用是通貨膨脹。）

08. The United Nations attempted to ______ between the warring factions.
(A) moderate (B) mediate (C) meditate (D) immediate

09. The entrepreneur's generous offer was a prodigious tonic for our ______.
(A) morale (B) moral (C) morality (D) mortality

10. According to the mechanics' examination, all the shuttle buses need a complete ______.
(A) overhead (B)overnight (C) overall (D) overhaul

螺旋記憶測試

下列單字曾在前一課中學習過，請寫出中譯。

01. uptick ______
02. urban ______
03. urgent ______
04. usher ______
05. used car ______
06. vivid ______
07. vigilant ______
08. victim ______
09. annuity ______
10. affiliate ______
11. affirm ______
12. affordable ______
13. agenda ______
14. boarding pass ______
15. bond ______
16. bonus ______
17. command ______
18. commercial ______
19. commission ______
20. commitment ______
21. commodity ______
22. diagnose ______
23. defense ______
24. deflation ______
25. delegate ______

08. 【B】 **中譯** 聯合國試圖在兩個交戰派別之間進行調停。

(A) 調節 (B) 調停 (C) 沉思 (D) 立即的

3詞KO法 ____ warring factions（調停兩個交戰派別）

09. 【A】 **中譯** 企業家慷慨相助對我們的士氣是種極大的激勵。

(A) 士氣 (B) 道德的 形 (C) 道德 名 (D) 死亡率（數）

3詞KO法 generous offer → ____（慷慨相助，提升士氣。）

10. 【D】 **中譯** 根據技師的檢查，所有接駁車皆須全面檢修。

(A) 頭頂上的 (B) 整夜（通宵）的 (C) 全面的 (D) 全面檢修

3詞KO法 shuttle buses → ____（接駁車須全面檢修。）

解答

01. 上漲 02. 都市的 03. 緊急的 04. 引座（招待）員 05. 二手車 06. 生動活潑的 07. 警覺的 08. 受害者 09. 年金 10. 子公司 11. 證實 12. 負擔得起的 13. 議事錄 14. 登機證 15. 債券 16. 紅利；獎金 17. 命令；鳥瞰；能力 18. 商業的 19. 傭金 20. 承（許）諾 21. 商品 22. 診斷 23. 保護；防衛 24. 通貨緊縮 25. 代表

DAY 25

日期	/	/	/	/	/	/	/	/	/	/
01. renovate										
02. round-trip										
03. repulsive										
04. request										
05. reservation										
06. search engine										
07. signature										
08. stimulus plan										
09. submit										
10. subscribe										
11. takeover										
12. trophy										
13. trendy										
14. trolley										
15. turnover										

訓練自己一邊看英文單字一邊說出中文字義（口中默念即可）。遇到還沒記住的字就在該字空格畫✖，已熟記的單字打✔，請每天複習、做紀錄。

日期	/	/	/	/	/	/	/	/	/	/
16. aggressive										
17. alcohol										
18. assess										
19. authorize										
20. available										
21. brand										
22. brainstorming										
23. breakthrough										
24. breathtaking										
25. broaden horizons										
26. community										
27. commuter										
28. compensation										
29. compete										
30. competent										

01 ★★★ **renovate** [ˋrɛnə͵vet] 動 改革（造）

例句 They are living in temporary accommodation while their condo is being **renovated**.
公寓修整期間他們臨時住在別處。

關 **renovation** [͵rɛnəˋveʃən] 名 改革（造）

02 ★ **round-trip** [ˋraʊnd͵trɪp] 形 來回的；雙程的

例句 How much is the **round-trip** fare to New York?
到紐約的來回票價是多少？

03 ★★★ **repulsive** [rɪˋpʌlsɪv] 形 使人反感（厭惡）的

例句 There was a **repulsive** smell coming from the garbage can.
有一股使人厭惡的味道從垃圾桶飄出。

關 **repulse** [rɪˋpʌls] 動 拒絕；擊退

04 ★ **request** [rɪˋkwɛst] 名 動 要（請）求

例句 You **are** earnestly **requested** to be present at the party.
懇請光臨舞會。

05 ★ **reservation** [͵rɛzɚˋveʃən] 名 預訂

例句 **Reservations** in advance are indispensable in most hotels, especially in large cities.
尤其是大城市的旅館，多數要預先訂房。

關 **reserve** [rɪ`zɜv] 動 預訂
reserved [rɪ`zɜvd] 形 有所保留的（含蓄的）

06 ★ **search engine** 搜尋引擎

例句 The computer giant is planning a large-scale sales activity, promoting its new **search engine**.
電腦大廠正在策劃大規模銷售活動，推廣新版搜索引擎。

07 ★ **signature** [`sɪgnətʃə] 名 簽名

例句 The actor attempted to hold out for higher remuneration by rejecting a **signature** to the contract.
該名演員企圖堅持更高報酬，拒絕在合同上簽名。

08 ★★★ **stimulus plan** 振興計畫

例句 The **stimulus plan** has largely involved public investment in infrastructure projects.
振興計劃主要涉及基礎建設的公共投資。

09 ★★★ **submit** [səb`mɪt] 動 提出（交）

例句 If you don't accept our proposals, we might **submit** this matter to arbitration. 如果你方不接受我方的提議，我們可能要將此事提交仲裁。

10 ★★★ **subscribe** [səb`skraɪb] 動 簽署；訂購；同意

例句 My wife doesn't **subscribe** to any weekly or monthly magazines, but she buys them occasionally at newsstands.
我太太不訂購任何週刊或月刊，但她偶爾會到書報攤上買。

關 **subscription** [səb`skrɪpʃən] 名 訂購；捐款

11 ★★	**takeover** [ˋtek,ovɚ]	名 收購；接管

例句 Analysts said it could turn into one of the biggest **takeover** battles seen in the high-tech industry.

分析家說，這可能引起高科技產業的最大收購戰。

關 **take over** 動 收購；接管

12 ★★★	**trophy** [ˋtrofɪ]	名 獎品（盃）

例句 In his professional career, he won five cups and many other **trophies**.

在他的職業生涯中，他獲得五個獎盃和許多其他獎品。

13 ★	**trendy** [ˋtrɛndɪ]	名 趨勢（時髦）的

例句 The **trendy** outfit is only a flash in the pan.

這個新潮的服裝打扮只是曇花一現。

14 ★★★	**trolley** [ˋtrɑlɪ]	名 有（輕）軌電車

例句 He took a northbound **trolley** on the street.

他在街上搭上了一輛北行的有軌電車。

同 **streetcar** [ˋstrit,kɑr] 名 有（輕）軌電車

15 ★★	**turnover** [ˋtɝn,ovɚ]	名 營收、資金流通；人員更換率

例句 We reduced the prices to make a quick **turnover**.

我們減價以迅速周轉資金。

16 ★★ **aggressive** [ə`grɛsɪv]

形 積極（侵略）的

例句 An excellent salesperson must be **aggressive** in today's competitive market.

在今天競爭激烈的市場上，優秀的銷售員一定要積極。

關 **aggression** [ə`grɛʃən] 名 侵略

17 ★★ **alcohol** [`ælkə͵hɔl]

名 酒（精）

例句 The food and drink industry has responded to the demand for low and **alcohol-free** drinks.

食品飲料業已經回應了低酒精與無酒精的飲料的需求。

18 ★★★ **assess** [ə`sɛs]

動 評估（價）

例句 The conglomerate **is assessing** the damage at the manufactories.

該集團正在評估這些製造廠蒙受的損失。

關 **assessment** [ə`sɛsmənt] 名 評估（價）

19 ★★★ **authorize** [`ɔθə͵raɪz]

動 授權

例句 A foreign-funded enterprise may **authorize** others to establish branches by way of franchising.

外商企業可以授權他人以特許經營方式開設分公司。

關 **authority** [ə`θɔrətɪ] 名 當局

20 ★★ **available** [ə`veləbḷ]

形 可以提供（得到）的

例句 A wide variety of opinions and analyses are **available** to anyone with an Internet connection.

只要能連接網路，任何人都能接觸到廣泛的意見與分析。

21 ★ **brand** [brænd]

名 品牌

例句 Having a global **brand** is likely to be conducive as the economic conditions resuscitate.

隨著經濟復甦，擁有一個全球品牌可能會有所助益的。

22 ★★ **brainstorming** [ˋbrenˏstɔrmɪŋ]

名 腦力激盪

例句 **Brainstorming** can help our team come up with a diversity of ideas. 腦力激盪可以幫助我們團隊想出各種意見。

關 **brainstorm** 動 腦力激盪

23 ★★ **breakthrough** [ˋbrekˏθru]

名 動 突破（重大進展）

例句 The research and development team declared a major **breakthrough** in cancer treatment.

研發團隊宣布在癌症的治療上有重大的突破。

關 **Break through** 動 突破

24 ★★ **breathtaking** [ˋbrɛθˏtekɪŋ]

形 驚人的；驚險的；驚豔的

例句 The economic growth of the emerging countries is developing at a **breathtaking** speed.

新興國家的經濟成長正以驚人的速度在發展。

25 ★★ **broaden horizons**

開拓視野

例句 We can **broaden our horizons** by traveling abroad.

我們可以藉由出國旅遊開拓我們的視野。

26 ★ **community** [kə`mjunətɪ] 名 社區（會）

例句 There have always been differences between **community** parks and national parks.

社區公園和國家公園一直是有區別的。

27 ★★★ **commuter** [kə`mjutɚ] 名 通勤者

例句 Major **commuter** arteries were choked with stalled traffic.

主要的通勤幹線都擠滿了堵塞的車輛。

關 **commute** [kə`mjut] 動 通勤

28 ★★★ **compensation** [ˌkampən`seʃən] 名 賠（補）償；薪水

例句 You usually acquire **compensation** when dismissed from your job. 你被解僱時通常會拿到一筆賠償補助金。

關 **compensate** [`kampənˌset] 動 賠（補）償

29 ★★ **compete** [kəm`pit] 動 競爭

例句 The business houses will inevitably end up **competing** with each other in their pursuit of increased market share.

在努力爭取更大的市場份額的過程中，這些商家最終將不可避免地相互展開競爭。

關 **competition** [ˌkampə`tɪʃən] 名 競爭 **competitive** 形 競爭的

30 ★★ **competent** [`kampətənt] 形 有能力的

例句 Make sure (that) the corporation is **competent** to carry out the task. 確保公司有能力執行任務。

關 **competence** [`kampətəns] 名 能力

Quiz 多益字彙模擬測驗

【答題祕訣】1. 先看選項，確定字義。
2. 再看題目，運用「3 詞 KO 法」，抓住「名詞」、「形容詞」、「動詞」。

01. The old couple raised money from their relatives and friends to _____ the decrepit house.
(A) renovation (B)renovate (C) innovate (D) innovation

02. He found the idea deeply _____ for defrauding the old couple of their money.
(A) repulsed (B) repulsion (C) repulsive (D) repulse

03. The manger is often seen as _____ and unemotional in dealing with something urgent.
(A) reservoir (B) reserve (C) reserved (D) reservation

04. Local reports said the pilots did not _____ flight plans to the authorities concerned after landing.
(A) substitute (B) submit (C) subscribe (D) subdue

05. He was an _____ salesman who did his job quite well.
(A) downcast (B) pessimistic (C) passive (D) aggressive

06. Please inform me of your portfolio so that I can _____ your expertise.
(A) devaluate (B) assess (C) aggravate (D) assessment

07. The research team meets once a week to _____ and come up with some fresh ideas.
(A) brainstorm (B) manipulate (C) operate (D) stipulate

01. (B) 中譯 這對老夫妻向他們的親戚與朋友籌錢改建老舊的房子。
(A) 改建 名 (B) 改建 動 (C) 創新 動 (D) 創新 名
3詞KO法 to ____ the decrepit house（改建老舊的房子。）
Note 不定 to + 動 renovate

02. (C) 中譯 他發現詐騙這對老夫妻的錢財這個想法很噁心。
(A) 厭惡 過去分詞 (B) 厭惡 名 (C) 厭惡的 形 (D) 厭惡 動
3詞KO法 ____ → defrauding, old couple, money（騙老夫妻的錢是令人厭惡的。）

03. (C) 中譯 經理常被認為在處理緊急事情時，不但是個含蓄而且是無情緒的人。
(A) 蓄水池；水庫 (B) 預訂 動 (C) 含蓄的 形 (D) 預訂 名
3詞KO法 ____ and unemotional（含蓄與無情緒的。）
Note 形 reserved + 對等連接詞 and + 形 unemotional。

04. (B) 中譯 當地媒體報導說，飛行員著陸後並沒有向有關當局提交飛行計劃。
(A) 取代 (B) 提交 (C) 簽屬；訂購；同意 (D) 克（征）服
3詞KO法 not ____ flight plans, authorities（沒向當局提交飛行計畫）

05. (D) 中譯 他是個積極的推銷員，他工作很出色。
(A) 意志消沉的 (B) 悲觀的 (C) 消極的 (D) 積極的
3詞KO法 ____ salesman → did his job well（積極的售貨員，工作的很出色。）

06. (B) 中譯 請告知我你的投資組合，以便於我能夠評估你的專業。
(A) 使貶值 (B) 評估 動 (C) 惡化 (D) 評估 名
3詞KO法 ____ your expertise（評估你的專業。）
Note 動 assess + 名 your expertise

07. (A) 中譯 研究團隊每周聚會一次，一起腦力激盪，想出新的想法。
(A) 腦力激盪 (B) 炒作 (C) 操作 (D) 規範
3詞KO法 ____ → fresh ideas（腦力激盪新的想法。）

08. The company looks confident to make a significant _____ in the Asian markets.
(A) breakout (B)breakup (C) breakdown (D) breakthrough

09. From the top of the Eiffel tower, the outlook over Paris city was _____.
(A) heartbroken (B) breathtaking
(C) stone-hearted (D) nonchalant

10. The professor _____ from Oxford to London every day.
(A) commutation (B) commuter (C) commutes (D) community

螺旋記憶測試

下列單字曾在前一課中學習過，請寫出中譯。

01. free delivery _______
02. fuel _______
03. fundraising _______
04. inference _______
05. influential _______
06. infringement _______
07. infuriate _______
08. liquidate _______
09. loan security _______
10. lifespan _______
11. liquidity _______
12. life expectancy _______
13. medicine cabinet _______
14. mediate _______
15. money laundering _______
16. morale _______
17. overcast _______
18. overhaul _______
19. overhead rack _______
20. place of origin _______
21. portfolio _______
22. platform _______
23. positive reply _______
24. postmark _______

08. 【D】 中譯 這家公司看來很有信心在亞洲市場取得重大突破。

(A) 逃脫 (B) 中斷 (C) 明細表 (D) 突破

3詞KO法 confident, → significant ____ Asian markets（有自信在亞洲市場取得重大突破。）

09. 【B】 中譯 從艾菲爾鐵塔的頂端往下鳥瞰，巴黎市的風景真是令人驚豔。

(A) 傷心的 (B) 驚人（險，豔）的 (C) 鐵石心腸的 (D) 冷漠的

3詞KO法 Eiffel tower →____（艾菲爾鐵塔令人驚豔的）

10. 【C】 中譯 教授每天通勤於牛津和倫敦之間。

(A) 減刑；通勤 名 (B) 通勤者 名 (C) 通勤 動 (D) 社區

3詞KO法 ____ from Oxford to London（從牛津通勤到倫敦）

Note 主 The professor + 動 commutes

解答

01. 免運送費 02. 燃料 03. 募款 04. 推測 05. 有影響力的 06. 侵害；違反 07. 激怒
08. 清償（算）債務 09. 貸款擔保 10. 壽命 11. 流動資本 12. 平均壽命 13. 藥櫃 14. 調停；斡旋
15. 洗錢 16. 士氣 17. 陰暗的；多雲的 18. 全面檢修 19. 頂上行李架 20. 原產地
21. 檔案夾；投資組合 22. 平臺；（火車）月臺 23. 正面答覆 24. 郵戳

DAY 26

日期	/	/	/	/	/	/	/	/	/	/
01. doctor on call										
02. double parking										
03. down market										
04. down payment										
05. drain										
06. front office										
07. franchise										
08. frugal										
09. furnish										
10. fast-paced										
11. gain										
12. gauze										
13. general trading company										
14. gesture										
15. get a cash advance										

訓練自己一邊看英文單字一邊說出中文字義（口中默念即可）。遇到還沒記住的字就在該字空格畫✖，已熟記的單字打✔，請每天複習、做紀錄。

日期	/	/	/	/	/	/	/	/	/	/
16. handling fee										
17. hangout										
18. handicapped										
19. hardware store										
20. harsh										
21. insert										
22. in-service										
23. inoculation										
24. intrude										
25. inundate										
26. jetway										
27. job festival										
28. Job-hopping										
29. job placement										
30. joint account										

MP3 76

01 ★★ **doctor on call** 值班醫生

例句 In an emergency, you can ask for **doctors on call**.
在緊急情況時可以求助於值班醫生。

02 ★ **double parking** 並排停車

例句 **Double parking** is not allowed in this area.
此區不准並排停車。

03 ★ **down market** 跌市

例句 The real estate in the city is seeing a **down market** on account of the stagnant economy.
這城市的房地產由於經濟不景氣正處於跌市當中。

04 ★ **down payment** 頭期款

例句 He provides a copy of the entire loan agreement for the **down payment** of the house.
他為了付房子的頭期款，提供一份完整的貸款協議副本。

05 ★★ **drain** [dren] 動 耗盡；用完

例句 The company has cumulatively **drained** its cash reserves.
公司已逐漸用完了它的儲備現金。

06 ★ **front office** 決策總部

例句 The **front office** has decided to sell the manufactory.
決策總部已經決定出售製造廠。

07 ★★★ **franchise** [ˋfræn͵tʃaɪz] 名 經銷權

例句 A **franchise** is a right granted to an individual or group to market a company's goods or services within a certain territory.
經銷權是某公司允許個人或團體有權在某特定區域內販售該公司的產品與服務。

08 ★★★ **frugal** [ˋfrug!] 形 節儉的

例句 A **frugal** and simple life should be advocated.
我們提倡儉樸的生活。

關 **frugality** [fruˋgælətɪ] 名 節儉

09 ★★ **furnish** [ˋfɜnɪʃ] 動 提供

例句 The clerk will **furnish** you with the rest of the details.
售貨員將會提供你其他詳細的細節。

關 **furnish** + 人 + **with** + 物

10 ★★★ **fast-paced** [fæstpest] 形 快步調的

例句 The old couple cannot get used to the **fast-paced** urban life.
這對老夫婦不能適應城市快步調的生活。

11 ★ **gain** [gen]	名 收益；(股票) 增值

例句 It is tough to estimate the potential **gains** from plummeting crude oil prices.

很難在此次原油價格大跌中評估可以獲得多少的潛在收益。

12 ★★ **gauze** [gɔz]	名 紗布

例句 The nurse dabbed the cut with disinfectant and taped a **gauze** over it.

護士用消毒劑輕塗傷口，接著又貼上一塊紗布。

13 ★ **general trading company**	綜合貿易公司

例句 The **general trading company** provides a diversity of imported goods.

這家綜合貿易公司提供各式各樣的進口貨物。

14 ★★ **gesture** [`dʒɛstʃɚ]	名 手勢；姿態、表示

例句 The shopping mart made a **gesture** of good will to lower the prices of most of their goods.

這家大賣場調降大部分商品的價格，藉此做出友好的表示。

15 ★ **get a cash advance**	拿到預支的現金

例句 Are you interested in **getting a cash advance** by using your credit card?

你有興趣利用信用卡拿到預支的現金嗎？

16 ★ **handling fee** 手續費

例句 A **handling fee** will be charged by banks for bank draft application.

申請銀行匯票需向銀行支付手續費。

17 ★ **handout** [ˋhændaʊt] 名 講義；宣傳單

例句 Please read the **handout** carefully.

請仔細閱讀這份講義。

18 ★★★ **handicapped** [ˋhændɪˏkæpt] 形 生理缺陷的

例句 Employers are required to make reasonable accommodations for the **handicapped** in hiring and other ways.

法律要求雇主在雇用和其他方面對殘疾人士做合理的照顧。

19 ★ **hardware store** 五金行

例句 Local **hardware stores** can't compete with shopping malls.

地方五金商店無法與那些量販店競爭。

20 ★★ **harsh** [hɑrʃ] 形 嚴厲的

例句 The weather has grown **harsh**, chilly and fickle.

天氣已經變得惡劣、寒冷且變化莫測。

21 ★★ **insert** [ˋɪn͵sɝt] | 名（書、雜誌中的）折疊式廣告

例句 The **inserts** are usually attached to books and magazines.
折疊式的廣告通常都夾在書本和雜誌中。

22 ★ **in-service** [ˋɪnˋsɝvɪs] | 形 在職中

例句 The hospital offers **in-service** courses for nurses.
醫院為護理師開授在職課程。

23 ★★★ **inoculation** [ɪn͵ɑkjəˋleʃən] | 名 注射疫苗

例句 The breeders should make their dogs **inoculated** against rabies.
飼主應該帶他們的愛犬注射狂犬病疫苗。

同 **vaccination** [͵væksnˋeʃən] 名 注射疫苗
關 **inoculate** [ɪnˋɑkjə͵let] 動 = **vaccinate** [ˋvæksn͵et] 注射疫苗

24 ★★★ **intrude** [ɪnˋtrud] | 動 侵（闖）入

例句 We do our best to prevent viruses and hackers from **intruding** into our computers.
我們盡全力防止病毒與駭客入侵我們公司的電腦。

關 **intrusion** [ɪnˋtruʒən] 名 入侵 **intruder** [ɪnˋtrudɚ] 名 侵入者

25 ★★★ **inundate** [ˋɪnʌn͵det] | 動 氾濫；充滿

例句 Her office was **inundated** with complaint letters.
投訴信件塞爆了她的辦公室。

關 **inundation** [͵ɪnʌnˋdeʃən] 名 氾濫

26 ★ **jetway** [ˋdʒet,weɪ] 名 空橋

例句 The passengers walked down the **jetway** and boarded the plane.
旅客走上空橋，登上了飛機。

27 ★ **job festival** 就業博覽會

例句 The **job festival** appealed to many fresh graduates.
此次的就業博覽會吸引了很多的應屆畢業生（社會新鮮人）。

28 ★★ **job-hopping** [ˋdʒɑb,hɑpɪŋ] 名 跳槽

例句 **Job-hopping** among younger workers has slowed as a result of the economic gloom.
年輕的勞動者由於經濟不景氣減少跳槽的機率。

29 ★ **job placement** 介紹（安置）工作

例句 A **job placement** program aims to help those who are unemployed.
就業安置計劃是為了幫助那些失業者。

30 ★ **joint account** 聯名帳戶

例句 My wife and I have opened a **joint account**.
我和我妻子已開了個聯名賬戶。

Quiz 多益字彙模擬測驗

【答題祕訣】1. 先看選項，確定字義。
2. 再看題目，運用「3 詞 KO 法」，抓住「名詞」、「形容詞」、「動詞」。

01. Foreign currency and gold reserves were steadily _____.
(A) drained (B) drainage (C) drowsy (D) doze

02. In childhood, we were taught to be _____ and diligent.
(A) stingy (B) prodigal (C) lavish (D) frugal

03. The manager _____ the board of directors with the statements of the costs.
(A) fetched (B) forecast (C) flourished (D) furnished

04. Civilians are supposed to pay taxes on their capital _____.
(A) gains (B) ornaments (C) rogues (D) molecules

05. These _____ are available exculsively for students.
(A) handrails (B) handouts (C) handicap (D) hangover

06. The governor had to endure some _____ criticism from the press.
(A) amiable (B) harsh (C) amicable (D) haggle

07. The company encourages its staffers to receive _____ education.
(A) after-service (B) pre-service (C) in-service (D) tertiary

01. (A) 中譯 外匯和黃金儲備日益枯竭。
(A) 用完；耗盡 動 (B) 排水系統、下水道 名
(C) 昏昏欲睡的 (D) 打瞌睡
3詞KO法 currency & gold → steadily ____（貨幣、黃金逐漸耗盡）

02. (D) 中譯 我們小時候被教導要節儉與勤勞。
(A) 吝嗇的 (B) 揮霍的 (C) 浪費的 (D) 節儉的
3詞KO法 ____ and diligent（節儉與勤勞的）

03. (D) 中譯 經理把成本清單提交給董事會。
(A) 拿（取）回 (B) 預測 (C) 茂盛 (D) 提供
3詞KO法 ____ → statements, costs（提供成本清單）

04. (A) 中譯 公民應該為他們的資本所得付稅。
(A) 收益 (B) 裝飾 (C) 流氓；惡棍 (D) 分子
3詞KO法 pay taxes → capital ____（資本所得付稅）

05. (B) 中譯 這些講義只提供學生使用。
(A) 扶手 (B) 講義 (C) 生理殘缺 (D) 宿醉；殘留的觀念
3詞KO法 ____ → students（給學生的講義）

06. (B) 中譯 州長得忍受新聞界對他的嚴厲批評。
(A) 和藹可親的 (B) 嚴厲的 (C) 和藹的 (D) 討價還價 名 動
3詞KO法 endure ____ press, criticism（忍受新聞界的嚴厲批判）

07. (C) 中譯 公司鼓勵員工接受在職教育。
(A) 售後服務的 (B) 職前的 (C) 在職的 (D) 高等的
3詞KO法 staffers → receive ____ education（員工接受在職教育）

08. Travelers bear in mind that _____ against yellow fever is advisable.
(A) infection (B) inoculation (C) affection (D) benefaction

09. After the decision to tear down the old buildings, the municipal government was _____ with protests.
(A) manipulated (B) processed (C) inundated (D) predicted

10. Many jobless people found their jobs through _____ companies.
(A) job placement (B) job festival
(C) job-hopping (D) job description

螺旋記憶測試

下列單字曾在前一課中學習過，請寫出中譯。

01. renovate _____
02. repulsive _____
03. reserved _____
04. search engine _____
05. stimulus plan _____
06. trendy _____
07. trophy _____
08. trolley _____
09. turnover _____
10. authorize _____
11. alcohol _____
12. brand _____
13. brainstorming _____
14. breakthrough _____
15. breathtaking _____
16. broaden horizons _____
17. commuter _____
18. compensation _____
19. competition _____
20. competent _____

08. **(B)** **中譯** 旅客們被提醒注射黃熱病預防針是明智的。

(A) 傳染 (B) 注射疫苗 (C) 喜愛；愛慕 (D) 善行

3詞KO法 ____ against yellow fever（注射黃熱病預防針）

09. **(C)** **中譯** 市政府在決定拆除那些舊的大樓之後接到了無數的抗議。

(A) 操縱；炒作 (B) 處理 (C) 充滿 (D) 預測

3詞KO法 ____ with protests（充滿著抗議）

10. **(A)** **中譯** 許多失業人士透過人力仲介公司找到了工作。

(A) 介紹（安置）工作 (B) 就業博覽會 (C) 跳槽 (D) 工作描述（說明）

3詞KO法 jobless people → jobs, through ____ companies（失業人士透過人力仲介公司找到工作）

解答

01. 改革（造） 02. 使人反感（厭惡）的 03. 有所保留的 04. 搜尋引擎 05. 振興計畫
06. 趨勢（時髦）的 07. 獎品（杯） 08. 有軌電車 09. 營收、資金流通；人員更換率 10. 授權
11. 酒（精） 12. 品牌 13. 腦力激盪 14. 突破（重大進展） 15. 驚人（險，豔）的 16. 拓展視野
17. 通勤者 18. 賠（補）償；薪水 19. 競爭 20. 有能力的

DAY 27

日期	/	/	/	/	/	/	/	/	/	/
01. invoice										
02. involve										
03. irresistable										
04. interview										
05. inventory										
06. itinerary										
07. leak										
08. look forward to										
09. legible										
10. legitimate										
11. legion										
12. off-season										
13. official										
14. organization										
15. ornament										

字彙表

訓練自己一邊看英文單字一邊說出中文字義（口中默念即可）。遇到還沒記住的字就在該字空格畫✕，已熟記的單字打✔，請每天複習、做紀錄。

日期										
16. outage										
17. pharmacy										
18. plumber										
19. promotion										
20. peak season										
21. pedestrian										
22. residence										
23. resign										
24. response										
25. realty										
26. résumé										
27. slogan										
28. server										
29. settlement										
30. severe										

01 ★★ **invoice** [`ɪnvɔɪs]

名 動（開）發票

例句 Each shipment will be separately charged, and we shall draw on you for the **invoice** amount.

各次交貨將分別向你收款，並按發票金額向你開具發票。

02 ★★ **involve** [ɪn`valv]

動 牽涉；包含

例句 This investment **is involved** in the future of the company.

這次投資牽涉到公司的前途。

03 ★★ **irresistible** [ˌɪrɪ`zɪstəbl̩]

形 無法抗拒的

例句 It is **irresistible** to improve the labor market and employ the market mechanism to escalate the employment formation.

改善勞動市場與運用市場機制提升就業模式是勢在必行的。

04 ★ **interview** [`ɪntəˌvju]

名 動 面試

例句 I am writing to see if it is possible for you to offer me some information concerning the **interview**.

我寫信是想知道你是否可能提供給我一些有關面試的信息。

05 ★★★ **inventory** [`ɪnvənˌtorɪ]

名 存貨清單

例句 Please offer me detailed information on your product **inventory** as well as prices.

請提供產品的價格及產品的存貨清單。

06
★★★
itinerary
[aɪˋtɪnə͵rɛrɪ]

名 形 行程

例句 Would you allow me to give a briefing of the **itinerary** we've arranged for you?

請讓我簡單介紹一下您這次的行程安排吧？

07
★★
leak
[lik]

動 名 漏出（水／電）；洩漏（訊息）

例句 In online shopping, your personal data are easy to **leak** in that others can intercept your information via the Internet.

網路購物時，你的個人資料容易洩漏，他人可以透過網路截取你的信息。

08
★
look forward to

期待

例句 We sincerely **look forward to** establishing long-term cooperation relationship with you.

我們真誠希望與您建立長期的合作關係。

09
★★★
legible
[ˋlɛdʒəbḷ]

形 可以讀（辨認）的

例句 Please ensure that your scanned documents are valid and **legible**.

請確定您的掃描文件是有效的及可讀的。

10
★★
legitimate
[lɪˋdʒɪtəmɪt]

形 合法的

例句 **Legitimate** loan relationships are protected by law.

合法的借貸關係受法律保護。

關 **legitimacy** [lɪˋdʒɪtəməsɪ] 名 合法

11 ★★★ **legion** [ˋlɪdʒən] 名 形 衆多（的）

例句 His magnanimity won him a **legion** of friends.
他的心胸寬大為他贏得了衆多的朋友。

12 ★ **off-season** [ˋɔf͵sizən] 名 淡季

例句 In the air transport **off-season**, airlines can employ the discount rate to appeal to business travelers.
在航空運輸淡季，航空公司可增加折扣幅度來吸引商務客人。

同 **low season = slack season**

13 ★ **official** [əˋfɪʃəl] 形 官方的、正式的 名 行政人（官）員

例句 An **official** announcement is expected later today.
預計今天稍後會發布一項正式聲明。

14 ★ **organization** [͵ɔrgənəˋzeʃən] 名 組織；機構

例句 We would like to get out of an agreement with that **organization**.
我們想中止與那個機構的協議。

15 ★★★ **ornament** [ˋɔrnəmənt] 名 裝飾品

例句 They bought some **ornaments** for their Christmas tree.
他們買了些裝飾品裝飾聖誕樹。

16 ★★ **outage** [ˋautɪdʒ] 名 電力中斷

例句 A hurricane is causing power **outages** throughout the whole region. 颶風造成整個地區電力供應中斷。

17 ★★★ **pharmacy** [ˋfɑrməsɪ] 名 藥房

例句 The general hospital provided medical treatment, **pharmacy**, radiology, laboratory, and emergency department services.
這家綜合醫院提供了醫療、藥房、放射科、實驗室和急診服務。

關 **pharmacist** [ˋfɑrməsɪst] 名 藥劑師

18 ★★ **plumber** [ˋplʌmɚ] 名 水管工

例句 Our community has to call **plumbers** to unblock the drainage.
我們社區得叫水管工來通一通下水道。

19 ★ **promotion** [prəˋmoʃən] 名 促銷；升遷

例句 We employ advertising and **promotion** to induce customers to purchase our products.
我們利用廣告和促銷，誘使顧客購買我們的產品。

關 **promote** [prəˋmot] 動 促銷；升遷

20 ★ **peak (high) season** 旺季

例句 Since it is **peak season** now, our factory is working at full capacity. 因為現在是旺季，我們工廠的生產期已經排的很滿。

關 **low (slack) season** 淡季

21 ★★★ **pedestrian** [pə`dɛstrɪən] 名 行（路）人

例句 Despite the cold weather, the street was packed with **pedestrians**.
儘管天氣這麼冷，街上還是擠滿了行人。

同 **passer-by** [`pæsə`baɪ] 名 行（路）人

22 ★★ **residence** [`rɛzədəns] 名 居住；住所

例句 The refugees had applied to the country for permanent **residence**.
這些難民已經向這國家申請了永久居留權。

關 **reside** [rɪ`zaɪd] 動 居住 **resident** [`rɛzədənt] 名 居民

23 ★★ **resign** [rɪ`zaɪn] 動 辭職

例句 Somebody hired by the government is not likely to **resign** precipitately. 政府招聘的雇員不可能貿然辭職。

關 **resignation** [ˌrəzɪg`neʃən] 名 辭職

24 ★ **response** [rɪ`spɑns] 名 回（反）應

例句 There has been no **response** to the broker's insider trading from the company.
公司尚未對該名經紀人的內線交易作出回應。

關 **respond** [rɪ`spɑnd] 動 回（反）應

25 ★★ **realty** [`riəltɪ] 名 房地產；不動產

例句 With the economic boom, **realty** has emerged as a major investment. 隨著經濟繁榮，房地產已成為主要投資。

關 **realtor** [ˋriəltɚ] 名 房仲

26 ★★★ **résumé** [ˋrɛzju,me] 名 履歷表

例句 A job applicant is required to submit a **résumé**.
應徵者須交一份個人履歷表。

27 ★ **slogan** [ˋslogən] 名 口號；標語

例句 The **slogan** "Just do it" is simple, meaningful, inspiring, and easy to remember, read and spread.
此廣告口號「做就對了」很簡單、有意義、有啓發性，而且容易記憶、閱讀和傳播。

28 ★★ **server** [ˋsɝvɚ] 名 伺服器

例句 In computing, a **server** is part of a computer network which does a particular task, for example, storing or processing information, for all or part of the network.
伺服器電腦系統中的一部分，在電腦計算過程中為整個或部分系統執行特定的任務，例如訊息的儲存或處理。

29 ★★ **settlement** [ˋsɛtḷmənt] 名 協議、和解；支付

例句 The two firms expressed dismay at the **settlement** of the eleven-year conflict.
這兩家公司對於解決這場長達 11 年的紛爭保持悲觀的看法。

30 ★★ **severe** [səˋvɪr] 名 嚴重（苛／格）的

例句 The sales clerk has been under a **severe** strain.
這名銷售員一直處在極度緊張狀態之中。

Quiz 多益字彙模擬測驗

【答題祕訣】1. 先看選項，確定字義。
2. 再看題目，運用「3 詞 KO 法」，抓住「名詞」、「形容詞」、「動詞」。

01. Records should remain ______, readily identifiable and retrievable
(A) amiable (B) fable (C) legible (D) tangible

02. The government will not disrupt the ______ business activities of the defendant.
(A)decrepit (B)abject (C) malleable (D) legitimate

03. The number of people who are out of work is ______.
(A) legion (B) productive (C) fluent (D) well-heeled

04. As a major form of ______ decision making, the decision-making team has always been the academic focus.
(A) organization (B) nutrition (C) fraction (D) infringement

05. Remember that there must be an ______ and official identification tag in case of causing trouble at customs.
(A) option (B) invoice (C) optimism (D) insinuation

06. Many of the gold ______ were melted down to be made into coins.
(A) detriment (B) aversion (C) voucher (D) ornaments

07. Travelers should avoid going to crowded public places during the ______ of influenza.
(A) vehicle (B) envoy (C) deviation (D) peak season

01. (C) 中譯 記錄應保持可讀的、易於識別和檢索。
(A) 和藹可親的 (B) 寓言 名 (C) 可讀（辨別）的 (D) 有形（實體）的
3詞KO法 records remain ____（紀錄保持可讀的）

02. (D) 中譯 政府無意干擾被告的合法經營活動。
(A) 老舊的；衰老的 (B) 悽苦的；自卑的 (C) 可延展的 (D) 合法的
3詞KO法 not disrupt ____ business activities（不會干擾合法的生意活動）

03. (A) 中譯 失業的人口總數是眾多的。
(A) 眾多的 (B) 多產（肥沃）的 (C) 流利的 (D) 有錢的
3詞KO法 people, out of work → ____（失業的人數眾多的）

04. (A) 中譯 團隊決策作為組織決策的重要形式，一直是學術界關注的焦點。
(A) 組織、機構 (B) 營養 (C) 碎片；少量 (D) 侵犯；違反
3詞KO法 ____ decision making（組織的決定。）

05. (B) 中譯 記住一定要有發票和官方印記，才不會在海關遇到麻煩。
(A) 選擇 (B) 發票 (C) 樂觀主義 (D) 暗示
3詞KO法 ____ and identification tag（發票和官方印記）

06. (D) 中譯 很多黃金飾品回爐後鑄成了金幣。
(A) 損傷 (B) 厭惡 (C) 代金（抵用）券 (D) 裝飾物
3詞KO法 gold ____ → melted into coins（黃金裝飾品被鑄成硬幣。）

07. (D) 中譯 在流感肆虐的旺季，遊客應盡量避免前往擁擠的公共場所。
(A) 車輛；手段 (B) 外交使節 (C) 越軌；偏離 (D) 旺季
3詞KO法 ____ influenza（流感旺季）

08. The governor was under pressure to ______ and was about to be prosecuted.
(A) undermine (B) resign (C) underrate (D) validate

09. A ______ is a short written account of your education and your previous jobs when you are looking for a new job.
(A) seminar (B) treaty (C) résumé (D) invoice

10. Negotiators are looking for a peaceful ______ to the dispute.
(A) settlement (B) trait (C) tenant (D) tenor

螺旋記憶測試

下列單字曾在前一課中學習過，請寫出中譯。

01. doctor on call ______
02. double parking ______
03. down payment ______
04. drain ______
05. franchise ______
06. frugal ______
07. furnish ______
08. fast-paced ______
09. gauze ______
10. gesture ______
11. get a cash advance ______
12. handling fee ______
13. handout ______
14. hardware store ______
15. harsh ______
16. insert ______
17. in-service ______
18. inoculation ______
19. intrude ______
20. inundate ______
21. jetway ______
22. job festival ______
23. job-hopping ______
24. job placement ______

08.【B】 中譯 州長承受著被迫辭職的壓力，很快就要被起訴了。

(A) 破壞～基礎 (B) 辭職 (C) 低估 (D) 使有效

3詞KO法 governor, pressure ____ and prosecuted.（州長有辭職與被起訴的壓力。）

09.【C】 中譯 履歷表是在找工作時記載你的教育程度與先前的工作經歷。

(A) 座談會 (B) 條約 (C) 履歷表 (D) 發票

3詞KO法 ____ → education, previous jobs（履歷表是你的教育程度與先前的工作經歷。）

10.【A】 中譯 談判雙方正尋求和平解決爭端的辦法。

(A) 和解 (B) 特性 (C) 房客 (D) 主旨、大意

3詞KO法 peaceful ____ → dispute（和平解決紛爭。）

解答

01. 值班醫生 02. 並排停車 03. 頭期款 04. 耗盡；用完 05. 經銷權 06. 節儉的 07. 提供
08. 快步調的 09. 紗布 10. 手勢；姿態；表示 11. 拿到預支的現金 12. 手續費
13. 講義；宣傳單；救濟金（品） 14. 五金行 15. 嚴厲的 16.（書、雜誌中的）折疊式廣告
17. 在職中 18. 注射疫苗 19. 侵入（犯） 20. 氾濫；充滿 21. 空橋 22. 就業博覽會 23. 跳槽
24. 介紹（安置）工作

DAY 28

日期	/	/	/	/	/	/	/	/	/	/
01. device										
02. devote										
03. discount										
04. digital										
05. dispute										
06. alert										
07. alleviate										
08. allocate										
09. alter										
10. amateur										
11. establishment										
12. exotic										
13. expense										
14. expertise										
15. exquisite										

訓練自己一邊看英文單字一邊說出中文字義（口中默念即可）。遇到還沒記住的字就在該字空格畫✖，已熟記的單字打✔，請每天複習、做紀錄。

日期										
16. comply										
17. complement										
18. compliment										
19. conclusion										
20. core										
21. portion										
22. possession										
23. postage										
24. postpone										
25. prejudice										
26. specialty										
27. specification										
28. subsidiary										
29. subsidy										
30. summary										

01 ★ **device** [dɪˋvaɪs] 名 裝置

例句 The pad lacks a few elements making it a truly all-in-one **device**.
這款平板電腦缺乏一些可以使其變成真正「全能」設備的元素。

關 **devise** [dɪˋvaɪz] 動 設計

02 ★★★ **devote** [dɪˋvot] 動 致力於；專用於

例句 How much money can you afford to **devote to** paying the loan?
你能負擔多少錢用於償還貸款？

關 **devotion** [dɪˋvoʃən] 名 致力

03 ★ **discount** [ˋdɪskaʊnt] 名 折扣

例句 We are afraid that we could not agree with you for such a big **discount**. 恐怕我們不能同意給你這麼大的折扣。

04 ★ **digital** [ˋdɪdʒɪtl̩] 形 數位的

例句 We are devoted to pushing a plan to build a **digital** family.
我們致力於推動建立數位家庭的計畫。

關 **digitalize** [ˋdɪdʒɪtl̩͵aɪz] 動 數位化
digitalization [͵dɪdʒətələˋzeʃən] 名 數位化

05 ★ **dispute** [dɪˋspjut] 名 動 爭論（端）

例句 The acquisition of competition between companies is one of the reasons of the **dispute**.
收購公司之間的競爭關係是造成這場爭論的原因之一。

06 ★★
alert
[ə`lɜt]
形 警覺（惕）的

例句 People who eat breakfast are more **alert** and productive at work.
有吃早餐的人工作時會有較高的警覺和效率。

07 ★★★
alleviate
[ə`livɪˏet]
動 減輕；緩和

例句 The fiscal and monetary antidotes will not **alleviate** the symptoms of economic downturn.
目前採取的財政及貨幣對策無法緩和經濟不景氣的症狀。

08 ★★★
allocate
[`æləˏket]
動 分派（配）

例句 Investors are supposed to be very selective when they **allocate** money to the emerging markets.
投資者把錢投入新興市場的時候要做到精挑細選。

09 ★
alter
[`ɔltɚ]
動 改變；修改（衣褲等）

例句 The slowing pace of deterioration did not **alter** the reality that the economy remained rather feeble.
惡化速度的減緩並未改變現實，經濟狀況仍然相當薄弱。

10 ★★
amateur
[`æməˏtʃur]
形 業餘的
名 業餘者

例句 **Amateur** video footages, taken in a coastal town as the tsunami hit, manifest the devastating power of the tsunami.
海嘯襲擊時，人們在海岸小鎮拍攝到的業餘錄影片，展示了海嘯的巨大破壞威力。

11 ★★★ **establishment** [ɪs`tæblɪʃmənt]
名 機構

例句 Acupuncture has been increasingly acceptable in some medical **establishments**.
針灸在一些醫療機構已越來越被接受了。

12 ★★★ **exotic** [ɛg`zɑtɪk]
形 異國風味的
名 舶來品

例句 Animation itself is **exotic**, and domestic animation did not need to highlight the local style.
動漫本身就是個舶來品，國產動畫也沒必要強調本土風格。

13 ★★ **expense** [ɪk`spɛns]
名 費用

例句 Economic development is often at the **expense** of the environment.
經濟發展常常以環境為代價。

同 **expenditure** [ɪk`spɛndɪtʃɚ] 名 費用
關 **expensive** [ɪk`spɛnsɪv] 形 昂貴的　**expend** [ɪk`spɛnd] 動 花費

14 ★★ **expertise** [ˌɛkspɚ`tiz]
名 專業知識

例句 Through the **expertise** of our staff, we are able to proffer individual and group services in a variety of languages.
透過我們專業的人員，我們可以為不同語言的人和團體提供服務。

15 ★★★ **exquisite** [`ɛkskwɪzɪt]
形 精緻（品）的

例句 The merchandise is **exquisite** in design and low in price.
該商品設計精巧，價格便宜。

16 ★★ **comply**
[kəm`plaɪ]
動 順（服）從

例句 The party fails to comply with the contract, and the other party has the right to request the court or arbitration to force or urge it to fulfill. 一方當事人不履行合同時，另一方當事人有權請求法院或仲裁機構強制或敦促其履行。

關 **compliant** [kəm`plaɪənt] 形 服從的 **compliance** [kəm`plæəns] 名 服從

17 ★★★ **complement**
[`kɑmpləmənt]
動 名 補充（物）

例句 We should **complement** each other and pursue our common development. 我們應該彼此互補不足，追求我們的共同發展。

18 ★★★ **compliment**
[`kɑmpləmənt]
名 動 奉承；恭維

例句 Those who **compliment** you are not true friends, but those who point out your shortcomings are true friends.
奉承你的人不是真實的朋友，反而是指出你缺點的人才是真正的朋友。

19 ★★ **conclusion**
[kən`kluʒən]
名 結論

例句 We came to the **conclusion** that the investment was on balance the right thing to do for our shareholders.
我們的結論是，此項投資總體上對我們的股東有利。

關 **conclude** [kən`klud] 動 結束；下結論

20 ★★ **core**
[kor]
名 核心

例句 The major client can be referred to as a **core** of the supply chain.
大客戶可以稱為供應鏈上的核心。

21 ★★ **portion** [ˋporʃən] 名 部分

例句 Facebook and the like seems where our economy is going, at least a **portion** of it.

臉書這類公司似乎是我們經濟的未來趨勢，至少是一部分。

22 ★★ **possession** [pəˋzɛʃən] 名 財產

例句 A cash inflow indicates that money comes into the company's **possession**.

現金流入指的是流進公司資產的金錢。

23 ★ **postage** [ˋpostɪdʒ] 名 郵資

例句 Online shops will only refund the net value of the goods, not including packing and **postage** charges.

網路商店將只退還商品的淨價，不包括包裝費和郵遞費用。

24 ★★ **postpone** [postˋpon] 動 耽擱；延遲

例句 To save the pension system, the assembly is going to pass the law that forces workers to **postpone** retirement by five years.

為挽救退休金制度，國會打算通過一項法律要求工作者的退休年齡延遲 5 年。

25 ★★★ **prejudice** [ˋprɛdʒədɪs] 名 動 偏見；損害

例句 Once a **prejudice** has been formed, the supervisor views all the behaviors of that worker through this filter.

一旦形成偏見，管理者就會通過這個標籤來看待工作者的所有行徑。

26 ★★ **specialty** [ˋspɛʃəltɪ] 名 專業（長）

例句 Creativity, nevertheless, has never been the App Store's **specialty.** 然而，創意從來就不是 App Store 的專長。

27 ★★ **specification** [ˌspɛsəfəˋkeʃən] 名 規格；說明書

例句 Stipulation requires all oil companies to meet an UN **specification** for gasoline.
法規要求所有的石油公司必須達到聯合國對汽油的規格要求。

關 **specify** [ˋspɛsəˌfaɪ] 動 詳述 **specific** [spɪˋsɪfɪk] 形 特殊的；明確的

28 ★★★ **subsidiary** [səbˋsɪdɪˌɛrɪ] 名 子公司

例句 Microsoft once sold a small **subsidiary** that made its packaging.
微軟曾經出售了一家負責包裝的子公司。

29 ★★★ **subsidy** [ˋsʌbsədɪ] 名 補助金（款）

例句 The total **subsidy** would be confiend to $100,000 per employer, in the hope that the major recipients would be small businesses.
對每個雇主的補貼總額不超過 100,000 美元，目的是希望小企業成為主要受益者。

關 **subsidize** [ˋsʌbsəˌdaɪz] 動 補助

30 ★ **summary** [ˋsʌmərɪ] 名 摘要

例句 All evaluation reports should be accompanied by a **summary** of the procurement on a form provided by the bank.
所有評估報告都應該按銀行提供的格式附上一採購摘要。

Quiz 多益字彙模擬測驗

【答題祕訣】1. 先看選項，確定字義。
2. 再看題目，運用「3 詞 KO 法」，抓住「名詞」、「形容詞」、「動詞」。

01. I've had my smartphone for a week, and I've downloaded some free applications available for the _____.
(A) procession (B) processing (C) proceedings (D) device

02. In fact, some _____ on your prices would make your products easier for us to promote.
(A) discounts (B) appreciations
(C) depreciations (D) applications

03. Overusing graphics will only make the site look _____.
(A) amateur (B) concourse (C) antidote (D) disgrace

04. Drinking tea can _____ toxic effects of heavy metals.
(A) promote (B) boost (C) alleviate (D) raise

05. Bill Gates will work with Microsoft on special projects, but wants to _____ his time to philanthropic work.
(A) mitigate (B) devote (C) allocate (D) alert

06. The product integrates our twenty years of computer software _____ and is designed to focus on your profitability.
(A) expertise (B) exquisiteness (C) exoticness (D) excursion

07. Do not comment on other people's physical characteristics unless you _____ them.
(A) compile (B) complement (C) compliment (D) comply

Quiz 解答與解析

「3 詞 KO 法」詳細解題說明請參考 P4~P5

01. **(D)** **中譯** 我買了智慧型手機已經一周了，我已下載一些免費的應用軟體。
(A) 行列 (B) 處理 (C) 訴訟；會議記錄；論文集 (D) 設備、器具（件）
3詞KO法 smartphone → ____（智慧型手機。）

02. **(A)** **中譯** 事實上，如果您的產品價格有折扣，我們會更容易促銷。
(A) 折扣 (B) 增值 (C) 貶值 (D) 申請
3詞KO法 ____ on your prices（價格折扣。）

03. **(A)** **中譯** 過多使用圖表會使網站看起來很業餘。
(A) 業餘 名 形 (B) 中央大廳 名 (C) 對策 名 (D) 不名譽 名
3詞KO法 Overusing graphics → look ____（過多使用圖表看起來很業餘的）

04. **(C)** **中譯** 飲茶可緩和重金屬的毒害作用。
(A) 提升 (B) 促進 (C) 減輕；緩和 (D) 提升
3詞KO法 tea → ____ toxic effects（茶緩和毒害作用。）

05. **(B)** **中譯** 比爾蓋茨將與微軟合作特別項目，但是要付出他的時間致力於慈善工作。
(A) 減輕；緩和 (B) 致力於 (C) 分配 (D) 使警覺
3詞KO法 ____ to philanthropic work（致力於慈善工作。）

06. **(A)** **中譯** 該產品整合了我們 20 年電腦軟體的專業，設計用於幫助客戶提高其盈利。
(A) 專業 (B) 精緻 (C) 異國風 (D) 遠足
3詞KO法 integrate twenty years ____（整合 20 年專業。）

07. **(C)** **中譯** 不要評論別人的身體特徵，除非你是在讚美。
(A) 編輯 (B) 補充 (C) 奉承；恭維 (D) 服（遵）從
3詞KO法 not comment physical characteristics → unless ____（不要評論外在特徵，除非在讚美。）

08. It's considerate of you to _____ the meeting to next Monday.
(A) portion (B) propose (C) propel (D) postpone

09. A _____ version mismatch adds a headache to users.
(A) specific (B) specification (C) specify (D) specialty

10. The _____ lies in helping make the prices of biofuels more affordable by stimulating mass production.
(A) subsidy (B) subsidiary (C) subsidize (D) substitute

螺旋記憶測試

下列單字曾在前幾課中學習過，請寫出中譯。

01. invoice _____
02. interview _____
03. legible _____
04. legitimate _____
05. legion _____
06. off-season _____
07. organization _____
08. ornament _____
09. pharmacy _____
10. promotion _____
11. peak (high) season _____
12. outage _____
13. pedestrian _____
14. leak _____
15. resident _____
16. resign _____
17. response _____
18. realty _____
19. résumé _____
20. slogan _____
21. server _____
22. settlement _____
23. severe _____
24. inventory _____
25. itinerary _____

08. 【D】 中譯 你們能把會議推遲到下周一舉辦，真夠體諒人的。

(A) 部分 名 (B) 提議 (C) 推進 (D) 延遲

3詞KO法 considerate → ____ meeting（延遲會議真是體貼。）

09. 【B】 中譯 說明書的版本的誤置對於用戶是個麻煩。

(A) 特殊的；明確的 形 (B) 說明書 名 (C) 詳述 動 (D) 專業（長）名

3詞KO法 ____ version mismatch（說明書版本的誤置。）

10. 【A】 中譯 補助金的目的是在於幫助生化燃料，藉由量產使價格更親民。

(A) 補助金 (B) 子公司 (C) 補助 動 (D) 取代 動 名

3詞KO法 ____ → biofuels, affordable（補助金使得生化燃料的價格更親民。）

解答

01. 發票 02. 面試 03. 可以讀的 04. 合法的 05. 眾多的 06. 淡季 07. 組織 08. 裝飾品 09. 藥房 10. 促銷；提升 11. 旺季 12. 電力中斷 13. 行人 14. 漏水（電）；洩漏（訊息） 15. 居民 16. 辭職 17. 回（反）應 18. 房地產 19. 履歷表 20.（廣告）口號；標語 21. 伺服器 22. 協議、和解；支付 23. 嚴重（苛／格）的 24. 存貨清單 25. 行程；巡迴

DAY 29

日期	/	/	/	/	/	/	/	/	/	/
01. delicate										
02. deposit										
03. deluxe										
04. destination										
05. distributor										
06. forbid										
07. fade										
08. forum										
09. insomnia										
10. inspect										
11. inspire										
12. installment										
13. instant										
14. overcharge										
15. overdraft										

訓練自己一邊看英文單字一邊說出中文字義（口中默念即可）。遇到還沒記住的字就在該字空格畫✖，已熟記的單字打✔，請每天複習、做紀錄。

日期	/	/	/	/	/	/	/	/	/	/
16. overhead compartment										
17. overseas										
18. overtime										
19. perceive										
20. performance										
21. plunge										
22. premium										
23. presentation										
24. profile										
25. profit										
26. property										
27. proposal										
28. prospect										
29. retailer										
30. revenue										

01 ★★ **delicate** [ˋdɛləkət] 形 精緻的

例句 The company is celebrated for producing **delicate** handicrafts.
這家公司以生產精緻的手工藝品聞名。

關 **delicacy** [ˋdɛləkəsɪ] 名 精緻

02 ★★ **deposit** [dɪˋpɑzɪt] 名 押（訂）金；存款

例句 Your **deposit** will not be returned unless a cancellation notice is given to us at least 7 days prior to your arrival date.
除非至少在你到達的 7 天前通知我們取消預定，否則訂金不予退回。

03 ★★★ **deluxe** [dɪˋlʌks] 形 豪華的

例句 The flight provided first class passengers with a bag of **deluxe** toiletries. 此次航班為頭等艙乘客提供了一袋高級化妝品。

同 **luxurious** [lʌgˋʒurɪəs] 形 豪華的

04 ★ **destination** [ˏdɛstəˋneʃən] 名 目的地

例句 We only ask you to pay transport expense, but you don't need to pay the expense from the delivery port to your **destination**.
我們只收你運費，不須支付從港口到你公司的運輸費用。

05 ★★ **distributor** [dɪˋstrɪbjətɚ] 名 經銷商

例句 Transshipment and partial shipment will not be allowed without the prior written consent of the **distributor**.
事先未經經銷商的書面同意，不得換船轉運，不得部分裝船。

關 **distribute** [dɪ`strɪbjut] 動 經銷

06 ★★ **forbid** [fɚ`bɪd] 動 禁止

例句 Even when the department of securities supervision **forbids** the behaviors of earnings manipulation, but the ban produces little effect. 儘管證券監管部門三令五申，嚴厲禁止利潤操縱行為，但收效甚微。

關 **forbiddance** [fɚ`bɪdn̩s] 名 禁止

07 ★★ **fade** [fed] 動 退色；逐漸消失；減弱

例句 It's normal for a manufacturing boom to **fade** in the economic gloom. 製造業景氣在經濟蕭條時減弱是正常的現象。

08 ★★ **forum** [`forəm] 名 論壇；座談會

例句 A business **forum** concludes that the value of a degree is on the decrease. 某企業論壇下結論，學歷的價值正在縮水。

09 ★★★ **insomnia** [ɪn`sɑmnɪə] 名 失眠

例句 The high pressure job brings the employees **insomnia** and unhappiness. 高度壓力的工作給這些員工帶來了失眠和不快樂。

10 ★★ **inspect** [ɪn`spɛkt] 動 檢查

例句 Make sure you **inspect** the goods before signing for them. 在簽收貨物之前，必須確定檢查貨物。

關 **inspection** [ɪn`spɛkʃən] 名 檢查

11 ★★ **inspire** [ɪn`spaɪr] 動 啓（激）發

例句 The car's performance quickly **inspires** drivers' confidence.
該汽車的性能會很快喚起駕駛者的信心。

關 **inspiration** [ˌɪnspə`reʃən] 名 啓（激）發；靈感
inspirational [ˌɪnspə`reʃənl] 形 啓發的

12 ★★ **installment** [ɪn`stɔlmənt] 名 分期付款

例句 The loan can be repaid in 36 monthly **installments**.
該借款以 36 個月分期付款償付。

關 **install** [ɪn`stɔl] 動 安裝（置）

13 ★★ **instant** [`ɪnstənt] 形 立即的 名 瞬間

例句 At that **instant**, the lobby was plunged into total darkness.
就在那一瞬間，大廳陷入了一片漆黑。

14 ★★ **overcharge** [`ovɚ`tʃɑrdʒ] 動 索價過高

例句 It is nothing less than robbery for them to **overcharge** us.
他們這樣多收我們的錢簡直就是搶劫。

15 ★★★ **overdraft** [`ovɚˌdræft] 名 透支

例句 If raising your **overdraft** limit, you are required to apply for the service from the bank.
如果你想要提高你的透支額度，您得向銀行提出申請此項服務。

16 ★★ **overhead compartment** 飛機頂頭置物櫃

例句 You may put your carry-on in the **overhead compartment**.
您可以把手提行李箱放在上面的置物櫃裡。

17 ★ **overseas**
[`ovɚ`siz]
形 海外的

例句 Is there any chance for employees to be transferred to **overseas** branches of the company?
雇員有機會調到海外的分公司工作嗎？

18 ★★ **overtime**
[`ovɚ͵taɪm]
動 加班
名 副 超時

例句 The companies msut pay **overtime** workers during nights.
公司必須支付員工夜間加班費。

19 ★★ **perceive**
[pɚ`siv]
動 理解；察覺

例句 You could run the risk of being alienated by coworkers if they **perceive** you earn more but do the same job.
如果你讓同事知道你們在做相同的工作，而你的薪資比他們高，那你就可能會被你的同事疏遠。

關 **perception** [pɚ`sɛpʃən] 名 理解；察覺

20 ★★ **performance**
[pɚ`fɔrməns]
名 表現（演）；行為；績效

例句 As a result of his weak **performance**, Mr. Lee was sacked.
因為表現不佳，李先生遭到解僱。

關 **perform** [pɚ`fɔrm] 動 執行

21 ★★★ **plunge** [plʌndʒ] 動 名 暴跌

例句 The housing price **plunge** has contributed to the largest financial crisis in the US since the Great Depression.

房價暴跌已造成自經濟大蕭條以來美國的最大金融危機。

22 ★★★ **premium** [ˋprimɪəm] 名 保險費

例句 The bear market has led to a decline in **premium** revenues of our company.

經濟不景氣（熊市）導致我們公司保費收入下滑。

23 ★★ **presentation** [͵prizɛnˋteʃən] 名 簡報

例句 It is my pleasure to make a business **presentation** for you.

能為您做簡報是我的榮幸。

24 ★★ **profile** [ˋprofaɪl] 名 面（形）像；簡介

例句 The brochure includes a company **profile** and a product catalogue.

這本小冊子包含了公司的簡介與產品的目錄。

25 ★ **profit** [ˋprɑfɪt] 名 利潤 動 獲利

例句 We are breaking even now, and expecting to move into **profit** in the next two months.

我們公司現在收支相抵，期待下兩個月開始獲利。

關 **profitable** [ˋprɑfɪtəbl̩] 形 可獲利的　**profitability** [͵prafɪtəˋbɪlətɪ] 名 獲利

26 ★★ **property** [ˋprɑpətɪ] 名 財產；地產

例句 The insiders said the current price of **property** is far beyond the standard. 知情人士透露房地產的目前價格遠遠超出了標準。

27 ★★ **proposal** [prəˋpozl̩] 名 提議；企劃

例句 The president may convene an interim meeting according to a **proposal** made by one-third of the total number of directors.
董事長可根據董事會三分之一董事的提議，召開臨時董事會議。

關 **propose** [prəˋpoz] 動 提議；企劃

28 ★★ **prospect** [ˋprɑspɛkt] 名 願景

例句 The **prospect** of climate change indicated both a great challenge and a great opportunity.
氣候變化的前景所呈現的是一項嚴峻的挑戰也是一次絕佳的機會。

關 **prospectus** [prəˋspɛktəs] 名 投資說明書

29 ★★ **retailer** [ˋritelɚ] 名 零售商

例句 The **retailer** proclaimed that it would not immediately pass the price rise of raw materials on to consumers.
零售商宣布說不會立即將原物料價格上漲轉嫁到消費者身上。

關 **retail** [ˋritel] 動 名 零售

30 ★★ **revenue** [ˋrɛvəˌnju] 名 收入

例句 For many manufacturers, the cost of raw materials is ascending at a faster pace than **revenue**.
對許多製造商來說，原物料成本的增速超過了收入增長的速度。

Quiz 多益字彙模擬測驗

【答題祕訣】1. 先看選項，確定字義。
2. 再看題目，運用「3 詞 KO 法」，抓住「名詞」、「形容詞」、「動詞」。

01. As a bank clerk, I can help you go through the procedure for foreign currency ______.
(A) decompression (B)defraud (C) delicacy (D) deposit

02. You can see popular ______ pages by the search term.
(A) disposition (B) destination (C) decline (D) debt

03. Upon termination of this agreement, ______ are supposed to immediately discontinue all sales of the products.
(A) disturbance (B) dispensers (C) distribute (D) distributors

04. The rights granted include the exclusive right to authorize or ______ leasing.
(A) forbear (B) forbid (C) forfeit (D) forsake

05. Companies are required to be equipped with a sufficient number of fire extinguishers, and are regularly ______.
(A) inspected (B) infringed (C) induced (D) intimated

06. Procuring an ______ loan from a consumer finance company is simpler and faster than that from a bank.
(A) install (B) installment (C) institute (D) instinct

07. Banks lend their money to customers in the two forms, loan or ______.
(A) overdue (B) overhead compartment
(C) overdraft (D) overhead rack

01. 【D】 中譯 我作為銀行職員，可以幫您辦理外匯存款手續。
(A) 使減壓 (B) 欺詐 (C) 精緻 (D) 存款
3詞KO法 foreign currency ____（外幣存款。）

02. 【B】 中譯 你使用該字搜索可以看到熱門的目的地網頁。
(A) 性情；氣質 (B) 目的 (C) 衰退 (D) 債務
3詞KO法 ____ pages（目的地網頁）

03. 【D】 中譯 本協議終止時，經銷商應該馬上停止產品的銷售。
(A) 打擾 (B) 自動取物裝置 (C) 經銷 動 (D) 經銷商 名
3詞KO法 ____ → discontinue sales, products（經銷商停止出售產品。）
Note 主 distributors + 動 discontinue

04. 【B】 中譯 授權包括批准租賃或禁止租賃的權利。
(A) 克制；忍受 (B) 禁止 (C) 喪失（權力）(D) 遺棄
3詞KO法 authorize or ____ leasing（授權或禁止租賃。）

05. 【A】 中譯 公司都被要求配備足夠數量的滅火器，並定期接受檢查。
(A) 檢查 (B) 侵犯（權）(C) 引誘 (D) 暗示
3詞KO法 fire extinguishers → regularly ____（定期檢查滅火器。）

06. 【B】 中譯 從消費金融公司通過分期貸款比從銀行貸款更簡單更快。
(A) 安裝 動 (B) 分期付款 (C) 機構 (D) 直覺
3詞KO法 ____ loan（分期付款的貸款。）

07. 【C】 中譯 銀行以兩種方式借錢給顧客——貸款或透支。
(A) 過期（未還）的 (B) 頭頂上的置物櫃 (C) 透支 (D) 頭頂上的扶手
3詞KO法 loan or ____（貸款或透支。）

08. The _____ in manufacturing is the result of the global financial tsunami.
(A) plunge (B) plate (C) plain (D) pledge

09. The board of directors has to decide which _____ will best serve the interests of the company.
(A) propose (B) profit (C) prodigy (D) proposal

10. The company came out of the recent downturn with strong _____ .
(A) retailer (B) revenue (C) rebate (D) refund

螺旋記憶測試

下列單字曾在前一課中學習過，請寫出中譯。

01. device ________
02. devote ________
03. discount ________
04. digital ________
05. dispute ________
06. alert ________
07. alleviate ________
08. amateur ________
09. expense ________
10. expertise ________
11. exquisite ________
12. comply ________
13. complement ________
14. compliment ________
15. conclusion ________
16. core ________
17. postpone ________
18. prejudice ________
19. specialty ________
20. specification ________
21. subsidary ________
22. subsidy ________
23. summary ________

08. 【A】 中譯 製造業大幅下滑是由於金融海嘯的結果。

(A) 暴跌；大幅下滑 (B) 盤子 (C) 平原 (D) 保證；誓言

3詞KO法 ____ manufacturing → global financial tsunami（全球金融海嘯導致製造業大幅下滑。）

09. 【D】 中譯 董事會必須決定哪一個提案最能增進公司利益。

(A) 提議 動 (B) 利潤 (C) 天才 (D) 提議 名

3詞KO法 which ____ best serve interests（哪一項提案最能提供利益。）

Note 主 proposal + 動 will best serve

10. 【B】 中譯 公司收入增長強勁，走出了最近的低迷。

(A) 零售商 (B) 收入 (C) 回扣 (D) 退款

3詞KO法 out, downturn → strong ____（走出不景氣，收入強勁。）

解答

01. 裝置；設備 02. 致力於 03. 折扣 04. 數位的 05. 爭議（端） 06. 警覺的 07. 減輕；緩和 08. 業餘的（者） 09. 費用 10. 專業（知識） 11. 精緻的 12. 遵（服）從 13. 補充 14. 奉承；恭維 15. 結論 16. 核心 17. 延遲 18. 偏見；損害 19. 專業 20. 說明書 21. 子公司 22. 補助金（款） 23. 摘要

DAY 30

日期	/	/	/	/	/	/	/	/	/	/
01. ambulance										
02. annual										
03. anniversary										
04. appetizer										
05. applicant										
06. approval										
07. approximately										
08. assembly line										
09. asset										
10. associate										
11. chairman										
12. client										
13. competitor										
14. conference										
15. consensus										

訓練自己一邊看英文單字一邊說出中文字義（口中默念即可）。遇到還沒記住的字就在該字空格畫✖；已熟記的單字打✔，請每天複習、做紀錄。

日期	/	/	/	/	/	/	/	/	/	/
16. consumer										
17. contract										
18. convention										
19. convey										
20. coupon										
21. cuisine										
22. feedback										
23. fireworks										
24. food court										
25. souvenir										
26. spin-off										
27. staff										
28. state-of-the-art										
29. stationery										
30. stockbroker										

01 ★★ **ambulance** [ˋæmbjələns]	名 救護車

例句 The victim with serious injuries was taken to hospital by an **ambulance** and was lucky to be alive.
受害者重傷被救護車送去醫院，所幸還活著。

02 ★★★ **annual** [ˋænjuəl]	形 一年一度的

例句 We intend to submit a proposal in the **annual** meeting for shareholder approval.
我們企圖在年度大會中提出一項企畫交給股東批准。

03 ★★★ **anniversary** [ˌænəˋvɝsərɪ]	名 周年紀念

例句 Our company will soon be celebrating the 30th **anniversary**, and give the staff a bonus.
我們公司不久將會慶祝 25 周年紀念並發給員工紅利。

04 ★★ **appetizer** [ˋæpəˌtaɪzɚ]	名 開胃菜

例句 The first course is an **appetizer**–usually small portions such as soup, bread or salad.
第一道菜通常叫做開胃菜——通常都是少量的食物，比如湯、麵包或是沙拉。

關 **appetite** [ˋæpəˌtaɪt] 名 胃口

05 ★★★ **applicant** [ˋæpləkənt]	名 申請者

例句 An **applicant** can complete and submit a loan application to the bank via the Internet.
申請人可透過網路完成並向銀行提交貸款申請。

06 ★★ **approval** [ə`pruvl̩]　名 批准；贊成

例句 Regardless of how much the total investment, we will try our best to procure the legal **approval** procedures.
不論投資總額多少，我們會盡力設法取得合法批准手續。

關 **approve** [ə`pruv] 動 批准；贊成

07 ★★★ **approximately** [ə`prɑksəmɪtlɪ]　副 大約

例句 Our company combines production, processing and international trade, with an annual sale of **approximately** $ 50 million dollars.
我們公司集生產、加工、國外貿易於一體，年銷售額近 5,000 萬美元。

關 **approximate** [ə`prɑksəmɪt] 形 大約的

08 ★★★ **assembly line**　組裝線

例句 Henry Ford's idea was that an **assembly line** should be introduced in producing automobiles.
亨利．福特的想法是引入裝配線來生產汽車。

09 ★★ **asset** [`æsɛt]　名 資產

例句 Bank **asset** quality is the founding block of any bank, directly related to the result of the bank's operation.
銀行資產質量是銀行的基礎，直接關乎銀行經營的好壞。

10 ★★ **associate** [ə`soʃɪˌet]　動 結合　名 同事

例句 Our company actively supports the community activities and encourages **associates** to be volunteers in various charities.
我們公司積極支持社會活動，鼓勵公司同事們在各慈善機構當義工。

11 ★	**chairman** [ˋtʃɛrmən]	名 主席

例句 The **chairman** delivered a speech about how the company is going to fight the sluggish economy.
主席發表了演講，大談公司將怎樣對抗經濟不景氣。

同 **chair** [tʃɛr] 名 主席

12 ★	**client** [ˋklaɪənt]	名 顧客；委託人

例句 This position requires you to deal well with all the accounts and send them to the **clients** punctually.
這個職位要求你處理好所有的帳目與準時將它們發送給客戶。

13 ★★	**competitor** [kəmˋpɛtətɚ]	名 競爭者

例句 Our price was higher than our **competitors'**, and thus we lost business.
我們的價錢比競爭者高，所以才失去那筆生意。

關 **compete** [kəmˋpit] 動 競爭　**competition** [ˌkɑmpəˋtɪʃən] 名 競爭

14 ★★	**conference** [ˋkɑnfərəns]	名 工作會議

例句 We applied to be a presenter at a Tokyo investors' **conference**.
我們申請在東京投資者大會上推介產品。

15 ★★★	**consensus** [kənˋsɛnsəs]	名 輿論、共識；一致的意見

例句 There seemed to be something of a **consensus** on the agenda.
看來在議程上具有某種共識。

16 ★ **consumer** [kən`sjumɚ] 名 消費者

例句 The obstinate rejection of the U. S. automobile industry to admit the changeability of **consumer** demand is the direct source of its drastic defeat. 美國汽車工業固執地不願承認消費者的需求是不斷變化的，是導致慘敗的直接原因。

關 **consume** [kən`sjum] 動 消費（耗） **consumption** [kən`sʌmpʃən] 名 消費（耗）

17 ★ **contract** [`kɑntrækt] 名 合約

例句 Any dispute out of this **contract** should be settled through negotiation between the companies.
因本合同產生的任何爭議，雙方公司應透過協商解決。

18 ★★ **convention** [kən`vɛnʃen] 名 大會

例句 Our company will hold the annual **convention** of shareholders.
我們的公司即將舉辦年度股東大會。

關 **convene** [kən`vin] 動 召（聚）集

19 ★★ **convey** [kən`ve] 動 傳（表）達

例句 It is rather arduous to **convey** exactly how much we are spending on all these bailouts.
要搞清楚我們的經濟救助計畫究竟花了多少錢是相當有難度的。

關 **conveyance** [kən`veəns] 名 運輸工具

20 ★★★ **coupon** [`kupɑn] 名 折價（優待）券

例句 We will examine **coupon** validity on the website.
我們將會檢查網站上的優惠券的有效性。

21 ★★★ **cuisine** [kwɪ`zin]	名 美食

例句 Our restaurant has a number of senior gold medal chefs who design for you to create a variety of **cuisines**.
本餐廳擁有資深金牌廚師多位，專為您打造各種美味美食。

22 ★★ **feedback** [`fid,bæk]	名 回（反）饋；反應

例句 Our company has been listening to all the **feedback** and trying to detect the key points we need to improve.
我們一直在聆聽各方的反饋，並努力從中找出需要改進的關鍵點。

23 ★ **fireworks** [`faɪr,wɝks]	名 煙火

例句 The improper storage of **fireworks** may be the source of the fire.
煙火貯存不當可能為起火原因。

24 ★ **food court**	美食廣場

例句 The shopping mall has a **food court**, a fountain and a spacious parking lot.
這座大型商場擁有美食廣場、噴泉和寬廣的停車場。

25 ★★★ **souvenir** [`suvə,nɪr]	名 紀念品

例句 Please accept this **souvenir** as a token of our friendship.
請接受這份紀念品作為我們友誼的紀念。

26 ★★★ **spin-off** [ˋspɪn,ɔf] 名 副產品

例句 One big **spin-off** of this economic boom is the rise of the emerging markets.
這次的經濟繁榮帶來的一個大的副產品是新興市場的崛起。

27 ★★ **staff** [stæf] 名 全體職員（不可數）

例句 Judging from what the chairman has just said, the company will reduce the **staff**.
從主席剛才所說的來判斷，公司將要裁員。

關 **staffer** [ˋstæfɚ] = **staff member** 名（可數）

28 ★★★ **state-of-the-art** [ˋstetəvðiˋart] 形 最先進技術的

例句 Our company has to consume resources to adopt some of the **state-of-the-art** technologies.
因為我們公司引進最先進技術，所以必須消耗一定的資源。

29 ★★★ **stationery** [ˋsteʃən,ɛrɪ] 名 文具

例句 Seeing your coworkers taking **stationery** home, you should warn them of the consequence.
如果你看到同事拿文具回家，你應該警告他們後果。

30 ★ **stockbroker** [ˋstak,brokɚ] 名 股票經紀人

例句 Mr. Lee is a **stockbroker** who manages my portfolio for me.
李先生是替我管理投資組合的股票經紀人。

Quiz 多益字彙模擬測驗

【答題祕訣】1. 先看選項，確定字義。
2. 再看題目，運用「3 詞 KO 法」，抓住「名詞」、「形容詞」、「動詞」。

01. The company expects sales in Asia to grow by an ______ 10% over the next few years.
(A) annually (B) annual (C) anniversary (D) annuity

02. Our company was inundated with congratulations on the 20th ______ of its foundation.
(A) anniversary (B) perennial
(C) announcement (D) annotation

03. It matters much for an ______ to leave a good first impression to the interviewers.
(A) applicant (B) application (C) apply (D) appliance

04. We managed to let the process go on to the next step for bank manager's ______.
(A) appreciate (B) appropriate (C) approval (D) approve

05. After the negotiation, they held a press ______ together.
(A) constitution (B)construction
(C) convention (D) conference

06. The ______ of Wall Street is that the U. S. economic conditions will drag the rest of the world into a global decline.
(A) consensus (B) censor (C) sensor (D) sentiment

07. Please present the valid airport lounge ______ together with your credit card at the lounge reception.
(A) coupon (B) conviction (C) complication (D) compliance

01. (B) 中譯 該公司預期未來的數年裡在亞洲的銷售額每年可以增長 10%。
(A) 一年一度地 副 (B) 一年一度的 形 (C) 周年紀念 (D) 年金
3詞KO法 grow → ____ 10%（每年成長 10%。）
Note 形 annual + 名 10%

02. (A) 中譯 公司成立二十周年紀念，恭賀聲如潮水般地湧到公司來。
(A) 周年紀念 (B) 長青的 (C) 宣布 (D) 註釋
3詞KO法 congratulations → the 20th ____（恭賀 20 周年紀念。）

03. (A) 中譯 對一名求職者而言，給面試官留下良好的第一印象是非常重要的。
(A) 應徵者 (B) 申請；應用 名 (C) 應用；申請 動 (D) 器具
3詞KO法 ____ leave a good first impression, interviewers（應徵者留給面試官好印象。）

04. (C) 中譯 我們設法進行流程中的下一步，即由銀行經理批准。
(A) 欣賞、感激；認可 (B) 挪用 動；適當的 形 (C) 批准 名 (D) 批准 動
3詞KO法 bank manager's ____（銀行經理批准。）
Note bank manager's + 名 approval

05. (D) 中譯 協商後，他們共同舉行了記者招待會。
(A) 憲法；體格 (B) 建構 (C) 大會 (D) 工作會議
3詞KO法 press ____（記者會）

06. (A) 中譯 華爾街的共識是美國將把全世界拖入全球衰退。
(A) 共識；輿論 (B) 審查 名 動 (C) 探測（感應）器 (D) 情感；感傷
3詞KO法 ____ Wall Street → global decline（華爾街共識全球衰退。）

07. (A) 中譯 請出示有效之機場貴賓候機室優惠券及您的信用卡。
(A) 優惠券 (B) 證實有罪 (C) 複雜；併發症 (D) 順（服）從
3詞KO法 valid airport lounge ____（有效的機場候機室的優惠券。）

08. While we have not received much negative ______ on our service, we will alter it in the coming future.
(A) federal (B) failure (C) feedback (D) feature

09. The smartphone company stands for ______ technology, highest quality standards and reliable service.
(A) supreme (B) state-of-the-art (C) superlative (D) surfacial

10. The manager told the secretary to purchase some office ______.
(A) statistics (B) sedative (C) stationary (D) stationery

螺旋記憶測試

下列單字曾在前一課中學習過，請寫出中譯。

01. delicate ______	15. overtime ______
02. deposit ______	16. perceive ______
03. deluxe ______	17. performance ______
04. destination ______	18. plunge ______
05. distributor ______	19. premium ______
06. forbid ______	20. presentation ______
07. fade ______	21. profile ______
08. forum ______	22. profit ______
09. insomnia ______	23. property ______
10. inspect ______	24. proposal ______
11. installment ______	25. prospect ______
12. overcharge ______	26. retailer ______
13. overdraft ______	27. revenue ______
14. overhead compartment ______	

08. 【C】 中譯 就我們的服務來說，我們尚未收到大量負面反饋，但是我們未來會對其進行修改。

(A) 聯邦的 (B) 失敗 (C) 回（反）饋 (D) 特徵（色）

3詞KO法 negative ____, our service （我們服務的負面反饋。）

09. 【B】 中譯 這家智慧型手機公司代表著最尖端的技術、最高品質和可靠的服務。

(A) 至高無上的 (B) 最尖端的 (C) 最高級的 (D) 表面上的

3詞KO法 smartphone → ____ technology（智慧型手機最尖端的科技。）

10. 【D】 中譯 經理叫秘書去買些辦公室用的文具。

(A) 統計數字 (B) 鎮定劑 (C) 靜止的 (D) 文具

3詞KO法 purchase office ____（購買辦公室文具）

解答

01. 精緻的 02. 訂金；保證金；存款 03. 豪華的 04. 目的地 05. 經銷商 06. 禁止 07. 退色；逐漸消失 08. 座談會 09. 失眠 10. 檢查 11. 分期付款 12. 過度索費 13. 透支的 14. 頭頂上置物櫃 15. 加班；超時 16. 理解；察覺 17. 表現（演） 18. 暴跌 19. 保險費 20. 簡報 21. 面（形）像；簡介 22. 利潤 23. 財（地）產 24. 提議；企劃 25. 願景 26. 零售商 27. 收入

國家圖書館出版品預行編目資料

聽讀完勝多益字彙 / 李正凡作. -- 初版. -- 臺北市：
貝塔, 2016. 05
面：　公分
ISBN: 978-986-92044-7-7（平裝）
1. 多益測驗　2. 詞彙

805.1895　　105004245

聽讀　完勝多益字彙

作　　者 / 李正凡
執行編輯 / 朱慧瑛

出　　版 / 貝塔出版有限公司
地　　址 / 台北市 100 館前路 12 號 11 樓
電　　話 / (02) 2314-2525
傳　　真 / (02) 2312-3535
郵　　撥 / 19493777 貝塔出版有限公司
客服專線 / (02) 2314-3535
客服信箱 / btservice@betamedia.com.tw

總 經 銷 / 時報文化出版企業股份有限公司
地　　址 / 桃園市龜山區萬壽路二段 351 號
電　　話 / (02) 2306-6842

出版日期 / 2016 年 7 月初版一刷
定　　價 / 450 元
海外定價 / 美金 20 元
I S B N / 978-986-92044-7-7

貝塔網址：www.betamedia.com.tw

喚醒你的英文語感！

對折後釘好，直接寄回即可！

廣　告　回　信
北區郵政管理局登記證
北台字第14256號
免　貼　郵　票

100 台北市中正區館前路26號6樓

貝塔語言出版 收
Beta Multimedia Publishing

寄件者住址 □□□

謝謝您購買本書！！

貝塔語言擁有最優良之英文學習書籍，為提供您最佳的英語學習資訊，您可填妥此表後寄回（免貼郵票）將可不定期收到本公司最新發行書訊及活動訊息！

姓名：＿＿＿＿＿＿＿＿＿＿ 性別：□男 □女 生日：＿＿＿年＿＿＿月＿＿＿日

電話：(公)＿＿＿＿＿＿＿＿＿(宅)＿＿＿＿＿＿＿＿＿(手機)＿＿＿＿＿＿＿＿＿

電子信箱：＿＿＿＿＿＿＿＿＿＿＿＿＿＿＿＿＿＿＿＿

學歷：□高中職含以下 □專科 □大學 □研究所含以上

職業：□金融 □服務 □傳播 □製造 □資訊 □軍公教 □出版
□自由 □教育 □學生 □其他

職級：□企業負責人 □高階主管 □中階主管 □職員 □專業人士

1．您購買的書籍是？**聽讀完勝多益字彙**

2．您從何處得知本產品？(可複選)

□書店 □網路 □書展 □校園活動 □廣告信函 □他人推薦 □新聞報導 □其他

3．您覺得本產品價格：

□偏高 □合理 □偏低

4．請問目前您每週花了多少時間學英語？

□ 不到十分鐘 □ 十分鐘以上，但不到半小時 □ 半小時以上，但不到一小時
□ 一小時以上，但不到兩小時 □ 兩個小時以上 □ 不一定

5．通常在選擇語言學習書時，哪些因素是您會考慮的？

□ 封面 □ 內容、實用性 □ 品牌 □ 媒體、朋友推薦 □ 價格□ 其他＿＿＿＿＿

6．市面上您最需要的語言書種類為？

□ 聽力 □ 閱讀 □ 文法 □ 口說 □ 寫作 □ 其他＿＿＿＿＿＿

7．通常您會透過何種方式選購語言學習書籍？

□ 書店門市 □ 網路書店 □ 郵購 □ 直接找出版社 □ 學校或公司團購
□ 其他＿＿＿＿＿＿

8．給我們的建議：＿＿＿＿＿＿＿＿＿＿＿＿＿＿＿＿＿＿＿＿＿＿＿＿＿＿＿

＿＿＿＿＿＿＿＿＿＿＿＿＿＿＿＿＿＿＿＿＿＿＿＿＿＿＿＿＿＿＿＿＿＿＿

喚醒你的英文語感！

Get a Feel for English !

喚醒你的英文語感！

Get a Feel for English !